suhrkamp taschenbuch 3694

»Jemand kam zu unserem Haus. Jemand kam mit Kaj, eingewickelt in eine gelbe Steppjacke.« Kaj sammelt Fliegen und behauptet, daß sie unter Wasser atmen kann. Kaj ist bald dreiundzwanzig und schneidet Unglücksmeldungen aus der Zeitung aus, um sie an den Kühlschrank zu heften. Kristian ist ihr Lieblingsbruder und in das feuchtkühle Haus seiner Kindheit zurückgekehrt, um ein paar Wochen auf Kaj aufzupassen. Während die Tage in der Sommerhitze verstreichen, braut sich unaufhaltsam eine Katastrophe zusammen. Eine Familie in der Krise. Und jedes Familienmitglied hat seine eigene Version der Geschichte.

»Was ein allzu perfektes psychologisches Drama hätte werden können, oder ein weiterer Angriff auf die Kernfamilie, hinterläßt statt dessen ein Gefühl von Zuneigung. Zuneigung für diese sechs Personen, so armselig in ihrer Menschlichkeit, so großartig in ihren viel zu großen Gefühlen.« *(Göteborgs-Posten)*

Anne Swärd, geboren 1969 in Troedsberga/Südschweden, studierte Sozialanthropologie und Kunst in Stockholm und wohnt seit 1993 in Österlen, dem südöstlichen Teil von Schweden. Sie arbeitete als Illustratorin und Kunstlehrerin. *Polarsommer*, 2003 in Schweden für den Augustpreis nominiert, ist ihr Debüt.

Anne Swärd
Polarsommer

Roman

Aus dem Schwedischen von
Sabine Neumann

Suhrkamp

Die Originalausgabe erschien 2003 unter dem Titel
Polarsommar

First published by Wahlström & Widstrand,
Stockholm, Sweden
Published in the German language by arrangement
with Bonnier Group Agency, Stockholm, Sweden

Umschlagfoto: Magnus Rietz/Briljans

suhrkamp taschenbuch 3694
Erste Auflage 2005
Deutsche Erstausgabe

Druck: Ebner & Spiegel, Ulm
Umschlag: Göllner, Michels, Zegarzewski
Printed in Germany
ISBN 3-518-45694-6

2 3 4 5 6 – 10 09 08 07 06 05

Polarsommer

Für Nadja, Samuel, Jonas

I

(Senke)

Kristian

Es wird nie richtig dunkel zu dieser Zeit des Jahres. Als würde das Meer das Licht am Tag aufsaugen und es in der Nacht ausströmen. Alles leuchtet. Die Handgelenke des Fahrers ruhen auf dem Lenkrad, Finger in rhythmischer Bewegung, als hörte er durch das Motorgeräusch Musik. Er kommt mit zu hoher Geschwindigkeit in die Kurve, so dicht am Straßenrand, daß die Zweige an den Autotüren kratzen. Da ist es. Ich sehe es. Wie ein gewaltiger, auf die Strandwiese gespülter Trawler. »Ist es der große Kasten da in der Senke?« fragt er und schließt die Finger um das Lenkrad. Den ganzen Weg vom Bahnhof hat er schweigend dagesessen und sich geweigert, mich im Rückspiegel anzusehen, obwohl man ihm anmerkt, daß er es will. Die Schweißflecken in den Achselhöhlen wachsen, nur weil ich nicht aufhören kann, an sie zu denken. Ich muß die Arme an den Körper gedrückt halten. Senke? Das Haus liegt doch auf einer Anhöhe, zumindest vom Meer her gesehen. Ich deute durch die schmutzige Windschutzscheibe. »Ja, in der Senke«, sagt er wieder und dreht den Einstellungsregler zwischen den Fingern, bis er Musik im Autoradio findet. Die Strandwiese schäumt in bläulichem Grün, und auf den trockeneren Partien wuchern Strandnelken über den Boden. Ein ohne Baugenehmigung errichtetes Gebäude aus weißgestrichenem Eternit, mitten aufs Feld gesetzt, weithin sichtbar. Wir sind gleich da, und der Fahrer kann es jetzt nicht lassen, einen Blick in den Rückspiegel zu werfen. Er hat die Geschwindigkeit gedrosselt, er dreht und wendet mein Gesicht in seiner Erinnerung.

Kaj muß den ganzen Tag auf der Treppe gesessen und gewartet haben, der Aschenbecher zu ihren Füßen ist schon randvoll. Sie hat kaum etwas an. Bikini und Holzschuhe, sonst nichts. Sie begegnet meinem Blick durch das Wagenfenster. »Der Juni hat alle Rekorde geschlagen, was kalte Nächte angeht«, sagt der Fahrer und schaltet den Taxameter ab. Er dreht sich zu mir um, als wollte er mich im Wagen festhalten, bis er diese Erinnerung zu fassen kriegt, die daliegt und ihn stört wie ein Haar im Kragen. Der Schweiß kriecht unters Hemd, obwohl die Nachtluft kalt ist. Es ist etwas an diesem Ort, was alle Poren dazu bringt, sich zu öffnen. »Heute morgen war Frost im Hafen. Ich hatte eine frühe Tour«, fährt er fort und stellt sich mit dem Wechselgeld an, um Zeit zu gewinnen. Und dann:»Dein Vater übrigens ...« Jetzt kommt es. Ich wußte es. Ich hatte es im Gefühl. »Jack, stimmt's?« fragt er. Ich lasse den Blick durch das Beifahrerfenster hinaus zu den Holzschindeln am Hausgiebel gleiten, deren Farbe von heftigem Regen abblättert. »Er schuldet mir was«, sagt der Fahrer und kramt in den Münzen herum, obwohl ich gesagt habe, daß es so stimmt. Natürlich. Jack schuldet allen etwas. Mir auch. »Er hat sich in einer Sache aus dem Staub gemacht, erinnere ihn dran. Ceder heiße ich. Er weiß, wer ich bin«, behauptet er. Aber ich antworte nicht, weil Jack gut darin ist, zu vergessen, und diese Schuld schon seit langem verjährt sein muß, es ist ja fünfzehn Jahre her, daß er hier gewohnt hat. Schnell nehme ich das Wechselgeld entgegen, um wegzukommen. »Und deine Schwester ... du meine Güte, Bikini bei dieser Kälte? Am besten beeilst du dich jetzt«, lächelt der Fahrer und blickt mit zusammengekniffenen Augen durch das Fenster auf Kaj, »vergiß nicht, Jack zu grüßen. Sag ihm, daß er seine Rechnung endlich begleichen soll«, beharrt er, während ich die Autotür aufstoße und aussteige. Ich muß selbst am Schloß des Kofferraums herumfummeln und das Gepäck herausheben, bevor er wendet und in einer immer größer werdenden Wolke von Staub verschwindet.

»Ich habe gewartet«, sagt Kaj, steht von der Treppe auf, wiegt ihren Körper in den Holzschuhen mit seinem ganzen Gewicht vor und zurück. Ich stelle die Koffer in den Kies, aber sie kommt mir nicht entgegen. Sie bleibt auf der Treppe stehen, rote Flecken an den Armen von der Kälte, den Abdruck der Steinplatten auf den nackten Oberschenkeln. Ihre Augen ziehen sich zurück wie Schnecken. Als ich hineinblicke, ist es dort dunkel, ich kann nicht einmal mein eigenes Gesicht sehen. Ich fühle mich an ein Fernsehprogramm erinnert, das ich einmal gesehen habe; zwei Vulkanforscher konnten nicht genug bekommen von der Gefahr, sie reisten um die Erde, um einen Ausbruch nach dem anderen zu dokumentieren, bis sie geradewegs in einen Ascheregen liefen und nicht mehr rechtzeitig umkehren konnten. »Ich habe gewartet«, sagt sie und stößt den Teller mit den Zigarettenstummeln mit dem Fuß um, ohne es zu merken, während sie mir den Rücken zudreht und hineingeht.

In der Küche steht noch das Frühstück, als wäre Mama gerade erst gefahren. Sie muß Reisefieber gehabt haben, bevor sie sich auf den Weg machte, weil an ihrem Platz alles unberührt ist. Die Teetasse, die Brötchen, ein trübes Glas mit einem Bodensatz von weißem Pulver. Sie hat einen Umschlag mit meinem Namen auf dem Spültisch hinterlassen, die Schlüssel zu ihrem abgemeldeten Toyota und ein paar Fünfhundertkronenscheine. Schnell stopfe ich sie in die Hosentasche, bevor Kaj es sieht. Bist du hungrig, Kaj?« frage ich, die Stimme schal, ohne Klang. Es ist die Feuchtigkeit, die die Geräusche hier dämpft. Man erkennt seine eigene Stimme nicht wieder oder so absolute Geräusche wie das Rascheln von Papier, eine Brausetablette, wenn sie in Wasser aufgelöst wird. Kaj behauptet immer, daß ich mir das einbilde, aber sie verläßt das Haus zu selten, um den Unterschied wahrzunehmen. Die längste Strecke, die sie sich jemals von hier entfernt, ist der Weg hinunter zum Strand. Und nur wenn sie taucht, läßt sie das Haus aus dem Blick. »Hast du etwas gegessen?« frage ich noch einmal. »Ich weiß nicht. Ich glaube nicht«, antwortet sie mit dem Rücken zu mir, »ich habe doch auf dich gewartet. Ich dachte, du würdest am Morgen kommen«, sagt sie, stolpert ein wenig über die Worte, als wären die Lippen von der Kälte steif geworden.

»Kümmere dich jetzt um sie«, bat mich Mama heute morgen zum dritten Mal, während sie den Ritmo in der Garage anließ. Sie gab viel zuviel Gas, jagte den Motor hoch, daß es im Handy jaulte. »Du meine Güte, Mama ... laß die Kupplung kommen, bevor du erstickst«, murmelte ich, aber sie hörte mich nicht, die Stimme ging im Motorgeräusch unter. »Komm nicht zu spät«, mahnte sie, »du weißt, daß Kaj auf dich wartet.« Ich stand in der Putzkammer der Säuglingsstation im Dunkeln. Hatte Nachtschicht gehabt und würde bald nach Hause gehen, bald schlafen dürfen. Ich brauchte einfach eine kurze Pause, ein wenig Dunkelheit, mußte mich eine Weile ausruhen. »Wünsch mir eine schöne Reise«, sagte Mama und ließ endlich die Kupplung kommen, bis die Räder auf dem Betonboden schnurrten. Ich konnte mir vorstellen, wie Kaj herauskam, um ihr zum Abschied hinterherzuwinken, wie sie mit ihrem gelben Kimono die Altantreppe hinabschritt, das Haar noch wirr vom Schlaf. »Du kannst den Zweitwagen benutzen. Aber er ist abgemeldet, also bleib auf den Nebenstraßen«, mahnte Mama. Taschengeld und Dienstwagen. Bezahlter Urlaub. Zwischen Mama und mir. »Alles wird gutgehen«, versprach sie im nächsten Atemzug, »laß einfach nicht zu, daß Kaj ihren Willen durchsetzt.« *Laß deine Schwester nicht ins Meer hinauswaten, um nie mehr zurückzukommen, laß sie nicht mit Fremden und Streichhölzern allein, laß sie nicht aus den*

Augen, laß sie nicht an den Wein gehen ... Ich lehnte die Stirn an die kühle Tür. Die Müdigkeit explodierte hinter den Augenlidern. Es war eine lange Nacht gewesen, die letzte Stunde war in Zeitlupe vergangen. »Schön für dich, eine Weile aus der Stadt rauszukommen, Kristian, sieh zu, daß du ein wenig Sonne abbekommst hier draußen. Meinst du nicht?« sagte Mama, und dann wurde das Gespräch unterbrochen, als würde sie in einen langen unterirdischen Tunnel einfahren.

Kaj öffnet Mamas Weinschrank mit einem Taschenmesser und nimmt eine Flasche Roten, den wir in ihrem Zimmer teilen sollen. Wein hat dieselbe Wirkung auf Kaj wie Katastrophen. Wenn eine Katastrophe bereits Faktum ist, wenn alle anderen herumlaufen und Staub aufwirbeln, hat sie die Fähigkeit, unberührt auf einem Stuhl zu sitzen und ihre Nägel zu säubern. »Wir sollten nicht«, sage ich, doch Kaj steht schon mit der Flasche in der Hand da. »Wir müssen mich mal wieder messen!« antwortet sie nur und stellt sich mit dem Rücken an den Türrahmen in der Küche, die Flasche baumelt in ihrem lockeren Griff über der Schwelle. Es ist ein Ritual zwischen uns, obwohl sie bald dreiundzwanzig ist und weder wachsen noch schrumpfen dürfte. Sie steht auf den Zehenspitzen wie sonst auch, reicht aber dennoch nicht an den alten Tuschestrich am Rahmen heran. Als wäre sie zusammengesunken, während ich weg war. Ich nehme einen Stift und ziehe einen neuen Strich über ihrem Scheitel, vergleiche mit dem letzten Datum. Es ist zwei Jahre her, daß ich hier war.

Kajs Zimmer riecht genau so, wie ich es in Erinnerung habe, nach alter Schokolade, altem Plunder und Staub. Unter dem Bett hat sie ihren Schokoladenvorrat. Sie zieht die Pappschachtel hervor, holt eine große Keksschokolade heraus und gibt mir ein Stück. Dann legt sie sich im Bett lang und blickt mich durch die rote Flüssigkeit im Glas an. »Hast du mich vermißt?« will sie wissen. »Es ist lange her, daß du zu Hause warst.« Ich schüttle den Kopf. »Ich auch nicht, es war geruhsam und angenehm ohne dich«, lächelt sie. Ich rolle den Wein im Mund warm. Sie macht es genauso. Und dann gilt es nur abzuwarten, wer zuerst zu lachen anfängt.

Wir nehmen unsere vertrauten Positionen ein. Ich in ihrem grünen Sessel, Kaj rauchend im Bett, unter dem Feuermelder, aus dem sie die Batterien entfernt hat, um zum Rauchen nicht auf den Balkon gehen zu müssen. Sie hat immer unter Schwindel gelitten.

Es wird nie richtig dunkel zu dieser Zeit des Jahres. Alles leuchtet, es wird schwer sein, Schlaf zu finden. Kaj streckt die Beine im Bett aus, balanciert das Weinglas auf ihrem Bauch und sagt, daß wir auch irgendwohin abhauen sollten. Wie alle anderen. Urlaub machen. »Urlaub? Das hier ist Urlaub für mich. Mit dir hier zu sein«, lüge ich und sehe, wie der Wecker alle Ziffern auf einmal umblättert. Bald landet Mama auf amerikanischem Boden. Die Hitze wird ihr vom Asphalt entgegenschlagen, ein fremder Geruch. Vielleicht bereut sie schon, daß sie gefahren ist. »Irgendwohin *abhauen*«, wiederholt Kaj und nimmt meine Hand, »weit weg, Kristian ...«, sagt sie und flicht ihre Finger in meine, langsam, drängend. Ich mag es nicht, wenn sie das tut. Das Unmögliche vorschlägt. Und darauf vertraut, daß ich immer nein sage.

Die Ereignisse gleichen Abzählreimen, die sich mit jedem Mal Aufsagen ein wenig verändern. Was ich am deutlichsten von Paris in Erinnerung habe, außer dem Ereignis im Notre-Dame-Pissoir, ist der Geruch dieser dünnen Pfannkuchen, die sie auf der Straße backen und mit dunklem Sirup servieren. Ich habe sie nie probiert, aber ich kann mich noch heute an den Geruch erinnern, mit einem ziehenden Gefühl der Sehnsucht in meinem Mund.

Man soll immer die besten Weine zuerst nehmen. Das hat Kaj von mir gelernt. Sie geht hinunter in die Küche und kommt mit einer Flasche ungarischem Roten zurück. Der schmeckt nach rostigem Werkzeug, das man den ganzen Winter über im Freien liegengelassen hat. Mama hat keine Ahnung, wie viele Flaschen sie im Schrank aufbewahrt, denn dann hätte sie ja nicht abzuschließen brauchen, meint Kaj. Unter ihrer Nachttischlampe hängt ein Kinderfoto von uns beiden, aufgenommen in der Küche des Nachbarn, und beide haben wir einen frisch geköpften Hahn in der Hand. Wir halten sie in die Kamera, stolz, als hätten wir sie selbst geschlachtet. Kaj schielt zum Betrachter hin, zwei Lücken in der Zahnreihe, ich bin bleicher als Wasser. »Waren wir wirklich so häßlich?« frage ich und lege mich neben sie, betrachte das Bild von unten. In meiner Erinnerung war meine Schwester die Schönste in diesem Sonnensystem. »Können wir nicht eine Weile schlafen«, murmelt sie. Sie ist erschöpft, nach einem ganzen Tag, an dem sie sich dazu gezwungen hat, stillzusitzen. Und betrunken vom Trinken auf leeren Magen. Ihre Stimme ist ein wenig schleppend. »Wir schlafen, bis der Regen aufhört, Kristian. Komm. Leg dich zu mir.«

Der Geruch ist überall. Sobald ich ins Haus trete, nehme ich ihn wahr. Kriechender Schimmel und Salz. In den Teppichböden, in den Tapeten. In den Laken und den Kissen in der Nacht. Das, was ich am meisten verabscheue, gibt mir gleichzeitig das Gefühl, zu Hause zu sein. Der Geruch. Der ständig gegenwärtige Wind. Ich mag das Meer sogar mehr als die Menschen, aber manchmal bin ich mir nicht sicher, ob es vielleicht gar keine Liebe ist, sondern einfach mit der Herkunft zu tun hat. Eine physische Erinnerung, die im Körper steckt. Und mit jedem Kilometer, den ich mit dem Meer im Rückspiegel zurücklege, wächst das Gefühl, daß ich mich in die falsche Richtung bewege. Vielleicht ist Kaj deshalb hiergeblieben. Weil sie nicht mehr Desorientierung erträgt, als sie schon immer in sich gehabt hat.

Ich liege auf dünnen Nägeln und spüre ihren unregelmäßigen Atem im Nacken. Muß andauernd die Augen öffnen und nachsehen, wo ich bin, muß mich versichern, daß nicht alles sinkt. Es ist, als schliefe man auf einem Schiff. Mitten in der Nacht kann Kaj ein Loch in den Boden des Schiffes bohren und die Dunkelheit hereinströmen lassen. Wenn ich verstohlen aufstehen will, packt sie mein Handgelenk im Schlaf und hält mich fest. Ich erwache in der Dämmerung von der Kälte im Zimmer. Allein im Bett, ins kaltfeuchte Laken verheddert. Kaj ist weg. Das ist mein erster langsamer Gedanke. Das Fenster ist aufgeweht worden, und draußen hängt der Nebel tief, das Meer sieht man gar nicht. Ich rufe nach ihr, einmal, zweimal, in den Nebel hinaus, aber die Stimme kommt nicht weit in der dichten Luft. Verschwunden? Schon in der ersten Nacht – was zum Teufel soll ich Mama sagen? Schnell ziehe ich den Rollkragenpullover über das Unterhemd, aber die Feuchtigkeit ist schon in das Gewebe gekrochen, und er wärmt überhaupt nicht. Ich lausche in den Garten hinab, und im selben Augenblick, als ich mich hinauslehne und ihren Namen erneut rufe, legt sie die Hände über meine Augen und fordert mich auf zu raten, wer sie ist.

Jemand kam zu unserem Haus. Jemand kam mit Kaj, eingewickelt in eine gelbe Steppjacke. Es war mitten im Winter, ich war vier Jahre alt und Kaj nur ein paar Monate. Die Frau sagte, daß dies Papas Tochter sei, und Mama zufolge hat er es weder geleugnet noch zugegeben. Nahm das gelbe Bündel im Eingang einfach entgegen wie ein Paket, auf das er gewartet hatte.

Man kann ahnen, wie Kajs biologische Mutter ausgesehen haben muß, weil Kaj keinem von uns ähnlich sieht. Papa ist spurlos durch sie hindurchgegangen, genau wie durch Jens und mich. Als hätte er Angst gehabt, etwas von sich selbst zu verlieren.

Der Name Kaj Angelika war auf ihrem Pullover aufgenäht. Und da wir die ganze Zeit glaubten, daß diejenige, die sie einmal hiergelassen hatte, kommen und sie zurückholen würde, fuhren wir fort, sie Kaj zu nennen. Bis es zu spät war, ihr diesen Namen zu nehmen, das einzige, das sie bei sich hatte, als sie kam. Mama hatte sich immer eine Tochter gewünscht. Aber sie konnte ja nicht wissen, daß die einzige Tochter, die sie bekommen sollte, ohne Vorwarnung kommen würde, eingehüllt in eine gelbe Jacke, mit einem fremden Namen, fremden Augen, fremdem Geruch, fremdem alles.

Als der Nebel in Richtung Land abgezogen ist, geht Kaj hinunter zum Strand und bleibt mehrere Stunden dort. Sie ist mehr im Wasser als an Land, der weiße Bikini leuchtet in den Wellen. Vom oberen Stockwerk aus kann ich ein Auge auf sie haben, ohne in die Sonne hinausgehen zu müssen. Sie schwimmt zu dem verankerten Floß, das Papa gebaut hat, als wir klein waren, und macht von dort Kopfsprünge. Vor dem Meer kann man Kaj nicht schützen. Das geht nicht, ich glaube, nicht einmal Mama versucht es. Ich habe immer gewußt, daß die Strömung sie nicht mitnehmen wird, auch wenn Mama oft davor gewarnt hat. Kaj ist zu stark und zu schnell. Die Strömung könnte sie nicht einmal mitnehmen, wenn sie selbst es wollte. In dem Moment, in dem die Strömung sie zu fassen kriegt, wird sie an mich denken, und dann kann das Meer sie nicht hinausziehen.

Erst als es kalt zu werden beginnt, kommt sie wieder nach Hause. Rotgebrannt und sandig, die scharfen Schulterblätter wie glänzende Fischflossen auf dem Rücken, Schnorchel und Taucherbrille in der Hand festgewachsen. »Komm mit, ein kurzes Abendbad nur«, sagt sie und presst die blauen Lippen gegen die Zähne, damit sie aufhören zu zittern. Der Wind weht Richtung Land, und hohe Wellen schäumen auf den Sand. »Ein anderes Mal«, sage ich und sehe weg, während sie die nassen Badesachen auszieht und sich mit dem Frotteehandtuch trockenreibt. »Bitte, Kristian!« bettelt sie. »Nein.« »Bittebittebitte Kristian ...« »Es wird noch mehr Abende geben«, antworte ich. »Nicht mit solchen guten Wellen. Hast du mich gesehen? Ich bin direkt hindurchgesurft.« »Du weißt, daß das gefährlich ist«, versuche ich. »Ja-ja-ja«, antwortet sie, läßt Bikini und Badehandtuch in einem feuchten Haufen auf den Boden fallen und geht hoch in ihr Zimmer.

Kaj geht im späten Sonnenlicht in den Zimmern herum wie eine Schlafwandlerin. Sie hat etwas Fliegengleiches, Unentschlossenes, Somnambules. Als suche sie nach etwas, das sie irgendwo verlegt hat. Oder etwas, das sie immer vermißt hat, ohne zu wissen, was es ist. Ich hätte ihr das von den Fliegen nicht vorlesen sollen. Es war eine kurze Notiz, die ich ausgeschnitten und in meinen Geldbeutel gelegt hatte. Irgendwann im Lauf des Augusts, so stand da, sollten dreißigtausend Fliegen von einem Insektensammler aus Schonen ans Britische Museum in London geliefert werden. Einige der Exemplare kämen von so exotischen Plätzen wie dem Pissoir unter dem großen Rosettenfenster von Notre-Dame. Und von einem Geschwür auf dem Rücken der Frau des Sammlers.

Ich weiß nicht, ob ich in diesem Pissoir Fliegen gesehen habe. Die einzige Erinnerung, die ich von Paris noch habe, ist der Geruch der Pfannkuchen, die sie auf der Straße backen. Ich war nur ein einziges Mal in diesem Pissoir, und ich habe es bisher niemandem erzählt, nicht einmal Kaj. Niemand außer idiotischen Touristen und Schwulen würde jemals seinen Fuß an diesen Ort setzen, aber ich war damals erst fünfzehn und hatte keine Ahnung. Als ich vor der Rinne stand, näherte sich jemand von hinten und streckte seine Hand direkt in den Strahl. Direkt in den Strahl. Ich dachte, ich müßte sterben.

Kaj beginnt das ganze Haus abzusuchen und findet bald eine Handvoll Fliegen, wo keine liegen dürften, wenn sie saubergemacht hätte, wie sie es sollte. Das Saubermachen ist ihre Aufgabe. Die einzige, die Mama ihr überträgt. In Mamas Sprechzimmer macht sie die meisten Funde. Ich warne sie. Mama kann es sehen, wenn man ihr Chaos auch nur um einen halben Millimeter verrückt. Das ist das Schlimmste, was man ihr antun kann. Aber Kaj dreht Krankenakten, Fruchtbarkeitstests und Bakterienkulturen um und vergrößert ihre Sammlung schnell. Sie nimmt die Fliegen einzeln mit einer Pinzette auf, als wären sie Exemplare einer vom Aussterben bedrohten Art. Sie hat schon immer gesammelt. Die Objekte wechseln ständig, aber der Leerraum läßt sich nicht füllen. Als wir klein waren, sammelte sie glückliche Augenblicke. Eine Zeitlang, eine unkomplizierte Zeit lang, ich glaube, daß es kurz nach Papas Auszug war, sammelte sie Streichholzschachteln wie jedes beliebige Kind. Aber dann begann sie plötzlich mit giftigen Pflanzen. Sie fand ein Buch in der Schule und lernte Namen und Nebenwirkungen auswendig. Nässender Ausschlag, blutende Schleimhäute, Muskellähmung, Atemstillstand. Ich erinnere mich noch an die Namen, die sie im Gehen vor sich hin murmelte, Zaunrübe,

Seifenkraut, Stechhülsen, Seidelbast. Dafür, daß sie so tödlich waren, klangen sie schön. Dann hatte sie auch das satt und begann Haare, Glastiere, abgeschnittene Nägel, Milchpakete, glatte Steine zu sammeln. Sie hat fast alles gesammelt, nur nicht das, was andere Menschen über sie denken. Das wäre zu einfach. Kaj mag es nicht, wenn etwas einfach ist.

Vielleicht sammelt sie, um all das aufzuwiegen, was um sie herum verschwindet. Die Dinge lösen sich in Kajs Umgebung in ein leeres Nichts auf, so ist es immer gewesen. Meist sind es Dinge, die man auf keinen Fall loswerden wollte, und je mehr Kaj einem beim Suchen hilft, desto länger dauert es, bis sie wiederauftauchen. Als würden die Dinge sich aus ihrer Gegenwart zurückziehen.

(Eisgekühlte Gläser)

Kaj

Die Tangfliegen sind kleiner und schwieriger zu fangen, sie fliegen zwischen den Fingern durch und sind fast durchsichtig, wie das Meer. Und fliegen in den Gläsern weiter, langsam, als flögen sie unter Wasser. Tiere. Man mag sie. Vor allem, wenn man klein ist, daran ist nichts Merkwürdiges. Manchmal tut man ihnen weh, aber das geht vorüber, es ist etwas, das passiert, und dann bereut man und vergißt es. Die Flügel der Fliegen sind so dünn wie das Eis auf den Wasserpfützen am Morgen. Man will mit den Fingern fühlen, ob es hält. Ein einziges Mal, als ich dreizehn war, mehrere Jahre nachdem Jack von uns weggezogen war, schickte Mama mich zu ihm. Es war wegen des Vogels, dem ich seine Federn abgezupft habe, als er noch lebte. Er lag in einem Schuhkarton unter dem Spültisch, hatte sich im Netz über den Himbeeren verfangen und einen Flügel verletzt. Kristian hatte ihn ein paar Tage mit Zuckerwasser und Mücken gefüttert. Er war schön, ganz schwarz. Ich zupfte die Federn erst von den Flügeln ab, wollte sehen, was darunter war. Er ruckte ein wenig mit den Beinen, gab aber keinen Laut von sich. Da wurde Mama unruhig. Nicht wegen des Vogels, sondern wegen mir. Un-ru-hig. Bekam einen hysterischen Anfall und schickte mich zu Jack. Und der Vogel? Sie drehte ihm den Hals um und vergrub ihn hinter der Garage, was hätte sie tun sollen? Jack war nicht auf mein Kommen vorbereitet gewesen. Er hatte beinahe vergessen, daß es mich gab. Und dann stand ich plötzlich da auf der Treppe, zusammen mit Mama und einer Tasche, die sie für mich gepackt hatte. »Eine Woche, dann hole ich sie«, sagte Mama. Eine angemessene Strafe, damit ich den Vogeltrick nicht wiederholte. »Sie gehört auch dir, Jack, hast du das vergessen?« erinnerte sie ihn, als sie seinen Blick sah. Dann ging sie. Ohne ihm zu erzählen, was ich getan hatte, denn Jack mochte Tiere und wäre ausgerastet, wenn er das mit dem Vogel gehört hätte. »Warum kommst du jetzt, wo du früher nie gekommen bist?« fragte er. Aber ich war nicht so dumm, darauf zu antworten. Jack schien zu glauben, daß es damit zusammenhing, daß Mama einen Typen getroffen hatte, und ich ließ ihn in dem Glauben. Er war gar nicht froh, mich dazuhaben. Er hatte keine Zeit. Und wir kannten uns ja kaum. Und dann die Frauen. Aber von ihnen sagte er nichts zu Mama, ich begriff es erst später, als sie weggefahren war. Daß Jack eine Menge Frauen hatte, für die er auch Zeit brauchte. Mehrere. Tagsüber durfte ich in der Wohnung tun, was ich wollte, während er dasaß und Fernsehen glotzte, Zigaretten rollte, Fischstäbchen briet, abspülte. Aber sobald die Straßenlaternen draußen angingen, mußte ich in das Zimmer gehen, wo er das Feldbett für mich aufgestellt hatte. Die Tür zumachen. Unsichtbar werden, unhörbar, aufhören zu atmen. Ich lernte schnell. Sie hatten häßliche Autos. Ich weiß nicht, warum ... aber häßliche Autos hatten sie alle, Altweiberautos, das konnte ich durchs Fenster sehen. Ich hoffte, daß keine von ihnen meine richtige Mutter war. Und der Geruch. Man erkannte ihren Geruch sofort. Die mit dem Passat zum Beispiel, ich erinnere mich an sie, weil sie die erste war. Dann begann ich sie zu verwechseln. Schon am zweiten Abend kam sie. Durch die Ritze in der Jalousie sah ich das Auto, das halb auf dem Gehsteig geparkt war. Gelber Passat mit rostigen Kotflügeln. Altweiberauto. Altweibermäßig geparkt. Ich öffnete die Tür einen Spalt, breit genug zum Durchgucken. Jack stand in der Küche und goß etwas für sie beide in zwei eisgekühlte Gläser. Ihre Stimme aus dem Fernsehzimmer. Das einzige, was man von ihr sehen konnte, waren zwei halbfette Beine in Nylonstrümpfen. »Du ... Ich hätte gern Eis«, rief sie. Eis? Darauf mußte sie wohl verzichten. Jack hatte sicher kein Eis. Eis ist schließlich was für alte Weiber. Ich mußte bei geschlossener Tür im Zimmer bleiben, weil es mich ja nicht gab. Wie sollte ich da auch einfach hineingehen, hinein zu den Gläsern und zu der Musik und sagen: »Hallo, ich bin Kaj«, und Hände schütteln, wie Mama es mir beigebracht hatte? Die Frau stand vom Sessel auf, und ich sah sie flüchtig durch den Spalt in der Tür, bevor sie sich mit dem Rücken zum Flur aufs Sofa setzte. Sie wollte Jack neben sich haben. War nicht hierhergekommen, um nur mit übereinandergeschlagenen Beinen dazusitzen und Small talk zu machen. Schwarzhaarig war sie, in der Farbe des Passat gekleidet, etwas Gelbes, Enges, das überall spannte. Jack kam mit den Gläsern in der Hand herein, aber er setzte sich nicht neben sie, ließ sich statt dessen in den Sessel sinken. Und sie lachte ein wenig nervös vom Sofa her, schien es nicht zu mögen, daß er sie so anschaute. Aus der Entfernung. »Was-schaust-du-so?« lachte sie. Jack zündete eine Zigarette an, bot ihr eine an, obwohl er es verabscheute, wenn Tussis rauchten. Dann ging er hinüber zum Musikschrank und legte etwas auf, von dem er wohl glaubte, daß es solchen wie ihr gefiel. Was Weiches. Eine von Mamas alten Barbra-Streisand-Platten, so Zeug, das Mama inzwischen nie mehr hörte. Er hatte sie wohl als Erinnerung aufgehoben. Mist, ich mußte plötzlich pinkeln. Mußte es zurückhalten, mußte mich versteckt halten. Ich legte mich aufs Bett und öffnete die Chipstüte, die ich von Jack bekommen hatte, damit ich den ganzen Abend unsichtbar blieb. Beine überkreuz, drückte schnell einige Fäuste voll in mich hinein, bevor ich mich auf den Bauch drehte und mit der Hand unter dem Bett nach dem Schraubglas tastete. Da. Ich hatte es in der Tasche von zu Hause hierhergeschmuggelt, nahm es hervor, hielt das Glas gegen das Licht. Das Tier war jetzt komplett angeschwollen und fing an, in sich zusammenzufallen. Die Farbe begann gerade, von Braun zu Graulila zu wechseln, die Augen waren aufgesperrt und trocken. Es atmete. Eine ganze Woche, und es atmete immer noch. Ich schüttelte das Glas, so daß es auf dem Rücken landete. Es ruderte ein wenig mit den Beinen, aber es hatte keine Kraft, sich selbst umzudrehen. Wenn es morgen nicht aufgehört hat zu atmen, tue ich es, dachte ich. Dann tue ich es, das habe ich beschlossen. Eine Woche kann niemand ohne Luft leben, das hatte Jens gesagt. Ich stellte das Glas zurück und warf ein T-Shirt darüber, so daß Jack es nicht finden würde, wenn er hereinkäme und herumschnüffelte. Jack mochte Tiere, das wußte ich ja, genau wie Kristian. Kleine Vögel, die gegen das Fenster flogen, sogar Insekten. Er rastete aus, wenn er sah, daß man etwas mit ihnen machte. Jetzt mußte ich aber bald. Müßte mich aufs Fensterbrett hocken und wie eine Wilde direkt hinaus in die Dunkelheit pinkeln. Es wäre mir egal, ob mich jemand sehen würde. So würden die Nachbarn gegenüber endlich was zum Anschauen bekommen. Sie schienen bei ausgeschaltetem Licht in ihren Küchen zu sitzen und auf alles zu glotzen, was sich draußen bewegte. Nur die Zigarettenglut war zu sehen. Ich drückte eine Handvoll Chips nach der anderen in mich hinein, bis die Chipstüte leer war. Zappte. Dann kam die Übelkeit über mich. Ich mußte ganz still liegen und das, was aus dem Hals nach oben kommen wollte, wieder zurückpressen. Jack hatte die Musik hochgedreht, und die Alte lachte aufgesetzt in die peinliche Stille zwischen den Stücken hinein. Jetzt nahm ich ihren Geruch bis zu mir herein wahr. Altweibergeruch. Parfüm, Menthol, Knoblauch. Und dann legten sie los, in Jacks Schlafzimmer auf der anderen Seite der Wand. Es klang überhaupt nicht schön, das Kopfteil des Betts schlug gegen die Wand, aber ich konnte wenigstens endlich aus meinem Zimmer gehen, ohne entdeckt zu werden. Ich schlich hinaus zur Toilette, gerade rechtzeitig, bevor ich mir in die Hose pinkelte. Als ich fertig war, mußte ich mich mit dem Zurückkommen beeilen, denn Jack war sicher schnell. Ich zog das Springrollo nach unten und kroch zurück ins Bett. Das Fernsehbild sprang hin und her zwischen einem Film, in dem zwei schweigende Männer, Gewehre über ihren Köpfen nach oben haltend, durch einen Tümpel wateten, und einem blauen Studio, in dem eine Frau Nachrichten in einer komischen Sprache vorlas. Ich vermißte Mama, sehnte mich nach Hause, und Kristian ... ihn vermißte ich auch. Aber vermißte er mich? Kristian hatte geschworen, er habe nicht damit gerechnet, daß Mama mich zu Jack schicken würde. Sonst hätte er nie gepetzt, behauptete er. Na gut. Aber wenn ihm ein toter Vogel mehr bedeutete als seine eigene Schwester, dann war er selber schuld. Wenn Jack sich nämlich an mich gewöhnte, wer weiß, vielleicht würde ich dann hierbleiben. Daran hätte Kristian denken sollen. Daran hätte er denken sollen, anstatt sich nur um diesen Vogel zu kümmern. Er hatte tagelang in der Küche gehockt und ihn gefüttert, und jetzt war er tot, und das war, um ehrlich zu sein, nicht nur meine Schuld. Auf der anderen Seite der Wand gab Jack endlich Ruhe. Ich hatte die Hand zwischen die Beine und das Gesicht ins Kissen gedrückt. In der Dunkelheit unter dem Bett rang die Kröte in ihrem Glas nach Sauerstoff. Der Deckel hatte begonnen sich zu wölben. Es gärte. Morgen würde ich es tun, das hatte ich beschlossen. Wenn sie morgen noch lebte, würde ich es tun.

(Schwarzes Land)

Ingrid

Schwarzes Wasser, schwarzes Land. Der Schatten des Flugzeugs bewegt sich über das Meer. Ich kippe die Sitzlehne zurück, breite den Pullover über die Beine, setze mir eine Sonnenbrille auf gegen das Licht. Kajs Stimme flüstert durch das Rauschen der Klimaanlage. »*Die Sauerstoffflaschen, Mama ... vergiß sie nicht.*« Nein, ich vergesse nie etwas, das weißt du, Kaj. Ich verstehe nur nicht, wozu du sie brauchst. Du sagst doch immer, daß du unter Wasser atmen kannst.

Jens schließt neben mir die Augen und streckt seine langen Beine aus. Im Profil wird er mehr und mehr seinem Vater ähnlich, jedenfalls wenn man ihn aus einem bestimmten Winkel heraus anschaut. Seine Hände ruhen leicht auf den Oberschenkeln, die Pupillen zucken hinter den Augenlidern. »Denk jetzt nicht mehr. Kaj kommt schon zurecht«, sagt er, als das Flugzeug auf die Startbahn rollt. Ich fingere an der gewachsten Papiertüte in der Sitztasche herum. »Der Atlantik ist eine angemessene Entfernung zwischen Kaj und dir, Mama«, murmelt er. Ich ziehe die Tüte heraus und falte sie auf, die Startmotoren werden hochgefahren, das Flugzeug beginnt zu beschleunigen. Beuge mich nach vorne. Spüre salzige Spucke die Zunge entlangrinnen. Hitze und Kälte spülen in ein und derselben Welle durch meinen Körper, und dann, trotz der Sonnenbrille, ein beinahe schmerzhaftes Licht, als wir durch die Wolken steigen. »Ladies and gentlemen«, beginnt der Pilot. Der Schweiß kühlt im selben Moment ab, in dem er ausbricht. Ich erbreche mich in zwei kurzen Krämpfen.

Jens tut so, als würde er nichts merken, oder schläft er schon? Er hat die ganze Nacht gearbeitet, viele Schlägereien und Betrunkene, wie sie im Arrest zu Anfang des

Sommers häufig vorkommen. Als ich ihn auf dem Weg zum Flughafen abholte, war er grau unter den Augen und gereizter als gewöhnlich. Fluchte auf die Scheißkids, die keinen Respekt mehr kannten. Er scheint sich nicht mehr daran zu erinnern, wie er selbst in dem Alter war, wie oft sie ihn einlieferten und ich ihn dort abholen mußte, wenn er ausgegangen war und einen draufgemacht hatte. Es fing an, als Jack verschwand. Als würde man den Verschluß einer stark geschüttelten Flasche öffnen und die Kohlensäure herausspritzen lassen.

Jens' Hände. Fast doppelt so groß wie meine. Liegen ausgebreitet auf den Oberschenkeln. Er kaut immer noch Nägel, wie damals, als er klein war. Die muskulösen Arme enden in diesen großen Händen mit kleinen abgekauten Nagelstümpfen. Das schwache Surren der Klimaanlage, die Kühle auf dem Gesicht. Wir fliegen über Wasser und Wolken, die Übelkeit sinkt langsam weg, und ich bitte um etwas zu trinken. Bekomme einen Gin Tonic, die Eiswürfel klirren beruhigend an die Wand des Glases, als ich es an den Hals halte. Er schläft. Ich mag die Art, wie er schläft, schwer und konzentriert, die Hände entspannt, ruhig. Er gleicht Jack. Es gab eine Zeit, da er alles tat, um seinem Vater zu gleichen. Jetzt gleicht er Jack, ohne sich anzustrengen, aber er mag es nicht mehr, daß ich ihm das sage.

Es war ungewöhnlich kalt heute morgen. Regen lag in der Luft, und ich erinnerte Kaj daran, daß Kristian nicht vor dem Abend kommen würde. Damit sie nicht den ganzen Tag auf der Treppe sitzen und die Straße hinunterstarren würde, ihrem Bruder entgegen. Warten. Vergessen zu essen, sich zu bewegen, zu blinzeln. Vergessen sich anzuziehen und dann krank werden. Sie saß mit ihrem schmalen, aufgesetzten Lächeln da, und ich weiß nicht, was sie dachte. Im Rückspiegel verschwand sie wie ein gelber schwebender Punkt, ein blinder Fleck, aber ich hatte ihre Stimme im Ohr, bis ich auf die große Straße einbog. *Tschüs dann, Mama. Vergiß nicht. Vergiß nicht, was du versprochen hast!* Die Stimme ängstlich im Eifer, aber ich war schon auf dem Weg. Es war nicht möglich, jetzt noch die Meinung zu ändern. Sauerstoffflaschen. Ich hatte versprochen, Sauerstoffflaschen für sie zu kaufen, wenn sie nicht zu schwer wären, um sie im Flugzeug mitzunehmen.

Im selben Moment, als ich auf die große Straße einbog, verschwand sie aus meinem Blick, und ich dachte an Jack. Ich versuchte es nicht zu tun, aber da war es schon zu spät. Ich bekam plötzlich Angst, daß allein der Gedanke an ihn ihn zurücklocken würde. Aber die Erinnerung streifte ihn nur im Vorübergehen. Ich dachte, daß es bald Juli war und daß er fünfzig würde und daß ich keine Ahnung hatte, ob er sich immer noch weigerte, seinen Geburtstag zu feiern, wie damals, als wir jünger waren. Das dunkelblonde Haar müßte jetzt auf jeden Fall grau sein. Die Zeit vergeht ja trotzdem, auch dann, wenn man so tut, als wäre es nicht so.

»Wenn Kristian nach Hause kommt, kannst du fahren, Mama«, sagte Kaj, als ich erzählte, daß ich verreisen würde. Sie wollte, daß ich sofort mit ja antwortete, am besten noch bevor sie die Frage gestellt hatte. Sie blieb auf dem Weg hinaus in die kalte Sonne in der Tür stehen, wartete, ließ die Taucherbrille in der Hand kreisen. Kristian, ihre große Liebe, ihr Lieblingsbruder. Es ist Ewigkeiten her, daß er zu Hause war, und ihr Bild von ihm wurde mit jedem Tag, der verging, leuchtender. »Wir werden sehen«, antwortete ich, und Kaj nahm das sofort als ein Ja. Lief wie ein kleines Mädchen los, den Sandweg hinab zum Meer.

Heute morgen, bevor ich fuhr, machte sie ihr Haar zurecht, weil er kommen würde. Bürstete es, bis ein Kranz aus Haaren auf dem Badezimmerboden lag, steckte es im

Nacken hoch, was er, wie sie weiß, mag. Probierte all ihre Tops und T-Shirts zweimal durch, stieg in Röcke und Sandaletten, die seit Ewigkeiten das Tageslicht nicht mehr gesehen hatten, und ließ sie dann wieder fallen. Schließlich endete es wie gewöhnlich mit dem Bikini und den Holzschuhen, und noch bevor ich die Reisetaschen zum Auto hinausgetragen hatte, hatte sie das Haar wieder geöffnet. Freier Fall. Aber sie hatte es auf jeden Fall versucht. Für Kristian.

Ich habe keine andere Wahl, als ihr zu vertrauen und zu hoffen, daß sie es mich nicht bereuen läßt. Es geht so leicht aus dem Ruder mit Kaj, das ist nun mal so. Und Kristian hat nie nein sagen können, wenn sie ihren Kopf schief legte – das weiß sie. Vielleicht mag sie ihn gerade deshalb so gern? Weil immer etwas passiert, wenn sie mit Kristian zusammen ist. »Ich verspreche es, Mama«, sagte sie, als hätte sie meine Gedanken gelesen, da auf der Treppe, und zündete die erste Zigarette des Tages an. Aber ein Versprechen von Kaj ... das ist wie ein Versprechen des Laubs, daß es im Herbst nicht von den Bäumen fallen wird.

Am Tag von Jens' Geburt war ein Unwetter. Regen klatschte an das Fenster des Kreißsaals, und das Rauschen der Ventilatoren klang wie das Rauschen von hohen Bäumen über mir. Jack kam nicht, wie er es versprochen hatte, obwohl es ein geplanter Kaiserschnitt war. Statt dessen hielt ein Narkosepfleger meine Hand und sprach hinter seinem Mundschutz die ganze Zeit mit leiser Stimme, um mich abzulenken. Seine braunen Augen waren alles, was ich sah, sie glichen denen von Jack. Der Chirurg machte den geplanten Schnitt durch die verschiedenen Schichten meines Bauchs und hob ein kleines zusammengekrümmtes Wesen hinter dem grünen Tuch hoch. Im einen Augenblick gab es Jens nicht, im nächsten Augenblick gab es ihn. Wie wenn jemand plötzlich stirbt, nur umgekehrt. Er kam durch ein Loch heraus, das so klein war, daß jetzt nicht einmal mehr seine Hand durch die Narbe passen würde. Der Pfleger ließ meine Hand los und flüsterte: »Ein Junge, es ist ein Junge ...« Sogar seine Stimme klang wie die von Jack, und ich zog den Mundschutz herunter, um zu sehen, ob er es war, aber der Rest des Gesichts war mir fremd.

Als Kaj zur Welt kam, war keiner von uns da. Über ihre ersten Monate wissen wir nichts. Sie wirkte unterernährt, als sie zu uns kam, und sah aus, als wäre sie zu früh geboren. Ich mußte in der zweiten Nacht zu meiner Arbeitsstelle fahren, um Beutel mit Zuckersalzlösung aus dem Lagerraum für sie zu holen, damit sie nicht austrocknete. Ich wollte sie nicht haben, genausowenig wie du, Jack. Aber sie war ein Kind. Jemand mußte zusehen, daß sie überlebte. Und du warst völlig ratlos, paralysiert, unwillig, also mußte ich diejenige sein, die sich um sie kümmerte.

Ich werde heute nacht nicht schlafen können. Sobald ich meine Augen schließe, bist du da, Jack. Wartest auf mich. In der Erinnerung an uns ist immer Sommer. Jeansshorts und Frotteeshirts, eine rastlose Bewegung. Das Muttermal an deinem Hals, magentafarben auf der frischrasierten Haut. Wir spielen glückliche Tote. Die Jungs lachen, wenn du auf den Händen die Treppe hinunterläufst, die Fußsohlen schwarz von Schmutz.

Unsere Kinder sind Kannibalenkinder, sie kommen überall hinein, in deine und meine Spiele, in sonnige Zimmer und in Träume. Lassen uns nie in Frieden. Durch geschlossene Türen gehen sie wie nichts. Und Kajs Babyhaar ringelt sich in der Sonne, als würden ihre Gedanken sich durch den dünnen Schädel nach außen schrauben. Niemand weiß jemals, was sie denkt. Ob sie denkt. Kristian stupst sie vorsichtig mit einem Stock in den Bauch, bis sie nach hinten umfällt. Sie kann noch nicht sicher sitzen, nur schreien kann sie und essen wie ein Pferd. Aber nichts bleibt hängen, in ihr sind kleine russische Puppen, die eine in der anderen, die alles schlucken, was sie in sich hineinstopft. Kristian hebt sie hoch und tröstet sie, bis sie noch mehr zu schreien beginnt. Da setzt er sie ins Gras und stupst sie wieder mit dem Stock.

Kristian trägt Kaj herum, sie zappelt wie ein Fisch in seinen Armen. Sie ist ein Experiment für ihn, er untersucht die Welt durch sie. Begreift, daß es eine Art Experiment ist, daß sie überhaupt hier bei uns ist. Aber Jens versteckt sich. Das fing an, als Kaj kam, und es bleibt so. Solange wir dieses fremde Gewürm nicht wieder losgeworden sind, gedenkt er nicht normal zu werden. Er hat den ganzen Sommer den Boden kaum gestreift, sitzt auf Bäumen und schießt tödliche Blicke auf alles, was sich bewegt, betrachtet uns vorwurfsvoll, verwirrt. Er hat so eine Art, Kaj anzuschauen, bis sie zu weinen beginnt. Nur Kristians Leben ist besser geworden, seit Kaj zu uns gekommen ist, denn wenn Jens wegbleibt, dann hat Kristian seinen Frieden. Er scheint der einzige zu sein, der nicht hofft, daß jemand sie wieder zu sich holt. Woher sie auch gekommen sein mag.

Zuerst versuchte ich, Kaj nicht zu lieben. Das ging nicht. Dann versuchte ich, sie zu lieben, das ging auch nicht. Jetzt warte ich einfach ab, was passiert. Wie mit Kristian und Jens, das hat ja auch seine Zeit gebraucht, bis ich sie lieben konnte, obwohl sie aussahen wie kleine Nachbildungen von mir, als sie geboren wurden. Ich lasse Kaj zwischen dir und mir im Doppelbett schlafen, ein Keil zwischen uns, ein notwendiger Abstand.

Du baust eine Laube für mich, in der ich an den Abenden sitzen und lesen kann. Du baust eine Sauna im Keller und eine Garage für meinen Fiat Ritmo. Schreinern und Herumvögeln ist das einzige, worin du gut bist. Es ist mir egal, ob die Jungen mich das sagen hören. Ich liebe und hasse dich gleichzeitig – ein Wechselstrom, der sich nicht für eine Richtung entscheiden kann. Du mauerst eine häßliche Veranda aus dunkelroten Ziegeln für mich, damit ich dir wegen Kaj verzeihe. Es nimmt den halben Sommer in Anspruch, und währenddessen muß ich mich um sie kümmern. Die ganze Zeit muß man auf sie aufpassen.

Das Dunkel verzweigt sich in dir, Jack. Füllt dich aus, verschließt dich. Dieser Prozeß hat vor langer Zeit seinen Anfang genommen, vielleicht schon bevor ich dich kennenlernte. Aber nachdem Kaj zu uns gekommen war, ging es viel schneller. Die Jungen verstehen nicht richtig, warum, nur daß Kaj der Auslöser dafür ist. Sie können Ursache und Schuld nicht unterscheiden. Sie kann keine Schuld haben, dazu ist sie zu winzig, nicht größer als eine Katze, wenn sie zusammengerollt auf dem Sofa einschläft. Aber das will Jens nicht einsehen. Er haßt Kaj. Er schaut sie an, bis sie zu weinen beginnt. Woher hat er diesen Blick, Jack?

Unsere Kinder sind Kannibalenkinder. Fressen uns bei lebendigem Leib. Lassen uns nie in Frieden. Du errichtest einen Zaun zur Straße hin, damit Kaj nicht hinauskrabbelt und plattgefahren wird wie ein Frosch, wenn ein Auto kommt. Wo man sie auch hindreht, sie nimmt Kurs auf die Straße, in sinnlosen Fluchtversuchen. »Laßt sie abhauen«, findet Jens, »sie gehört uns ja ohnehin nicht.« Du sagst nichts, nagelst wie ein Roboter, um am Abend fertig zu sein. Kristian versucht uns aufzumuntern, versucht die ganze Zeit, uns zum Lachen zu bringen. Schließlich wird er Meister darin, über Schwellen zu stolpern und in absurden Stellungen zu landen. Er müht sich ab, bis der Schweiß aus seinen Haaren dampft. »Schau, Mama, schau, schau ...« drängt er, um meine Aufmerksamkeit von Kaj abzuwenden. Meinen Blick statt dessen auf sich zu ziehen, mit Hilfe seiner schmerzhaften Stolperkünste.

Es ist einer dieser langen blauen Juliabende, die Schwalben fliegen hoch und verheißen für den nächsten Tag schönes Wetter. Du gehst auf den Händen um das Haus, Jack. Runde um Runde durch das frischgemähte Gras, während der Schweiß deinen verbrannten Rücken hinabrinnt. Du bist magerer geworden, seit Kaj gekommen ist, kannst nie stillhalten, mit den Jungen spielen, wie du es vorher getan hast, du bewegst dich planlos, arbeitest rastlos, ein neues Projekt nach dem anderen. »Ingrid!« rufst du. »Fahr mit dem Rad hinunter und kauf ein paar kalte Biere. Wir gehen an den Strand baden.« Ich setze Kaj in den Schatten. Ihr dünnes Haar schützt nicht gegen die Sonne, und sie liebt das brennende Licht, verläßt ihren Platz, sobald man nicht hinschaut. Als ich mit dem Bier vom Geschäft zurückkomme, sitzt du schon mit den Nachbarn, die ihren Sommer hier verbringen, auf dem Altan. Die neuen Nachbarn, die wir noch nicht ordentlich begrüßt haben, obwohl der Sommer schon halb vorbei ist. Leif, helle Augen und sommersprossiger Hals, nimmt meine Hand und erhebt sich vom Stuhl. Helle mit den mädchenhaft langen Haaren nickt und lächelt. »Geh und hol ein paar Erdnüsse, Ingrid«, sagst du, »wir lassen das mit dem Baden heute abend bleiben.« Du wischst Schaum aus dem Schnurrbart, den du dir hast wachsen lassen, nachdem Kaj gekommen ist. Er ist noch stoppelig wie eine alte Zahnbürste. Du versuchst erwachsen auszusehen, versuchst deinem eigenen Vater zu gleichen, obwohl du immer sagst, daß du nicht an ihn erinnert werden willst. »Hübsche Kinder«, sagt Helle. Zählt ihre Köpfe im hohen Gras. Sie bewegen sich so schnell, daß es aussieht, als wären es doppelt so viele. »Helle mag Kinder«, lacht Leif. Gerade da kommt Kristian herbei und läßt den zappelnden Fisch in meinen Schoß rutschen. »Nimm!« ruft er. »Sie ißt Schnecken, Mama.« Die Schneckenschale zerkracht am Gaumen, und Kaj sieht glücklich aus. Ich versuche, die Reste mit dem Finger herauszupulen, aber sie bringt es fertig, zu schlucken, angestachelt von Kristians angeekelten Grimassen. Kaj ist hungrig, immer hungrig, stopft alles in den Mund. Ich bitte dich, hineinzugehen und eine Flasche Brei zu wärmen, und erst tust du so, als hättest du nichts gehört, aber schließlich erhebst du dich angestrengt, fährst irritiert mit dem Finger über deinen Schnurrbart und schielst auf Helle, bevor du in der Küche verschwindest.

Du klapperst laut mit den Töpfen und rührst, daß man es durch das offene Fenster hört. Das Gespräch ist verstummt, Leif streicht Helle über das Haar. Kaj saugt eifrig an meinen Fingern, so als wollte sie sie am liebsten auch essen. Sie hat Helles Halskette aus grünen Steinen ins Visier genommen, und jetzt gibt es auf der Welt nichts anderes für sie. Keine Schnecken, keinen Hunger, nur glänzende grüne Steine. »Es können Würmer sein«, überlegt Helle, »wenn sie viel ißt und immer dünner wird. Du solltest das mal nachschauen lassen. Wir hatten einmal eine Katze, die fraß, bis sie verhungert war. Achtzehn Meter Bandwurm hat der Tierarzt in ihr gefunden.« Leif windet sich auf seinem Stuhl, als wäre er derjenige, der diesen Wurm in sich hat. »Helle!« stößt er hervor. Sie sieht ihn verständnislos an. »Es ist ihre *Tochter*, über die wir sprechen!« Kaj reckt sich zu Helle hinüber, mit schmutzigen Händen, so eifrig, daß ich fast nicht dagegenhalten kann. Ich gebe nach, und sie macht sich sofort über den funkelnden grünen Schatz her.

Ich mag sie von Anfang an. Helle und Leif. Ich mag sogar ihre Namen. Sie erinnern an uns, als wir jünger waren, und trotzdem, es ist etwas an ihnen, das ich zerstören möchte. Eine Sehnsucht nach kleinen, lachenden Kindern, die im Gras Schnecken essen, vielleicht? »Sie ist gar nicht meine Tochter«, höre ich mich selbst sagen. Und Leif lächelt. Lächelt, als würde er glauben, daß ich einen Witz mache – wie könnte er etwas anderes glauben? Da erzähle ich, was ich für gewöhnlich nicht erzähle. Von dem zappelnden kleinen Paket, das in eine gelbe Jacke gewickelt war. Von der Frau, die Kaj zurückließ und verschwand. Ich erzähle es schnell, bevor du mit dem Brei und der Decke mit den blauen Katzen darauf herauskommst, der Lieblingsdecke, in der Kaj tatsächlich für gewöhnlich einschläft, wenn man sie wiegt, bis man glaubt, keine Arme mehr zu haben, bis ihr so schwindlig ist, daß sie verschwindet.

Helles und Leifs Augen wachsen schneller als Wasserflecken. Als du mit der Breiflasche in den Garten kommst, ist es am Tisch völlig still geworden. Aber das merkst du nicht, Jack, weil du neuerdings am liebsten selber redest, wenn wir Leute treffen. Als würdest du kein Vertrauen in das haben, was mir einfallen könnte. Du drückst Kaj, die vor Eifer auf Helles Knien auf und nieder hopst, die Flasche in die Hand. Aber Helle hält sie jetzt auf andere Weise. Unsicherer. Als hätte Kaj sich von einem Kind in etwas anderes verwandelt. In einen merkwürdigen Gegenstand vielleicht, der womöglich Unglück bringt.

(Kabusa)

Jens

Ich weiß nicht, was schlimmer ist, jemanden zur Welt kommen sehen oder jemanden sterben sehen. Ich habe Hunde sterben sehen, aber keine Menschen. Ich habe Kristian zur Welt kommen sehen. Beim Schießplatz von Kabusa in Großvaters Lastwagen, Kopf voraus auf die Gummimatte zwischen Schotter und Schneematsch. Der Anhänger war noch voll mit Konserven aus Polen, weil Großvater keine Zeit gehabt hatte, sie abzuladen. Er hatte den schweren Lastwagen gerade schlitternd im Schnee am Straßenrand zum Stehen gebracht, als Kristian herausglitt. Und Mama war wegen der starken Schmerzen vom Sitz gerutscht und lag in einem komischen Winkel über Kristian gekrümmt. Draußen fuhren die Autos vorbei, jemand begegnete meinem Blick, und ich versuchte die Hand zu heben, um ein Zeichen zu machen, aber die Hände waren tief in den Jackenärmeln festgefroren. Mein Alter schrie. Schrie Mama an und versuchte sie vom Boden hochzubekommen. Irgendwo in der Dunkelheit unter ihr schnappte Kristian nach Luft, aber ihre Beine trugen sie nicht, sie war völlig leblos. Und auf der Schlafpritsche hinter den Sitzen lag ich, und ich dachte, wenn ich nur ganz still wäre, ganz still ... und dem Scheibenwischer mit meinem Blick folgte, würde alles vielleicht bald vorüber sein.

Als Lisette schwanger war, konnte ich die ganze Zeit an nichts anderes denken als daran, wie das Kind herauskommen würde. Und um mich aufzubringen, arbeitete sie natürlich so lange, bis das Wasser kam, mitten auf dem Boden im Büro der Küstenwache. Dann schrie sie *will nicht will nicht will nicht,* den ganzen Weg in die Geburtsklinik, bis das Personal es satt hatte und sie mit Lachgas außer Gefecht setzte. Danach sagten sie, daß die Entbindung *s-u-p-e-r-g-u-t* gelaufen sei. Völlig normal. Aber ich versprach Lisette, ihr *nie* wieder ein Kind anzudrehen. Drei Monate später brach ich dieses Versprechen, am letzten Abend in Skagen, auf der Bahnhofstoilette, während wir auf den Zug warteten.

Bald. Nicht jetzt, noch nicht. Wenn wir zwischenlanden, vielleicht? In der Transithalle, auf neutralem Boden, spreche ich mit Mama. Nicht über alle Pläne, nur über den ersten. Nur Schritt eins. Ich komme mit ihr nach Florida, aber dann trennen wir uns. Ich ziehe weiter und miete ein billiges Zimmer irgendwo. Pfeife aufs Touristenghetto, das ist ohnehin nicht mein Ding, Menschenmassen, Amerikaner, Tingeltangel. Ganz einfach nicht mein Ding. Ich will meine Ruhe haben. Ich brauche das. Wir tun, was wir wollen, jeder für sich, und dann treffen wir uns am Flughafen wieder, wenn die drei Wochen vorbei sind. Worum ich sie bitten will, ist kein großer Dienst, nur daß sie zu Hause anruft und Lisette vormacht, daß wir gemeinsam Touristen spielen, uns sonnen, baden, am Pool kaltes Bier trinken.

Ich habe mich auf diese Reise gefreut ... wird Mama sagen und mir diesen enttäuschten Blick schenken. *Du magst doch nicht gern allein sein, Jens, das ist doch das Schlimmste, was du kennst. Was hast du dir denn jetzt einfallen lassen?* Mißtrauisch. Anklagend. Wie immer. Aber sie wird mir ansehen, daß es keinen Sinn hat, mich zu etwas zu zwingen. Sie wird es nicht wagen. Ich habe Pläne, und sie sind durchdacht, ich werfe sie nicht um, nur weil sie anfängt, Schwierigkeiten zu machen. Sie wird mein Alibi sein. Das ist nicht egoistisch, es geht ganz einfach um Geben und Nehmen. Ich hätte auch jemand anderen mitnehmen können, niemand hätte dieses Ticket abgelehnt, nicht einmal, wenn sie gewußt hätten, daß meine Gesellschaft nicht im Deal inbegriffen sein würde. Florida ist doch wohl eine Traumreise, egal ob in meiner Gesellschaft oder allein. Heiße weiße Strände, drei Wochen Gratisluxusreise ins Paradies. Nur weil Kaj gereimt hat, wie knusprig diese Chocopops sind, die sie nicht einmal selbst probiert hat. Irgendwie typisch Kaj. Sie zeigt auf irgend etwas Beliebiges und bekommt es, und es ist immer eine Verschwendung, weil sie es doch nicht braucht.

Kaj auf einer Reise zur anderen Hälfte des Erdballs, das hätte nie funktioniert. Wer wäre freiwillig mit ihr gefahren? Wer wäre mit ihr in ein Flugzeug gestiegen? Sie könnte niemals neun Stunden auf einem Flugzeugsitz stillsitzen, ihre schlechte Energie würde den Radar des Flugzeugs stören und es in den Atlantik stürzen lassen. Das sagte ich zu ihr, und dann bat sie Mama nicht ein einziges Mal darum, fahren zu dürfen. Gab mir statt dessen die Tickets, ohne die geringste Regung in ihrem gefühlsleeren kleinen Gesicht zu zeigen.

Doch Lisette. Nicht genauso gleichgültig. Schrie mich im Bett an, als sie begriff, daß ich nicht daran dachte, sie mitzunehmen. Führte sich so auf, daß ich ihr beinahe eine direkt auf ihren nervtötenden Mund verpaßt hätte, der sein eigenes Leben lebt, wenn sie in dieser Stimmung ist. *Uns zuliebe.* Wollte ich zu ihr sagen, wenn sie nur zugehört hätte. Ich tue es uns zuliebe, Lisette. Uns und den Kindern zuliebe. Wenn du einmal ein wenig Geduld haben könntest, dann würdest du es verstehen. Drei Wochen, ein wenig Vertrauen nur, Lisette. Ich liebe ja verdammt noch mal dich!

Als wir auf dem Weg nach unten sind, sitzt Mama mit der Kotztüte bereit, aber es kommt nichts. Wir gehen schweigend durch die Transithalle. Sie ist graubleich, scheint sich während der ganzen Zeit des Umsteigens im Halbschlaf zu befinden. Sie ist noch nie so weit geflogen. Ich trage ihr Handgepäck; es ist so schwer wie mein ganzes Gepäck. Es ist dunkel geworden, als das neue Flugzeug endlich auf die Startbahn rollt. »Schlaf jetzt«, sage ich zu ihr, und sie nickt, aber sie schließt die Augen nicht ganz, die Augenlider scheinen auf halbem Weg hängengeblieben zu sein. Ich sehe, woran sie denkt. Dieser Schatten, der sich immer um ihren Mund legt, wenn sie an Kaj denkt.

(Jederzeit frei)

Kristian

Die Hitze nimmt mir den Appetit, aber bei Kaj ist das nicht so. Alles, was ich auf den Tisch stelle, ißt sie. Sie legt die rosa Speckscheiben auf dicke Scheiben schwarzes Brot, stopft ein ganzes gekochtes Ei in den Mund und rollt die Augen. Die Milch, seimig und warm, rutscht hinab wie nichts, und sie lächelt mit glänzend weißem Schnurrbart. »Ich kann abräumen ...« bietet sie sich an, nur um meinen Teller am Spültisch heimlich leer zu kratzen. Die Reste landen in ihrem Mund statt im Abfall. Ich tue so, als würde ich nicht sehen, wie sie alles in sich hineinschleckt. Ihr Körper verbrennt alles so schnell wie ein heißer Ofen, es tickt die ganze Zeit zwischen ihren Schläfen, vor und zurück, hin und her, eine Maschinerie, die unaufhörlich mit Brennmaterial gefüttert werden muß, um nicht zu kollabieren. Die Handgelenke sind dünn, die Hände groß und schmal. Nur in den Nächten sind sie still. Aber auch wenn sie schläft, zucken ihre Fingergelenke manchmal wie gejagte Hunde.

Die ersten Tage sind ruhig, eine Art Ruhe vor dem Sturm. Wir spielen Spiele, um die Zeit zwischen den Mahlzeiten und Kajs sporadischer Jagd auf Fliegen zu vertreiben. Yatsy, Monopoly, Cluedo, Scrabble, Trivial Pursuit, Badminton, Boccia. Sie verliert überall außer im Volleyball, weil sie direkt aus dem Stillstand hochschnellen kann wie ein Wüstenhund. Und ihre schnellen Hände sind wie zum Schmettern gemacht.

Kaj verteilt sich über die Zimmer wie Regen, Tropfen um Tropfen von Unruhe, ohne sich auch nur zu bewegen. Der Sauerstoff im Haus wird schnell von ihr aufgebraucht. Ich gehe hinaus und pinkle hinter die Garage, wie es Papas Gewohnheit war, wenn er sich eine Weile absetzen wollte. An der Garagenwand stehen noch die Reste des Sprossenstuhls, auf dem er danach zu sitzen und eine zu rauchen pflegte, wenn es nicht regnete. Ich kann sehen, wie Kaj im Fenster steht und auf mich wartet, aber ich lasse mir Zeit. Ich stehe mit Papas löchrigen Gummistiefeln da und lasse den Strahl über das Meer der hochgeschossenen Brennesseln gleiten. Wie Mama es aushält, weiß ich nicht ... Jens hat recht, obwohl ich dieses Bild von einer Ratte, die in einem Eimer herumrennt, immer verabscheut habe. Das ist sein Bild von Kaj – pausenlos im selben engen Eimer kreisend. Wenn Jens wütend auf sie ist, zwingt er mich dazu, sie zu verteidigen. Und dann ist er böse auf mich und ich auf ihn. Und Mama auf mich und Kaj auf Mama. Dann dreht sich das Rad und schnurrt eine Umdrehung in die andere Richtung, in einer Art Ewigkeitsbewegung. Der einzige, der dabei fehlt, ist Papa. Oder ist er vielleicht die Bewegung selbst?

Ich helfe Kaj, die Nachkommen eines einzigen Fliegenweibchens während eines Sommers zu berechnen. Ein Weibchen legt einhundertzwanzig Eier auf einmal, und wenn die Hälfte der Eier zu Weibchen wird und diese sechzig Weibchen je einhundertzwanzig Eier legen, dann werden das siebentausendzweihundert neue Fliegen. In diesem Tempo wird diese erste Fliege zur Urheberin für ... Ich starre auf die Ziffer und beginne nachzurechnen, komme aber immer auf dasselbe Resultat. Fünfundzwanzigmillionenneunhundertsiebzigtausend Fliegen. Bevor der September zu Ende ist.

Es ist möglich, daß ich noch einmal zum Pissoir in Notre-Dame zurückkehrte. Nur ein einziges Mal. Ich bin nicht ganz sicher, aber *wenn* ich es tat, dann nur, um zu verstehen, was dort passiert war. Denn das, was man nicht versteht, läßt einem keine Ruhe. Es kitzelt einen, weil man weiß, wenn man sich ihm stellen würde, könnte es einen verändern.

Die Fliegen halten mich in den Nächten wach, und wenn sie endlich still geworden sind, fangen an ihrer Stelle die Mäuse in den Wänden an zu rascheln. Was Kaj wach hält, weiß ich nicht, aber etwas muß es sein, denn sie schleicht sich so leise zu mir herein, daß ich sie erst bemerke, als sie bei mir sitzt. Sie kriecht nicht zu mir unter die Decke, wie sie es früher immer tat, sondern setzt sich in den Sessel neben dem Bett und schaut mich an, eine Wolldecke über sich, bis sie einschläft. Das Meer vor dem Fenster ist so nahe, daß man es selbst dann hört, wenn es spiegelblank ist. Dann klingt es wie Unterwasserraunen, wie wenn das Blut in den Ohren rauscht, wenn man da, wo man keinen Grund unter den Füßen hat, nach frischem Tang taucht.

Die Fliegen sind grotesk und scheinen immer größer zu werden. Es muß die Hitze sein, die Menge an Essensresten im Haus. Sie schwellen an, gedeihen, fühlen sich wohl. Kaj füllt schnell zwei Schraubgläser, und ich warte darauf, daß sie begreift, wie ekelhaft und sinnlos ihre Beschäftigung ist, und alle auf einmal auskippt. Jeder Bissen dreht sich mir auf halbem Weg um, wenn sie die Fliegen beim Frühstück auf dem Tisch stehen hat. Sie schüttelt die Gläser, bis es in ihnen rasselt, hält sie gegen das Licht, um zu kontrollieren, ob sie nicht inzwischen schimmeln. Wenn ich blinzle, sehe ich überall Fliegen. Die Chocopops bekommen in der Milch kleine schwarze Beine. »Stell dich nicht so an«, sagt sie und rollt das Glas über das Tischtuch, »das sind nur Tiere, Kristian. Keine bösen Geister.« Aber ich bin nicht so sicher. Ich träumte heute nacht von ihnen, und da hatten sie die Gläser in Millionenzahl verlassen, während wir, nichts Böses ahnend, in unseren Betten schliefen.

Wir nehmen die Fahrräder zum Kalksteinbruch. Die ganze Strecke bergauf, die Sonne verbrennt unsere Nakken. Der wassergefüllte Steingraben liegt wie ein weit geöffnetes grünes Auge in der Sonne, es gibt dort keinen Schlamm, kein Gewächs, nur Stein. Aber es kommt vor, daß man kleine Stichlinge sieht. Ich weiß nicht, wovon sie leben, außer von den Absonderungen derer, die dort baden. Wenn man hinabtaucht, kommen sie hervor und streichen einem in lichten Schwärmen um den Körper. Während ich übe, einen Kopfsprung mit gestreckten Beinen zu machen, hockt Kaj an der Kante. Sie bemerkt boshaft, daß ich aussehe wie ein Hund, der einen Krampf bekommen hat, als ich versuche, anmutig durch die Luft zu fliegen. Kaj hält nur die Füße ins Wasser, sie mag dieses Eingeschlossene, Bodenlose nicht – wie ein Aufzugsschacht, sagt sie, wagt es nicht, dort zu baden, obwohl sie viel besser schwimmt als ich. Es ist unerträglich heiß mit all dem Stein, der uns unter dem weit offenen Himmel umgibt, und keine kühlenden Bäume in der Nähe. Die Hitze bringt die Gedanken zum Schmelzen, aber Kaj geht es besser, je heißer es wird. Wenn ihre Gedanken verkleben, hängen sie wenigstens aneinander.

»Ich habe auf dich gewartet, jeden einzelnen Tag, den du weg warst«, sagt sie. »Ich habe dich auch vermißt«, antworte ich und spucke Wasser, hänge mit beiden Armen an der Kante, verschnaufe. »Nicht vermißt. *Gewartet*«, wiederholt sie. Jeden Tag, seit ich das letztemal zu Hause war? Das sind siebenhundert Tage, Kaj ... »Du hast jemanden kennengelernt. Eine Frau. Stimmt's?« fragt sie. Ich schüttle den Kopf und versuche, mich an der Kante hochzustemmen, aber sie schubst mich mit einer leichten

Bewegung des Fußes zurück. Die Milchsäure pumpt in den Muskeln, ich muß mich ausruhen, bevor ich es wieder versuche, also lege ich mich im Wasser auf den Rücken. »Wer hat das gesagt?« frage ich. »Das kann ich mir schon selbst zusammenreimen! Ich bin ja nicht blöd«, antwortet sie. Als ich einen erneuten Versuch mache, aus dem Wasser hochzukommen, schubst sie mich wieder hinein. Etwas härter dieses Mal, so daß Wasser an ihrem Bein hochspritzt. Es ist nicht mehr lustig, aber das ist sicher auch nicht ihre Absicht. Kaj macht normalerweise keine Witze. Sie dreht die ewiggleiche Haarsträhne zwischen den Fingern, ihr Haar ist trocken und spröde von ihrem zwanghaften Baden im Meer. Meine Arme fangen an taub zu werden, wie kurz vor einem Krampf. »Wenn du das noch einmal machst, ziehe ich dich hinunter«, sage ich ruhig, und da wird sie plötzlich feige und zieht ihre Beine zurück, so daß ich nicht an sie herankomme. Die Müdigkeit zieht meinen Körper hinab in die kalte Tiefe, bevor ich es endlich schaffe, mich über die Kante hochzustemmen.

Sobald Jens und ich gelernt hatten, nicht zu ertrinken, nahm Papa uns mit hierher, um uns Kopfsprünge vom Steinblock beizubringen. Kaj durfte nie mitkommen. Sie ging statt dessen allein hinunter zum Meer und brachte sich selbst bei, wie ein Rochen am sandigen Grund entlangzuschwimmen. Kam nach Hause, den Bauch rotgeschliffen vom groben Sand, und weigerte sich zu erzählen, wo sie den ganzen Tag gewesen war, obwohl man es von weitem sehen konnte. Jens und ich wurden nie gut in den Saltos, die Papa uns beibringen wollte. Ihm zuliebe trotzten wir unserer Angst mehr und mehr, tauchten tiefer, sprangen steiler, hielten den Atem an wie Wrackplünderer. Aber es reichte ihm nie. Wenn wir die Fahrräder wendeten und vom Steinbruch nach Hause fuhren, lag immer eine Spur Enttäuschung in seinem Blick.

»Wie heißt sie? Die du getroffen hast. Sag«, beharrt Kaj. Sie füllt die Hände mit Steinschlag und läßt die kleinen scharfen Kalksteinstücke wie prasselnden Regen über das Wasser fliegen. Ihr Gesicht hat etwas Gespaltenes. Es ist unnatürlich ausgeglichen, harmonisch an der Grenze zur Auslöschung, aber wenn man den Blick darauf ruhen läßt, fließen die Züge schließlich auseinander wie ein Spiegelbild im Wasser. Ihr Blick ist offen und sicher, aber nur, wenn man ihr nicht zu lange in die Augen schaut. Er ist nur ein Schutz vor ihrem anderen Blick. Der die Welt in Dunkel und Hell spaltet, in Ursache und Wirkung, der die Teile vermischt und sie in einer anderen Ordnung zusammenbringt. »Sie heißt nicht«, versichere ich, »ich habe nur gearbeitet ... In den Nächten gearbeitet und am Tag geschlafen.« »Wie, gearbeitet?« fragt Kaj. »*Gearbeitet.* Was Menschen halt so tun. Kleine Säuglinge am Leben erhalten. Mit Infusionen und Kathetern und Sauerstoffschläuchen.« Sie bricht große Stücke von unseren mitgebrachten Broten ab und versucht eine Krähe zu treffen, die auf einem der Steinblöcke herumhüpft. Scheint nicht mehr zuzuhören. »Es ist nur Mama, die glauben möchte, daß ich jemand anderen liebe als dich«, versichere ich. Ich flüstere, obwohl uns niemand hören kann. Wir sind allein mit dem Wasser, den Stichlingen, den Steinen, der Krähe. Kaj wiegt ein großes Stück Kalkstein in der Hand und wirft es ins Wasser. »Wenn du mich liebst, dann hol ihn hoch«, sagt sie. »Komm nicht nach oben, bevor du ihn gefunden hast.«

Der Name Kaj Angelika war auf ihrem Pullover aufgenäht, als sie zu uns kam. Es war Papa, der entschied, daß wir sie Kaj nennen sollten und nicht Angelika, obwohl Mama sagte, daß Kaj ein Name für einen Jungen sei. Viel später kam Kaj selbst darauf, daß ihr Name zu Jack wurde, wenn man ihn rückwärts aussprach. Als Papa wegzog, blieb Kaj. Mama sagte, daß sie und Papa sich darüber einig gewesen seien, aber es wäre das erstemal seit Ewigkeiten gewesen, daß sie sich über irgend etwas einig waren. Wenn Papa dann hin und wieder kam und uns besuchte, saß Kaj so lange unbeweglich da, daß sie auf dem Sofa einen Abdruck hinterließ. Vielleicht war sie von seiner Gegenwart gelähmt. Oder sie wollte keine Sekunde seiner kurzen Besuche verpassen. Sie verhielt sich ganz still und verschlang ihn mit ihrem Blick, während er auf dem Boden saß und mit mir und Jens sprach, leise und vertraulich, damit Mama es in der Küche nicht hören konnte. Papa schien nicht zu wissen, wie er sich Kaj gegenüber verhalten sollte. Was sollte man auch mit einem Mädchen anfangen, das sieben, acht, neun Jahre alt war. Und je älter sie wurde, desto schwieriger wurde es, desto weniger Interesse zeigte auch sie für ihn, bis der Kontakt zwischen ihnen kaum noch existierte.

Die Sonne brennt über unseren Köpfen, die heißen Steine brennen unter uns. Ich gleite zwischen Schlaf und Bewußtsein hin und her, Kajs Stein halte ich immer noch in der Hand. Als ich mit ihm nach oben kam, schien sie schon vergessen zu haben, warum sie mich gebeten hatte, ihn zu holen, wofür er ein Beweis sein sollte. Es pocht in den Schläfen von diesen letzten ewigkeitslangen Sekunden, bevor ich endlich hochkommen und Luft holen konnte. Kaj streicht mir geistesabwesend über den Rücken, sanft, als würde sie die Finger durch Wasser ziehen. »Man kann nicht herumlaufen und Angst haben«, sagt sie plötzlich, »sogar die, die uns lieben, sind jederzeit frei, zu verschwinden. Es kann gar nicht anders sein, oder?« Es ist, als versuchte sie mich auf etwas vorzubereiten. Ich weiß nicht, was ich antworten soll. Im intensiven Licht brennt ihr langes hellrotes Haar um das Gesicht. Die Ohren, von der Sonne durchleuchtet. Wenn Kaj verschwinden würde, wenn sie tatsächlich verschwinden würde, würde ich sie mehr vermissen als meine Augen, wenn ich eines Morgens ohne aufwachen sollte. Aber gleichzeitig wüßte ich ja, daß sie endlich etwas anderes zu sehen bekäme als diesen Ort hier. Etwas anderes als ihre festgelegten Kreise, ihr enges Zimmer, dieses verfluchte Meer.

Erst am fünften Abend ruft Mama an. Sie hat einen Magenkatarrh gehabt und fünf Kilo abgenommen, hat einen sauteuren Badeanzug gekauft, der perfekt sitzt, der aber an den Nähten platzen wird, wenn sie auch nur ein Gramm wieder zunimmt. Jens fühlt sich wohl wie ein Fisch im Wasser, er hat schon einen Sonnenbrand bekommen und ein Surfbrett gekauft, erzählt sie. Jetzt ist er mit einem Touristenboot hinausgefahren, um in den Korallenriffs zu tauchen. »Es ist schön, ihn wieder lachen zu hören«, sagt Mama, »richte Lisette aus, daß wir vielleicht *over here* bleiben ...« Dann wird das Gespräch unterbrochen. Ich rufe Lisette an und sage, daß es in Florida regnet. Daß Jens sich nach ihr und den Mädchen sehnt.

Manchmal, wenn ich an einem Spiegel vorbeikomme, bilde ich mir ein, daß es Jens ist, der vorbeigeht. Ich kann lange dastehen und auf mein eigenes Gesicht starren, beim Versuch, etwas zu finden, was mir gehört. Erst machte Gott Jens, dann füllte er dieselbe Form noch einmal, und Mama hatte vermutlich recht damit, daß sie nicht mehr Kinder bekam. Es wären nur noch mehr Jungen geworden, die sich ähneln, bis sie schließlich den Traum von einem Mädchen hätte aufgeben müssen.

Wenn man zwei linke und zwei rechte Gesichtshälften eines Menschen zusammensetzt, bekommt man zwei neue Personen, die nicht einmal miteinander verwandt zu sein scheinen. »Weniger verwandt als du und ich«, sagt Kaj und nagelt meinen Blick im Spiegel fest, »sie sehen nicht einmal so aus, als würden sie vom selben Planeten kommen.« Aber das tun Kaj und ich ja auch nicht. Alles, was bei mir dunkel ist, ist bei ihr hell, an der Grenze zu durchsichtig. Im Spiegel unter dem harten Licht im Flur zeigt sie, was sie meint. Sie hat es im Fernsehen gehört, und alles, was sie im Fernsehen sagen, ist wahr. Langsam zieht sie den Finger über unsichtbare Linien in meinem Gesicht, Linien, von denen sie behauptet, daß sie es in immer asymmetrischere Teile teilen werden, asymmetrischer mit jedem Jahr, das vergeht.

Lisette taucht am nächsten Morgen auf, ohne Anruf, ohne Vorwarnung. Sie setzt sich in die Küche und tut so, als wäre sie nur zum Plaudern gekommen. Lisette plaudert nie, das ist nicht ihre Art. Sie versucht uns weiszumachen, daß Mama sie gebeten hat, nachzusehen, ob bei uns alles in Ordnung ist. Als erstes entdeckt sie, daß wir den Schrank aufbekommen haben, in dem Mama den Wein aufbewahrt. Sie sieht mich triumphierend an, als wäre ich ihr eine Erklärung schuldig. Danach entdeckt sie, daß wir nicht abgespült haben, seit Mama gefahren ist, und es ist zwecklos, das zu leugnen. Lisette sagt, daß Kaj und ich große Kinder sind, die eine Verantwortung nicht mal dann übernehmen können, wenn sie ihnen in den Hintern gerammt wird, läßt den Volvo aufjaulen und verschwindet.

Ich mag Lisette. Ich habe sie immer gemocht. Der Schein trügt bei ihr, und eben das mag ich. Als sie und Jens sich kennenlernten, war ich sechzehn und verliebte mich in alle, die Kaj glichen. Lisette glich Kaj überhaupt nicht, aber ich verliebte mich dennoch. Ich mag sie immer noch. Aber sie hat sich verändert. Die Art, wie sie Jens um den kleinen Finger zu wickeln pflegte, erregte mich damals, doch jetzt geht sie plumper vor. Jetzt versucht sie ihn mit der ganzen

Hand festzuhalten, und keiner der beiden scheint das besonders spaßig zu finden. »Niemand darf uns jetzt stören. Niemand ...« murmelt Kaj. Zieht ihre Kreise im Zimmer und markiert ihr Revier, sobald Lisette verschwunden ist. Von jetzt an lassen wir die Tür abgeschlossen, erklärt sie und gräbt in Mamas Schreibtisch nach dem Sicherheitsschlüssel.

(Weit weg von hier)

Ingrid

»Rechne nicht damit, daß ich noch hier bin, wenn du zurückkommst«, fauchte Lisette Jens zu, als ich am Abend vor der Reise kam, um mich von den Mädchen zu verabschieden. Sie saß mit einem Kreuzworträtsel auf dem Spültisch und füllte Kästchen um Kästchen mit schwarzer Tinte. Heftiges Gefühl: vier Buchstaben. Schwanztier: vier Buchstaben. Jens' Name paßte auf beides. Es war unbegreiflich, unverzeihlich ... ganz *unnatürlich* in Lisettes Augen, daß Jens mich gebeten hatte, die Reise mit ihm zu machen, und nicht sie. Jetzt stand er in der Küche schweigend vor ihr und sah aus, als warte er nur darauf, daß sie zuerst schlagen würde, damit er einen Grund hätte zurückzuschlagen.

Sie hatten schon gestritten, bevor ich kam, es lag spürbar in der Luft, schon als ich den Flur betrat, es stand in den Gesichtern der Mädchen. Der Hund hatte sich in die Diele zurückgezogen. »Drei Wochen nur«, sagte ich zu Lisette, »du kommst doch sonst auch allein zurecht!« Sie ignorierte mich. Schwieg mich aus dem Bild. Aus ihrem Leben. Ihr eines Bein baumelte in gefährlicher Nähe zu Jens' Unterkörper, und er ließ es nicht aus dem Auge, folgte der Bewegung, versuchte aber so auszusehen, als wollte er sich dieses Mal nicht zu irgend etwas provozieren lassen. »Ich stecke hier mit den Kindern fest, während du in diesem bescheuerten Florida rundvögelst!« murmelte Lisette. »Rumvögeln heißt das«, berichtigte Jens sie ruhig, ohne ihr Bein aus den Augen zu lassen. Und da ging der Krach los.

Ich hätte es mir lieber erspart. Hatte keine Lust, dazustehen und all das zu hören, was sie, wie ich wußte, einander bald an den Kopf werfen würden. Aber ich konnte nicht gehen, es tat weh, zu sehen, wie Anna und Nina auf dem Doppelbett saßen und versuchten, unberührt dreinzublicken. Es war ihnen aufgetragen worden, zu gehen und sich vor den Fernseher zu setzen, und sie saßen jetzt gehorsam da und wanden sich in dem flimmernden Licht. »Du kannst doch die Gelegenheit nutzen und etwas Nettes mit den Mädchen machen, während wir weg sind«, schlug ich Lisette vor, um sie und Jens zu unterbrechen und auf eine andere Spur zu bringen, »ich habe ein wenig Urlaubsgeld für euch unter das Telefon im Flur gelegt. Damit ihr was Schönes unternehmen könnt, wenn wir weg sind«, fügte ich hinzu. Zum ersten Mal seit ich durch die Tür gekommen war, blickte Lisette mich an. Glaubte sie, daß ich sie bestechen könnte? Mit ein paar Hundertkronenscheinen ... den Frieden erkaufen? In ihrem Blick sah ich alles, was sie dachte, aber nicht sagte. Daß hier etwas falsch lief. Sehr falsch. Warum hatte ich nicht versucht, ihn zu überreden? fragte sie sich. Er war mein Sohn, und es kam schließlich vor, daß er auf mich hörte. Eine romantische Reise war nämlich genau das, was sie und Jens gebraucht hätten. Das mußte ich doch wissen. Ich hätte währenddessen zu Hause bleiben und mich um die Mädchen kümmern können. Als wäre es nicht möglich, daß auch ich Sehnsucht nach Jens hatte. Sehnsucht danach, ein wenig Zeit mit meinem Sohn allein zu verbringen.

»Dann nehmt doch Anna und Nina mit«, schlug Lisette vor, »nehmt sie mit – wenn das so verdammt lustig ist!« »Du. Sie hören alles, was du sagst«, warnte Jens und nickte zu den Mädchen hin. Als gäbe es noch etwas vor ihnen geheimzuhalten. Anna und Nina saßen da und aßen aus den Tüten mit den Süßigkeiten, die ich für sie mitgebracht hatte, kauten im selben langsamen Takt, synchronisiert, die Ohren waren gespitzt, obwohl sie den Blick auf den Fernsehschirm gerichtet hatten. Jens machte einen halben Schritt zurück, um Lisettes pendelndem Bein zu entkommen. »Glaubt ihr wirklich, daß das lustig für Anna und Nina sein wird, drei Wochen allein mit mir?« fragte sie langsam. In den Worten lag eine Art Drohung, und Jens rieb sich mit der Hand die Augen, schielte zu mir, aber ich konnte ihm nicht helfen. Es wurde nur schlimmer, wenn ich es versuchte. »Du bist nicht normal, Lisette ... weißt du das? Es ist keine *Strafe*, Mutter zu sein. Niemand außer dir findet das«, sagte er heiser.

Lisettes Blick war völlig starr, während ihr Mund sich pausenlos bewegte. Sie mußte den Raum die ganze Zeit mit ihrer eigenen Stimme füllen. Vielleicht konnte sie sie nicht zurückhalten, selbst wenn sie es wollte. »Ich halte es nicht *aus* hier ... das ist wie ein Hamsterkäfig, du weißt, daß ich *verrückt* werde, du hast *versprochen*, etwas Größeres zu finden«, begann sie ihre Litanei. »Das werde ich auch«, konterte Jens. »Wann?« »Sobald du aufgehört hast zu nörgeln!« »Eine Dreizimmerwohnung wenigstens, so daß wir ein eigenes Schlafzimmer bekommen. Man hat hier nirgendwo seine Ruhe, und die Kinder hören nie auf mich, wenn du nicht zu Hause bist, und Rabbi auch nicht«, beschwerte sie sich. Jens schluckte. Er schluckte und schluckte, aber er schien kurz vorm Explodieren zu stehen. Die schiefe Kerbe zwischen den Augenbrauen, die Warnlinie.

Es lag nicht an der Größe der Wohnung, ebensowenig wie an den Mädchen oder dem Hund. Alles lag an Lisettes Geduld, die zu Ende war, bevor sie überhaupt bis fünf zählen konnte. Und an Jens' hitzigem Temperament, das genauso schnell aufflammte. Ich erinnerte Lisette oft daran, daß Jack und ich in *einem* Zimmer mit Küche gewohnt hatten, als die Jungen klein waren. Jedesmal, wenn sie andeutete, wie ungerecht es war, daß Kaj und ich ein ganzes großes Haus für uns allein hatten, während sie sich zu fünft, den Hund mitgerechnet, in einer Zweizimmerwohnung drängten, erzählte ich, wie gut diese Einzimmerwohnung uns zu der Zeit gereicht hatte. Als Jens Lisette kennenlernte, war sie wirklich nicht verwöhnt, das war etwas, was sie sich erst später zulegte. Sie kam aus kleinen Verhältnissen, verglichen mit Jens, aber das schien sie nicht mehr wahrhaben zu wollen. »Rechne nur nicht damit, daß ich noch hier bin, wenn du heimkommst. Vielleicht ergreift jemand die Gelegenheit, während du weg bist ... Es gibt viele, die gern mit dir tauschen würden – aber das merkst du wohl nicht?« spie sie schließlich hervor. Aber da fing Jens an zu lachen. Er lachte ihr mitten ins Gesicht. Völlig kalt. »Viele, die dich haben wollen, aber sag mir *einen*, der es mit dir aushalten würde, Lisette!«

Er legte eine Hand auf ihren Oberschenkel, aber sie schlug sie schnell zur Seite. Und da kenterte alles. Es fing an zu schaukeln und kippte um. Jens' Augen wurden ganz ruhig, eine Sekunde bevor ein Stapel Teller auf dem Boden landete, so daß Scherben und Essensreste gegen die Schranktüren spritzten. Seine Hand bewegte sich so schnell, daß ich nicht einmal wahrnahm, wie sie über den Spültisch wischte. Alles wurde still, sogar der Laut des Fernsehers schien zu verstummen. Es war deutlich zu hören, wie Jens einatmete und mit den Händen über seine Jeans strich. Das Kreuzworträtsel glitt aus Lisettes Hand, und Jens fegte die Tellerscherben auf dem Boden mit dem Fuß zur Seite und presste ihr Gesicht gegen den Küchenschrank, während er in ihr Ohr zischte, daß er *nicht* vorhätte, in die Nähe auch nur einer einzigen Tussi zu kommen, es würde schön sein, davon *verschont* zu sein und ein einziges Mal seine *Ruhe* zu haben.

So schnell, wie er die Fassung verloren hatte, so schnell gewann er sie zurück. Er ließ sie los und ging. Sagte auf dem Weg hinaus tschüs zu den Mädchen, riß die Arbeitsschlüssel an sich und verschwand die Treppe hinunter. Besser so. Bevor er noch mehr kaputtschlug, sagte ich zu Lisette, aber sie starrte nur auf das Chaos am Boden, weinte nicht. Vielleicht wollte sie warten, bis ich gegangen war. Ich bot mich an, die Mädchen über Nacht mit zu mir nach Hause zu nehmen, aber Lisette schüttelte nur den Kopf und bat mich zu gehen.

Ich nahm Jens' Tasche mit, die er im Flur vergessen hatte. Er hatte nicht mehr gepackt als eine halbe Sporttasche, obwohl wir drei Wochen verreist sein würden. Er mußte die ganze Nacht arbeiten, und als ich ihn am nächsten Morgen auf dem Weg zum Flugplatz abholte, wußte ich, daß er so tun würde, als hätte er vergessen, was er angerichtet hatte. Welchen Abschied er von Lisette genommen hatte. Diese letzte unnötige Szene.

(Unter uns)

Kristian

Schließlich gebe ich Kajs Drängeln nach. Wir nehmen Mamas Toyota und fahren ein Stück die Küste hoch. Sie hat die Füße gegen das Armaturenbrett gestemmt wie ein barfüßiger Cowboy, der Wind spielt in ihrem dünnen Haar. »Urlaub«, lächelt sie mit einer Mischung aus Schreck und Glück in den Augen. Ich halte mich an Straßen, von denen ich weiß, daß sie sie wiedererkennt, biege auf einen der schmalen Wege ein, auf denen man den Wagen bis zum Meer hinabrollen lassen kann. Während ich im Schatten auf den Kalksteinplatten liege und Autoradio höre, gleitet Kaj wie eine Qualle im Wasser umher, die langen Nesselfäden schweben direkt unter der Oberfläche. In Australien erstellt man gerade die größte Weltkarte aller Zeiten, teilt man im Radio mit. Den Forschern ist es bereits gelungen, einhundertsiebzigtausend der am nächsten gelegenen Galaxien des Universums kartographisch zu erfassen.

Kajs nasser Körper färbt die Steine dunkel, als sie sich neben mir auf die Platte sinken läßt. Ihre Hände, deren absolute Sanftheit an meiner Wange. Es gibt Löcher, durch die man atmen kann, sagt sie, es gibt ein blaues, unendlich tiefes Wasser direkt unter uns. Ihre Augen ändern ihre Farbe genauso schnell wie das Wasser, sie spiegeln, was unter und über der Oberfläche geschieht – gleichzeitig, in schwindelerregendem Tempo. Die Radiostimme klingt, als käme die Sendung direkt von der anderen Seite der Milchstraße. Sie ertrinkt im Rauschen und kehrt zurück. »Geschieht es nie, daß du dich fortsehnst, Kaj ... wirklich fort?« frage ich, und sie schaut mich an, lange, als würde sie die Frage nicht verstehen. »Weggehen, etwas Eigenes haben«, verdeutliche ich. »Das hilft nicht«, antwortet sie schnell. »Hilft nicht gegen was?« frage ich. »Das hilft nicht«, wiederholt sie nur und macht die Augen gegen die Sonne fest zu. Die Galaxien, kratzflüstert die Stimme, bilden sich fortwährend nach dem kosmischen Muster, das kurz nach dem Big Bang entstanden ist. Wenn man das Muster der Galaxien studiert, kann man den Schluß ziehen, daß das Universum sich mit zunehmender Geschwindigkeit ausdehnt.

Kaj beißt sich fest, obwohl sie vor vielen Jahren hätte gehen müssen. Ihr Leben ... manchmal denke ich es mir wie ein Fest, zu dem sie gekommen ist, ohne eingeladen zu sein. Sie hat sich eingeschlichen und wagt nicht einmal, kurz hinauszugehen, um eine zu rauchen, weil sie nicht weiß, ob sie es schafft, wieder hereinzukommen. Es spielt keine Rolle, wie oft man sagt, daß man sie mag, sie vergißt es sofort wieder. Ich mag Kaj mehr, als ich mich selbst mag, aber sie sagt nur, daß man so unterschiedliche Sachen nicht vergleichen kann. Sie öffnet ein Auge und blinzelt in den klarblauen Himmel. Nein, warum soll sie in die große Welt hinausziehen, wenn ihr einziger Wunsch ist, daß die kleine Welt noch kleiner sein soll, als sie es bereits ist? Und kleiner als hier wird die Welt nirgends. Das weiß sie.

In den Nächten in der Stadt träume ich oft vom Meer. Meine Wohnung liegt weit vom Meer entfernt, doch ich träume von Kajs Meer. Von der Farbe, die es im Winter hat, eine Haut aus Silber mit dunklen oxidierten Flecken. Ins Wasser schneiden, ein scharfes Messer durch seine Oberfläche ziehen, davon träume ich oft. Eine absolute Leichtigkeit, nach der ich mich die ganze Zeit sehne. Aber hier, mit dem Meer vor dem Fenster, beginnen die Träume statt dessen um die Arbeit zu kreisen. Ich memoriere die Namen der Kinder, um den Schlaf herbeizuzwingen. Ihre

Werte, ihre Dosierungen, die Plazierung der Brutkästen in den verschiedenen Räumen, und dann folgen die Kinder mir in den Schlaf. Es werden nicht mehr alle dasein, wenn ich zurückkomme, vieles kann in drei Wochen geschehen. Man muß sich daran gewöhnen, sagen die, mit denen ich arbeite, man muß lernen, es zu akzeptieren. Aber ich sehe ihnen an, daß man sich eigentlich nie daran gewöhnt. Das einzige, das hilft, ist die Überzeugung, daß sie eine neue Chance bekommen, bald wiedergeboren zu werden. Es kommt zurück ... sagen wir für gewöhnlich, wenn wir den Brutkasten desinfizieren und das Bett für ein neues Kind herrichten.

Was man an Kristian mögen kann – schreibt Kaj mit sorgfältig verschnörkelten Buchstaben in ihr Notizbuch. Sie schielt von der Seite zu mir her, reibt sich das Meerwasser aus den Augen. Mit Listen versucht sie, das zu ordnen, was sich ordnen läßt, um das zu bezwingen, was sich nicht ordnen läßt. *Seine Augen (ruhig), Hände (ruhig), Nacken (weich), daß er nicht wie Mama ist, daß er nicht wie Jack ist, nicht wie Jens, das Haar (strubblig), die Ohren (hübsch), wie er aussieht, wenn er schläft, daß er ein Morgenmuffel ist wie ich.* Sie macht eine Pause, kaut ein wenig auf dem Bleistift herum. *Daß er keine Freundin hat,* fügt sie ganz unten hinzu.

»Muß Mama einem leid tun, weil sie mich hat?« fragt Kaj plötzlich und schaut mich mit Augen an, die rot vom Salzwasser sind. Sie liegt völlig still neben mir, als würde sie zwischen zwei Atemzügen innehalten, und wartet auf die Antwort. So etwas hat sie bisher nie gefragt. »Mama muß einem nicht leid tun«, antworte ich, »warum sollte sie?«
»Wenn sie mich nicht gehabt hätte, hätte sie ja einen anderen Mann kennenlernen können. Nach Jack«, sagt sie und wischt ein paar hartnäckige Tangfliegen von ihrem Hals.

»Das glaube ich nicht, Kaj. Sie wäre wohl weiter mit Papa zusammengeblieben«, antworte ich. Und etwas Schlimmeres hätte ich nicht von mir geben können, nicht einmal, wenn ich mich bemüht hätte. Ich werde von einem starken Impuls ergriffen, mir die Zunge abzuschneiden und sie ins Wasser zu werfen. »Ich helfe ihr fast jeden Abend in der Praxis mit dem Putzen«, sagt Kaj mitten ins Blaue hinein. So als hätten meine Worte sie kaum gestreift, oder zumindest nicht in ihrer Tragweite. »Gut«, sage ich. »das ist gut, Kaj.« »Aber sie hat begonnen, sich das Haar zu färben, darüber habe ich mir Gedanken gemacht«, fährt Kaj zögernd fort, »als wollte sie, du weißt ... jemanden kennenlernen.«

Ein brauner Range Rover rollt den holprigen Schotterweg herunter und parkt neben unserem Toyota. Drei Männer mit Badetüchern über den Schultern steigen aus, und Kaj steht hastig auf. Ich erkenne den einen von ihnen wieder. Er ist ein Freund von Jens, und er starrt mich einen Augenblick an, als würde er uns verwechseln, nickt dann beinahe unmerklich und wendet seinen Blick ab, während er den anderen über die Kalksteinplatten zum Wasser folgt. Kaj rafft ihre verstreuten Kleider zusammen und macht mir ein Zeichen, meine Sachen zu nehmen. »Komm, Kristian. Ich will jetzt nach Hause«, murmelt sie und nimmt meine Hand.

»Wir nehmen eine neue Nachricht auf. Daß die Praxis wegen Krankheit geschlossen ist. Hauen einfach ab«, schlägt Kaj vor, sobald wir durch die Tür gekommen sind. Sie umrundet den Küchentisch, streicht mit den Händen durch ihr Haar, daß die weiten Ärmel des Morgenmantels um sie flattern. Mamas Porzellanschmetterling, dessen Flügel jederzeit lebendig werden und sie von hier wegtragen können. »Wohin abhauen? Und was für eine

Krankheit?« frage ich. »Sonnenbrand? Katzenjammer?« Kaj weiß ebensogut wie ich, daß ich versprochen habe, Mamas Anrufbeantworter jeden Abend abzuhören, neue Zeiten zu vereinbaren und die akuten Fälle weiterzuleiten. Sie kann es sich nicht leisten, einen einzigen ihrer Patienten zu verlieren. »Holland«, sagt Kaj und hebt den Blick von der Zeitung. »Ich könnte mir denken, nach Holland zu fahren. Da bin ich nie gewesen.« *Das erste Land der Welt, das die aktive Sterbehilfe legalisiert hat.* Lese ich über ihre Schulter. *Ärzte haben jetzt die Erlaubnis, Präparate zu injizieren, die zum Tod des Patienten führen, unter der Voraussetzung, daß gewisse Kriterien erfüllt sind. Der Patient muß unter unerträglichen, andauernden Schmerzen leiden, sich jenseits jeder Hoffnung auf Genesung befinden und den Wunsch zu sterben ausgedrückt haben.* Sie reißt die Notiz aus und befestigt sie am Kühlschrank. »Warum nicht Afghanistan?« frage ich und deute auf den Titel neben dem Loch auf der Auslandsseite. *Die Tollwut hat sich in der Hauptstadt ausgebreitet, schon achtzig Personen wurden durch kranke Hunde infiziert und starben aufgrund fehlender Impfstoffe.* »Ich fahre überallhin außer nach Florida«, sagt Kaj und sieht mich mit einem Blick an, als würde sie es tatsächlich so meinen.

Es war nicht Jens, der diese Luxusreise für zwei gewonnen hat. Er könnte nicht einmal auf Herz reimen, wenn man ihm dabei helfen würde. Nicht, weil er dumm ist, sondern weil Schmerz ganz einfach nicht in seinen Wortvorrat eingeht. Kaj gewann mit ihrem Slogan, und Jens nahm ihr den Gewinn ab, ohne sie groß überreden zu müssen. Ich weiß nicht genau, wie er es angestellt hat, aber es ist schade, daß es ihm gelungen ist, weil Kaj und ich statt dessen hätten fahren können. Sie sagt, daß sie ihm die Tickets gegeben hat, freiwillig. »Und seit wann ist Jens dein Lieblingsbruder?« frage ich und blättere in der Reisebroschüre mit den glatten Touristenbildern. Palm Beach, Miami, Key Largo, genauso künstlich wie die Chocopops, auf die sie reimte. Sie hat nur einen Lieblingsbruder, und das bin ich, versichert sie dicht an meinem Ohr, aber ich war ja nicht bei ihr, also gab sie die Tickets statt dessen Jens. Weil er derjenige war, der zufällig vorbeiging, als sie den Brief bekam, ganz einfach. Ich weiß, daß sie lügt. Sie wollte Jens aus dem Weg haben. Sie wollte ihn so weit wie möglich fortschicken, um mich nach Hause zu holen.

»Und campen?« schlage ich vor, als Kaj nicht aufhört, von Urlaub zu sprechen. Sobald sie etwas in ihren Kopf bekommt, beißt es sich da fest, und sie wird es nicht mehr los. Aber um Urlaub zu machen, muß man wohl etwas haben, wovon man Urlaub nehmen kann, und was das in Kajs Fall wäre, weiß ich nicht. Campen könnte okay sein. Billig, einfach, einige Tage mit Zelt und Konserven, so wie damals, als wir klein waren. Aber Kaj starrt mich an, als hätte ich sie gebeten, auf eine Tour in die Hölle mitzukommen. Die Campingträume, die Mama und Papa hatten, haben sich wohl nie so erfüllt, wie sie es sich erhofft hatten. Wir fünf in einem Wohnwagen, das war, als würde man eine Schar wilder Vögel einsperren. Wenn der Streit begann, verzog ich mich immer. Nach einer Weile pflegte sich auch Jens zurückzuziehen, und dann blieben wir für uns und vertrieben uns die Tage auf eigene Faust. Meistens war Kaj der Auslöser für den Streit, und viele Male habe ich mich gefragt, wie ich sie zurücklassen konnte, nur um selbst davonzukommen.

Ich glaube, es war auf dem letzten Campingurlaub, bevor Papa wegzog. Jens und ich bekamen Schnitzmesser. *Ein scharfes Messer schadet weniger als ein stumpfes,* bildete Papa sich ein und gab uns neue Schnitzmesser, damit wir beschäftigt waren. Jens und ich ritzten einander sofort Tätowierungen in die Oberarme. Die seine verheilte, bevor der Sommer vorüber war, aber meine war tiefer geschnitten und infizierte sich. Ich bekam eine Blutvergiftung und wurde unter Panik ins nächste Krankenhaus gebracht. Die Narbe sitzt immer noch da, ein Leopard, der aussieht wie ein Hund, der pinkeln muß. Papa verbot uns für den Rest des Sommers, mit scharfen Gegenständen umzugehen, und in Jens' Augen war das mein Fehler, obwohl er es gewesen war, der mit seinem dreckigen Messer zu tief geschnitten hatte.

Kaj murmelt etwas auf dem Weg aus einem Traum, die Morgensonne läßt ihr Gesicht beinahe entspannt aussehen. Bis sie Lisette erblickt. Hoch über uns schweben Lisettes große eisblaue Augen, und sie versucht, Kaj und mich wach zu rütteln, als würde das Zimmer in Flammen stehen. Wir müssen vor dem Fernseher eingeschlafen sein, er ist immer noch an, und einen Dezimeter vom Bildschirm entfernt sitzen die Mädchen und schauen Zeichentrickfilme an. Ihr blondes Haar ist vom Fernsehlicht durchleuchtet. Lisette beginnt, im Haus umherzugehen. Sie ist nicht gekommen, weil wir Hilfe bräuchten, sagt sie, sondern weil sie kurz davor stehe, in der engen Wohnung zu ersticken, und diese Tristesse einfach durchbrechen mußte, egal womit. Sie bietet sich an, die Schmutzwäsche und die hohen Stapel ungespültes Geschirr zu übernehmen. Im Tausch dagegen sollen wir uns um die Mädchen kümmern. Es wird mir klar, daß Jens nicht angerufen hat.

Wenn Lisette in der Sonne steht und Wäsche aufhängt, will man zu ihr gehen und sie am liebsten berühren. Ohne daß sie es merkt, ohne daß sie ihre Beschäftigung unterbricht. Sie bewegt sich so lautlos wie die Laken in der stillen Luft. Bevor ich auf etwas gekommen bin, was ich sagen könnte, erhebe ich mich aus dem Schatten auf dem Altan und gehe zu ihr hinunter. Über der Wäscheleine treffen sich Meer und Himmel in einer kaum sichtbaren Naht. Ich frage, ob sie etwas von Jens gehört hat, aber sie tut so, als würden meine Worte mit dem Wind verschwinden. Sie hängt den letzten Bettüberzug auf und geht mit dem leeren Korb hinein, ohne mich anzublicken. *Jens? Wer ist das?* flüstert ihr harter Nacken, als sie vorübergeht.

Der Verdacht gegen Marija Milosević gilt ungesetzlichem Waffenbesitz und grober Fahrlässigkeit. Als ihr Vater Slobodan Milosević am frühen Morgen in die Haft abgeführt wurde, hat sie Angaben zufolge mit einer Pistole wild um sich geschossen. Kaj läßt ihren Blick mehrmals über die Notiz gleiten, befestigt sie am Kühlschrank neben dem Ausschnitt über den Fliegensammler und nimmt Milch und Eier für das Omelett heraus. »Warum hast du die Tür nicht abgeschlossen, Kristian? Wir haben doch ausgemacht, daß wir die Tür abschließen!« Sie schlägt das Ei hart gegen den Rand der Schüssel. Die Schale zerbröselt in ihrer Hand, und das Eiweiß rinnt ihre Handwurzel entlang und weiter auf den Boden. Sie läßt es auf dem Plastikteppich liegen und nimmt ein neues. »Sollten wir uns hier einschließen und nicht öffnen, meinst du?« frage ich. »Nur bis Lisette aufhört hierherzukommen. Warum kommt sie *jetzt* hierher, wo sie sonst nie kommt?« Im Fernsehzimmer ist Lisette frenetisch damit beschäftigt, die Sessel abzusaugen. Ich versuche, das Eiweiß mit den Händen aufzuheben, aber es gleitet zwischen den Fingern hindurch wie Quecksilber. »Es ist doch gut, daß sie ein wenig putzt«, versuche ich. Aber Kaj ist nicht dieser Meinung. Eines nach dem anderen schüttelt sie die Fliegengläser, die in einer Reihe auf dem Spültisch stehen. »Guten Morgen«, flüstert sie ihnen zu, »guten Morgen, guten Morgen ...« Sie spielt verrückt, obwohl sie weiß, daß ich nicht darauf hereinfalle. »Was willst du mit den Fliegen anstellen, Kaj?« frage ich, obwohl ich es weiß. Sie sammelt, um zu sammeln. Braucht keinen Zweck. Keine Logik. Die einzige Bedeutung einer Sammlung besteht darin, daß sie wächst.

Der Sommer ist ein Geschwür. Es wird normalerweise erwartet, daß man gerne dabei zusieht, wie er sich mit seiner Hitze und seinem wuchernden Grün ausdehnt, aber ich warte nur darauf, daß er völlig auswuchert und dann von selber aufbricht. Und das Vergessen – wenn es überhaupt existiert – ist keine Erinnerung, die aufhört, es ähnelt eher einer Tüte, die man öffnet und in die man die Erinnerungen hineinfallen lässt. Gewisse Dinge sind so schwer, daß sie direkt hindurchfallen. Der Boden wird einfach durchschlagen. Sie scheinen nie mit dem Fallen aufzuhören.

An die schlimmsten Ereignisse erinnere ich mich mit der größten Klarheit. Kann sie Schritt für Schritt, Augenblick für Augenblick, rekonstruieren. Um mich mit ihnen zu quälen? Sicher. Ich quäle mich mit ihnen. Ich mache nie denselben Fehler zweimal, mache nur neue.

Es spielte keine Rolle, wie sehr Lisette schwor, daß dies nie wieder vorkommen würde, als Mama uns zusammen fand. Daß Lisette und Jens gerade an diesem Tag einen Riesenstreit gehabt hatten, war in Mamas Augen kein mildernder Umstand. Und noch weniger, daß Lisette schwanger war und nicht richtig sie selbst. Denn wenn wir zwei einander jedesmal trösten würden, wenn einer von uns ein bißchen geknickt war, wäre die Katastrophe bald unausweichlich. »Ich brauche nicht mehr Probleme als die, die ich schon habe, Kristian! Oder bist du vielleicht anderer Meinung!?« schrie Mama. Dann bat sie mich zu verschwinden. Aber schnell. Bevor Jens hier ankäme und mich erschlagen würde.

Ich lege eine Hand auf Lisettes Schulter und flüstere, daß es jetzt reicht, es gibt kein einziges Sandkorn mehr in diesen Sesseln, und alles wird sich schließlich regeln. Jens ist ein großer Egoist und hat nicht angerufen, aber er war doch wohl schon ein großer Egoist, bevor er wegfuhr und sie allein zurückließ. Genieß es jetzt, solange es dauert, drei Wochen vergehen schnell, und bald ist er wieder zu Hause, und vielleicht wird es dann besser, vielleicht nicht ... auf jeden Fall kannst du mich nicht so sehr vermißt haben, wie ich dich vermißt habe, flüstere ich in ihr Ohr. Aber Lisette saugt einfach weiter, mit abgehackten Bewegungen, tief hinein zwischen Kissen und Polster mit dem Mundstück, keiner darf hören, daß sie weint. *Bilde dir nichts ein,* sagen die scharfen Schultern. *Nimm mich in den Arm,* bitten sie.

Ein Meteor stürzt mit der Geschwindigkeit der Dunkelheit auf uns herab. Kurz bevor er uns pulverisiert, weicht er aus und streift uns so schwach, daß er nur eine leichte Erschütterung hervorruft. Das wiederholt sich ein ums andere Mal. Manchmal wünsche ich, daß er mit all seiner Kraft zuschlüge, anstatt nur jedesmal eine Schramme in die Haut zu ritzen. Anstatt nur die Wunde offenzuhalten.

(Kannibalenkinder)

Ingrid

Nichts wird jemals so, wie man es sich vorgestellt hat. Wünsch dir etwas, und du kannst sicher sein, daß du es niemals bekommen wirst. Wenn du es trotz allem bekommst, ist es nicht so, wie du es dir vorgestellt hast. Nicht einmal annähernd.

In der ersten Nacht, die Kaj bei uns war, schrie sie, ohne Atem zu holen. Jack und ich kamen nicht dazu, miteinander zu sprechen, und dann war es zu spät. Die erste Nacht mit Kaj war wie ein Alptraum in einem Alptraum. Sie wurde hungriger und hungriger, Jack versuchte, sie mit fingerwarmer fettarmer Milch von einem Teelöffel zu füttern, aber es ging nicht. Erst als er die Finger in die Milch tauchte und sie daran saugen ließ, bekam sie ein paar Tropfen in sich hinein. Ich weigerte mich, sie anzufassen. Ich weigerte mich, Jack zu helfen, obwohl Kaj sich wand und schrie, bis die Luft in ihr aufgebraucht war. Ich nahm in der Morgendämmerung das Auto und fuhr auf unbefahrenen Nebenstraßen herum, landete schließlich unten am Hafen, saß auf der Treppe zur Fischfrosterei, und es war kalt, mehrere Minusgrade, das Eis klirrte zwischen den Booten, und ich hatte nur den Wunsch zu schlafen. Einzuschlafen, um als jemand anderes aufzuwachen.

Kaj zu bekommen war eine andere Art Schmerz, als Jens und Kristian zu bekommen. Nicht so intensiv, mehr in die Länge gezogen, mahlend. In der ersten Zeit träumte ich jede Nacht von rennenden Hunden, sie jagten über den Harsch und färbten den Schnee rosa mit Blut. Wenn ich aufwachte, fühlte ich mich durchrädert. Weichgeklopft. Leer.

Du hast aufgehört, mir in die Augen zu sehen, Jack. Nicht von einem Tag auf den anderen, aber allmählich.

Du schienst dir nicht einmal mehr selbst in die Augen sehen zu wollen. Gingst jeden Morgen nachlässig rasiert zur Arbeit. Weil du es nicht mehr ertrugst, dein eigenes Gesicht im Spiegel zu sehen?

Wenn Kaj in der Nacht schrie, legtest du sie ins Gitterbett und trugst es in die Küche, damit du schlafen konntest. Du wolltest nicht, daß ich hinausging und sie tröstete, nicht einmal, um zu verhindern, daß sie die Jungen weckte. Sie weinte, weil sie ihre Mutter vermißte, und dagegen könne ich nichts machen, meintest du. Wenn sie jetzt nicht weinen dürfe, würde sie vielleicht nie damit aufhören. *Gewöhn dich dran, oder laß es bleiben ...* schienst du zu sagen. Wer ihre Mutter war, sagtest du nicht. Aber wenn du sie hättest zurückbringen können, hättest du es getan, stimmt's? Zu beinahe jedem Preis.

Du gingst manchmal kaputt. Im Schlaf. Dein Gesicht wurde in zwei Hälften gespalten. Wie wenn etwas plötzlich auseinanderfällt, wie ein vom Frost gesprengter Stein. Im Innern gab es einen Riß, den niemand sah. Nicht einmal ich. Einige Tropfen Wasser, die gefroren und sich in diesem Riß ausdehnten, reichten, um den Stein zu teilen. Die Schnittflächen schimmerten dunkel. Unberührt.

Helle und Leif kommen zurück. Sie kommen zurück, obwohl du behauptest, daß ich sie für immer verschreckt habe, Jack. Die Umstände von Kajs Anwesenheit bei uns haben diese Wirkung auf andere Menschen, und deine Strategie besteht darin, zu schweigen, solange es geht. Aber Helle und Leif kommen zurück und tun so, als wäre nichts. Sie selbst haben keine Kinder, aber Leif sagt, daß Helle Kinder liebt. *Leicht zu sagen, wenn man keine hat,* sehe ich, daß du denkst, während Leif erzählt, daß Helle ihre Kakteen wie Kleinkinder umsorgt, daß sie sie mitten im Sommer zum Blühen bringen kann, ganz gegen ihre Natur.

Helle behandelt Kaj mit diskreter Distanz. Legt oft den Kopf schief und wiederholt, was für ein süßes Kind Kaj ist, so als müßte sie mich davon überzeugen. Sie versteht nicht, wie eine Frau ihr Kind weggeben kann. Das sagt sie immer und immer wieder. Einmal, als wir in der Küche allein sind, fragt sie geradeheraus, wie ich es fertigbringe, deine Untreue zu akzeptieren. *Jacks Untreue,* sagt sie, meint aber *Kajs Anwesenheit.* Kaj, die mich jede Minute daran erinnern muß, daß du eine andere gehabt hast. Ich erkläre Helle, daß Kaj jetzt hierhergehört. Was ich in den Jungen liebe, kann ich wohl auch in ihr lieben. Das Problem ist ja nicht, daß Kaj hier ist. Das Problem ist, daß du sie kaum anschauen magst, Jack. Was bleibt mir also anderes übrig, als ihr die Liebe zu geben, die du ihr nicht zu geben vermagst?

Helle mag all das an dir, worüber ich nur lächeln kann. Sie hilft dir deinen Schnurrbart stutzen, findet, daß er gut aussieht, und will, daß Leif sich auch einen wachsen läßt. Helle ist in meinem Alter, aber sie sieht aus wie ein junges Mädchen mit dem langen Haar, das sie pausenlos zu einem harten Knoten zusammenschnurrt, der sich bald wieder auflöst. Sie gleicht mir, so wie ich war, als ich dich traf, hübsch, spontan, unbekümmert. Eines Nachmittags sitzt ihr zu zweit auf dem Altan und plaudert, hört nebenbei Radio. Ich sehe euch flüchtig durch den Spalt in der Altantür, während ich Kaj dazu zu bringen versuche, drinnen auf dem Sofa ihren Mittagsschlaf zu halten. Aber plötzlich, mitten in einem Musikstück, beginnt Helle zu weinen. Laut, beinahe gewaltsam. Ich habe Kaj fast zum Einschlafen gebracht, mit Hilfe aller Wiegenlieder, an die ich mich erinnern kann, und ich stelle mir vor, daß dein Blick hier hereinfällt, daß du hoffst, ich würde hinauskommen und dich retten. Oder daß Leif aus ihrem Haus auf der anderen Seite der Straße kommen und dich ablösen wird. Aber Leif ist übers Wochenende in der Stadt, und Helle weint wie ein Kind. Ich glaube kaum, daß du mich hast weinen sehen, wahrscheinlich nicht einmal die Jungen. Kaj weint oft, aber sie zählt ja nicht. »Was ist denn?« flüsterst du und legst die Hand auf ihre Schulter. »Leif...« schnieft sie. »Was? Hat er dir was getan?« murmelst du. »Wir schlafen die ganze Zeit miteinander, aber es wird nichts ... Und bald bin ich zu alt!« flüstert sie unter Tränen.

Kristian watet einige Meter ins Meer hinein und legt Kaj im hüfthohen Wasser auf den Bauch. Sie sinkt wie ein Stein, und als er sie an den Armen hochzieht, hustet sie Wasser und schreit. Ich döse in der Sonne und sehe nicht richtig, was passiert, glaube zuerst, daß es eines seiner ewigen Spiele ist. Er versucht es wieder, und Kaj kämpft dieses Mal dagegen an, windet sich im Wasser und sinkt langsamer. Das dritte Mal tritt sie Wasser und hält sich ein paar Sekunden oben, aber da wache ich endgültig auf und fliege vom Badetuch hoch und reiße sie aus dem Wasser nach oben. Gebe Kristian eine Ohrfeige, so daß er sich in den Sand setzt. Er ist es, der Kaj das Schwimmen beibringt, noch bevor sie gehen lernt.

Ein Tag nach dem anderen. Die Langsamkeit empfindlicher Prozesse. Wir teilen eine Zigarette am Fenster, bevor wir uns schlafen legen. Es ist ein Ritual, das wir beibehalten, auch nachdem wir aufgehört haben, miteinander zu sprechen. Wir stehen still in der Dunkelheit der Küche und rauchen eine Marlboro bis zum Filter. Alles ist jetzt ein vorübergehendes Arrangement, Jack. Früher konnten wir uns mit einem Blick versöhnen, aber jetzt nicht mehr. Meistens bist du es, der sich wegdreht. Wir schlafen noch miteinander, sprechen aber nicht mehr miteinander.

Es ist ein seltsamer Sommer, aber bald ist er vorüber. Wird zu Herbst, wird zu Winter. Wir versuchen den Anschein zu erwecken, als wäre alles normal. Eine stille

Übereinkunft, ein Versuch, vorwärtszukommen? Aber Kaj im Haus zu haben, das ist nichts, woran man sich gewöhnt. Alles scheuert wie ein schiefer Kragen, der einen nicht in Ruhe läßt, bis man am Abend einschläft. Alles, was ich dir schreiend vorwerfe, ist falsch. Und alles, was du zurückschreist. Alles, was wir tun und nicht tun. In der ersten Zeit mit Kaj gab es nur ihr Weinen, Nacht um Nacht, und dann, als sie endlich vor Ermattung still wurde, war schon ein Vakuum entstanden. Nichts gelangte dort hinein. Alles prallte ab. Äußerungen, Gefühle, Gedanken.

Im zweiten Sommer kommen Helle und Leif aus der Stadt zurück, mit vollgepacktem Auto und dem Duft von Abenteuer, der immer um sie weht. Lust und Rausch, faule Tage, Verantwortungslosigkeit, gemischt mit einer winzigen Ahnung zurückgehaltener Ungeduld. Du sitzt jeden Vormittag mit Helle im Schatten, ihr hört im Radio die Sommergespräche, während Leif und ich hinuntergehen und mit den Kindern baden. Kristian wieselt um Leifs Beine, und Kaj wiegt sich stolz auf seinen Schultern. Wir sind eine Fata Morgana, die Silhouette einer kleinen glücklichen Familie vor dem Hintergrund des glitzernden Wassers. Es ist leicht, Leif zu lieben, er ist nett und stark und spielt mit Kaj und Kristian Ball, als wären sie seine eigenen Kinder. Es scheint dich überhaupt nicht eifersüchtig zu machen, daß sie sich an Leif hängen, Hauptsache, du kommst darum herum, dich um Kaj zu kümmern. Hauptsache, du kommst darum herum, Jack, stimmt's?

An einem von diesen Nachmittagen, als ich wie gewöhnlich den Beutel mit Sonnenöl und Badetüchern über die Schulter gehängt habe und Leif eine zappelnde Kaj auf die Schultern gehoben hat, versuche ich, dich und Helle zu überreden, nicht so langweilige Spielverderber zu sein. Aber ihr klagt darüber, daß das Meer zu kalt für euch ist.

Das tut ihr immer. »Geht nur, wir bewachen das Haus«, sagt Helle und wischt ein Insekt von Leifs nacktem Arm, reicht mir das Fläschchen mit Wasser, ohne das Kaj nie sein kann. Kristian will nicht mitkommen, weil er sein neues Fahrrad nicht mit hinunter zum Strand nehmen darf. Er ist beleidigt und schneidet Grimassen, als wir gehen.

Sobald Leif und Kaj und ich außer Blickweite sind, gehst du mit Helle ins Haus. Wer das später erzählt, weiß ich nicht ... Kristian? Oder Helle selbst? Es spielt keine Rolle. »Bleib hier draußen, wir kommen gleich«, sagst du zu Kristian. Genauso, wie wir es manchmal zu den Jungen sagen, wenn wir im Schlafzimmer unsere Ruhe haben wollen. Helle ist bleich und steif, streicht Kristian hastig über das Haar, so als wollte sie für etwas Unausweichliches um Verzeihung bitten.

Ihr bleibt so lange im Haus, daß Kristian es schafft, mehr Runden ums Haus zu radeln, als er zählen kann. Vielleicht versuchst du nur, Helle zu trösten. Oder tust du das, worin du so gut bist, Jack ... und wozu Leif kein Talent hat? Es ist Helle, die zuerst herauskommt, gerade als Kristian anfängt, es langweilig zu finden, andauernd im Kreis um das große Haus herumzuradeln. Und sie fragt, ob er Eis will, sie hat welches zu Hause im Gefrierschrank, nimmt vorsichtig seine Hand. Während sie geht, wickelt sie das Haar zu einem härteren Knoten als gewöhnlich. Die Haut spannt auf der Stirn und um die Augen, so daß sie aussieht wie eine Chinesin. Er bekommt ein Schokoladeneis. Darf so viele Streusel nehmen, wie er will. Und am Tag danach fahren Helle und Leif zurück in die Stadt, eine Woche früher als geplant.

Wir hören nichts von ihnen, bis sie im nächsten Jahr an Ostern mit dem weißen Volvo in den Hof einbiegen, um ein langes Wochenende dort zu verbringen. Kaj hopst vor Begeisterung im Kinderstuhl auf und ab, als sie das Auto durch das Fenster sieht. Sie hat schon gelernt, daß Helles und Leifs Anwesenheit Spiel und Süßigkeiten bedeutet, gutgelaunte Eltern, lange Tage am Strand. Auf ihrem Schoß hat Helle zur Begeisterung der Kinder Pero, einen gefleckten Dalmatinerwelpen, der noch mit der Saugflasche gefüttert wird und Helles Mund abschleckt, wenn sie seinen Namen flüstert. Helle ist ein wenig dünner geworden, ein wenig schmaler im Gesicht, sonst sieht sie genauso aus wie sonst. Und Leif hat angefangen, diesen Schnurrbart zu tragen, jetzt, wo ich dich gerade dazu gebracht habe, deinen abzurasieren.

Helle und Leif. Nicht weniger glücklich als andere? Nicht weniger glücklich als du und ich, Jack? Bis sie sich eines Morgens Ende August ganz ohne Vorwarnung in ihren Volvo setzen und in den Wald hinausfahren. Einen Schlauch vom Abgasrohr ins Wageninnere leiten. Als wenn nichts mehr etwas bedeutete ... unsere Freundschaft, Kaj und die Jungen, Pero, das Sommerhaus, das sie liebten.

Danach wird dieser Ort nie wieder derselbe. Vor allem du nicht, Jack. Mußtest du wirklich stehenbleiben, als du ihr Auto dort auf dem Waldweg sahst? Du hättest doch begreifen müssen, daß alles schon zu spät war, daß du nichts tun konntest, daß sie schon mit allem abgeschlossen hatten. Hättest du nicht einfach vorbeiradeln und jemand anderen sie finden lassen können?

Ihre Verwandten vermieten das Haus beinahe sofort – so als hätte es Helle und Leif niemals gegeben. Mit dem Porzellan, den Möbeln, den Fahrrädern. Sogar Helles Kakteen, die sie immer von der Stadtwohnung mitnahm, für den Fall, daß sie in ihrer Abwesenheit blühen sollten.

(Logik)

Lisette

Wir reisten nach Skagen. Es war angeblich schön dort, mit dieser Kirche, die bald vollständig von Sand bedeckt sein würde. Ingrid gab uns Geld, damit wir fahren konnten. Sie bestellte Zugfahrkarte und Hotelzimmer, kaufte ein neues Sommerkleid für mich. Ein Miniurlaub, damit ich Kristian vergaß. Nina kam auf der Bahnhofstoilette zustande, während Anna, so gut wie frisch geschlüpft, draußen auf dem Bahnsteig in ihrem Kinderwagen schlief. Jens auf den Knien, in seine Levi's verheddert, Krampf in den Waden, ich im rosa Sommerkleid, gegen den Klopapierhalter gestützt. Lachanfall. Beinahe wäre Jens' kleiner Beitrag zu Nina herausgeschossen und auf dem gefliesten Boden gelandet, statt in mich zu schwimmen und sich da festzubeißen. Wir reisten nach Skagen, und es war schön. Und Nina kam zustande, auch wenn es überhaupt nicht so geplant war, und Jens war glücklich, als er hörte, daß sie unterwegs war, auch wenn er versuchte, es so gut wie möglich vor mir zu verbergen. Aber die Kirche, in der Ingrid und Jack hatten heiraten wollen, als sie jung waren, fanden wir nie. Die war vielleicht schon unter dem Sand verschwunden.

In den Tagträumen hat man seine Ruhe. Keiner kann hineinkommen und Unordnung hineinbringen. Alles liegt so da, wie man es selbst hingelegt hat. Mein Traum handelt von Ingrids Haus, nur daß es im Traum uns gehört. Wir gehen umher und sind glücklich darin, Jens, die Mädchen und ich – einfach nur glücklich sein, das reicht als Beschäftigung. Jens hackt im Hof Holz, und ich stehe mit frischgewaschenem Haar in der Küche und backe etwas. Sonnenblumenbrot zum Abendessen, Vollkornbrötchen,

Schokoladenkuchen, Apfelkuchen? Anna und Nina schaukeln hoch bis in die Baumkronen, sie tragen blaue Kleider und haben fliegende Pferdeschwänze und lachen, wie nur sie es können. Und Rabbi sitzt vor dem hohen Gartentor und wacht darüber, daß niemand hereinkommt und uns stört. Er bewacht seine Familie. Keiner kann vorbeikommen. Und um den Garten hat Jens eine unsichtbare elektrische Grenze gezogen, über die nicht einmal die Vögel fliegen können.

Wenn wir das Haus und Kaj übernehmen, bekommt Ingrid die Wohnung und die Freiheit. Ich habe es perfekt geplant. Ich habe bereits alle Zimmer in Gedanken eingerichtet. Im oberen Stockwerk werde ich ein eigenes Zimmer haben, mit einem weißen Sofa, weißen Kissen, weißen Vorhängen gegen die Sonne und einem Fernseher, sonst nichts. Und die Mädchen können je zwei Zimmer bekommen, in denen sie so viel Unordnung machen können, wie sie zwischen Morgen und Abend zustande bringen, und Jens bekommt ein eigenes Zimmer, wo er ganze Nächte lang mit seinen Computerspielen sitzen kann, ohne mich wach zu halten.

Aber als ich meinen Traum Jens erzählte, wurde er wütend. Erstens würde Ingrid niemals freiwillig ausziehen, sagte er. Zweitens würde keiner von uns es langfristig mit Kaj aushalten. Und dann, drittens, gehörte offensichtlich Jack noch das halbe Haus.

Obwohl, in kleinen Dosierungen hält man es mit Kaj aus. Man braucht nur einen Schlüssel für ihr Zimmer, so daß man manchmal von außen zuschließen kann. Es gibt Diagnosen. Es gibt Medikamente für solche wie sie, wenn man nur zugeben will, daß sie Probleme hat. Sie ist kein kleines Kind, auf das man die ganze Zeit aufpassen muß, das redet Ingrid sich nur ein, weil sie von jemandem gebraucht werden will. Und Jack? Wie groß ist das Risiko, daß er auftaucht und seinen Teil des Hauses einfordert? Er hat fünfzehn Jahre Zeit dafür gehabt und hat es noch nicht getan.

Wir werden uns nie etwas Eigenes leisten können. Nicht, solange Jens sich weigert, ins Landesinnere zu ziehen. Man findet keine billigen Renovierungsobjekte an der Küste mehr wie damals, als Jack und Ingrid jung waren. »Ich bin hier *geboren*, verdammt noch mal!« beharrt Jens, wenn man mit einem anderen Vorschlag kommt. »Ich habe das *Recht*, hier zu wohnen!« sagt er. Er denkt nicht daran, ins Landesinnere zu ziehen wie ein Loser. Weigert sich, die Prärie dem weißen Mann zu überlassen. »So einer bist du«, sage ich. »Ja, so einer bin ich«, antwortet er stolz. Während die Wohnung mit jedem Tag, der vergeht, weiter schrumpft.

(Room Service)

Ingrid

»... room service«, flüstert Jack durch die Tür. Er steht im Hotelkorridor, die Dienstuniform hängt lose auf seinen schmalen Schultern. »Room service«, flüstert er und schließt die Tür hinter uns. Mein hellblauer Putzkittel geht bis knapp über die Knie und spannt ein wenig über den Brüsten, und das macht ihn verrückt. Er ist einen Kopf größer als ich, und ich muß mich auf Zehen stellen, um an seinen Mund heranzureichen. Wir haben immer wenig Zeit. *Zieh dich aus,* sagt er. *Komm.* Der Putzkittel aus blauem Nylon. Wenn ich ihn über den Kopf ziehe, wird das Haar um mein Gesicht elektrisch aufgeladen.

Den ganzen Juni hat es geregnet. Es sind wenige Gäste im Hotel. Gemeinsam versuchen Jack und ich, die langweiligen Arbeitsschichten ein bißchen weniger langweilig zu machen. Jedesmal, wenn wir uns treffen, tun wir etwas, was wir vorher nicht getan haben, in von fremden Menschen bereits benutzten Laken, auf dem Boden, wenn das Bett zu schmuddelig aussieht. Jack ist nicht der erste für mich, und das begreift er schnell. Er berührt mich nicht länger, als wäre ich aus Glas. Ich läute nach ihm und gebe ihm die Zimmernummer, warte im Zimmer an der Tür. Dann lieben wir uns, schnell und rauschhaft, und danach steht er verwirrt vor dem Spiegel, versucht, Ordnung in Knöpfe und Haarsträhnen zu bringen, und kann gleichzeitig seinen Blick nicht von mir nehmen. Er kämmt seine Locken mit gespreizten Fingern und beeilt sich dann, zurück an die Rezeption zu kommen, während ich das Bett für den nächsten Gast frisch überziehe.

Der erste Blick. Die ersten Tage auf der Arbeit. So ging es zu, als ich mich in ihn verknallte. Jack – allein der Name hätte mich stutzig machen sollen ... Ich hatte noch mit niemandem gesprochen, alle, die im Hotel arbeiteten, schienen zwischen dreißig und Verwesung zu sein. Aber nicht er, der über den heißen Hinterhof geschlendert kam, einen Müllsack in der einen Hand, ein langer Kerl mit langsamem Gang, das Hemd über der Hose hängend. Ich wartete mit meinen Abfalltüten bei den Mülltonnen, und er brachte es fertig, den Deckel auf meine Finger fallen zu lassen, als er hineinwarf, was er bei sich hatte. Und als er unbeholfen meine Hand nahm und die schmerzenden Knöchel blies, war es um mich geschehen. Billig. Billig kriegte er mich. Für einen einzigen verlegenen Blick durch diese langen Stirnfransen.

Er geht direkt in mich hinein, ohne auch nur seinen Namen gesagt zu haben. Großgewachsen und ernst und immer ein wenig schmuddelig, weil das Zimmer, in dem er zur Miete wohnt, keine Dusche hat. Und das mit dem Kleiderwaschen scheint ihm niemand beigebracht zu haben. Wie ist es dazu gekommen, daß er den Job an der Rezeption bekommen hat? Die Gäste müssen sich wundern, weil es überhaupt nicht zu Jack paßt, mit einem weißen Hemd und Schlips hinter einer blankpolierten Theke zu stehen und nett zu sein. Er lächelt nur, wenn ihm danach ist, und das ist nicht besonders oft der Fall. Er muß ganz einfach ausgerechnet in dem Augenblick durch die Tür gestiefelt sein, als der vorherige Portier unerwartet kündigte. Der Chef muß desperat gewesen sein, als er auf die Idee kam, Jack in diesen Anzug zu stecken und ihm den Job zu geben.

Das Putzen im Hotel ist nur ein Sommerjob für mich. Schlecht bezahlt und eintönig, abgesehen von Jacks und meinen Verabredungen. Es spielt keine Rolle, ob ich für das gefeuert werde, was Jack und ich miteinander machen. Ich weiß, daß er mit unseren Begegnungen ein größeres Risiko eingeht. Er muß sich mit diesem Portiersjob ernähren, und für einen wie Jack gibt es in einem Loch wie diesem nicht gerade Jobs wie Sand am Meer.

Zimmer mit Plüschvorhängen und kaffeebraunen Tagesdecken, verräucherte Gewebetapeten, Fenster zum Meer oder zum Hinterhof. Im Augenwinkel bewegt sich die ganze Zeit der Sekundenzeiger der Uhr und erinnert uns daran, daß wir uns beeilen müssen. In solchen Zimmern wird für mich immer die Erinnerung an Jack liegen. Sein Gesicht vor diesen häßlichen Tapeten, wenn er im Bett mit mir über sich nach hinten fällt. Ich kann mir nicht vorstellen, eine ganze Nacht mit ihm zu verbringen. Ich male mir aus, daß er außerhalb des Hotels ein ganz anderer Mensch ist. Und mehr als eine Erinnerung darf er sowieso nicht werden, denn wenn der Sommer zu Ende ist, muß mein Leben exakt genauso weitergehen, wie es war, bevor ich ihn kennenlernte. Nur den Putzkittel, den blauen, will ich als Souvenir behalten. Als Erinnerung an Jack – nach einem Whisky benannt, erzählt er und lächelt, aber die Augen sind ernst. Immer ernst.

Wir treffen uns nie außerhalb des Hotels. Worüber sollten wir sprechen? Er scheint nichts zu haben als diesen Job, im Hotel fängt sein Leben an und hört es auf, keine Familie, keine Interessen, keine Zukunftspläne. Er lebt die Tage, wie sie kommen. Irgendwo gibt es natürlich eine Familie, aufgelöst, verstreut, aber sie wollen nichts mit ihm zu tun haben, und das beruht auf Gegenseitigkeit, behauptet er. Hinterher, wenn wir miteinander geschlafen haben, wenn es vorüber ist, wird es so still, daß man von unten aus dem Foyer Stimmen hören kann. Und Jack bleibt im Bett liegen und blickt mich an, obwohl ich nur will, daß er aufsteht und geht. Ich kenne ihn nicht, und solange wir lachen und uns anfassen und Liebe machen, spielt es keine Rolle, aber danach.

Es kommt vor, daß ich Angst bekomme. Davor, etwas in Gang gesetzt zu haben, was ich nicht aufhalten kann.

Bald scheint er nicht mehr mit den weiblichen Hotelgästen zu flirten, wie er es am Anfang getan hat. Er brachte sie nicht selten dazu, ein paar Minuten länger stehenzubleiben, um nach Wegbeschreibungen auf zerknitterten Straßenkarten zu fragen oder sich zu erkundigen, ob es einen Ort gab, den er für den Abend empfehlen konnte. Aber jetzt nimmt er sie nicht einmal mehr wahr, allzu beschäftigt damit, sich zu vergewissern, wo ich mich befinde. Und das macht mir angst. Daß er vielleicht vergessen hat, daß alles nur ein Spiel ist. Bald ist der Sommer vorbei, und wenn Jack nicht begreift, daß auch unser Abenteuer dann vorbei sein muß – was geschieht dann?

Allein in einem dunklen Zimmer über dem Büro der Küstenwache wohnt er, es gibt da keine Dusche, nicht einmal eine Kochplatte, aber 180 Grad Aussicht über das Meer, wenn man das Fenster öffnet und sich hinauslehnt. Er nimmt mich nie mit zu sich dorthin, beschreibt es nur widerwillig, wenn ich frage. Es ist eine ungenutzte Abstellkammer, und niemand außer mir würde ihn vermissen, wenn seine Tür plötzlich zuschnappen würde, behauptet er. Er arbeitet, schläft, geht mit mir ins Bett – das ist alles, so scheint es. Als wollte er nicht mehr vom Leben haben. Was macht er, wenn er nicht im Hotel ist? »An dich denken«, sagt er und beginnt wieder, mich unter dem Laken zu liebkosen. Aber da habe ich das Gefühl, keine Luft mehr zu kriegen, und ich muß ans Licht, um zu atmen.

Und trotzdem. Ich mag ihn. Reserviert und drängend zugleich. Er hat so eine Art, mit den Händen in seiner häßlichen Dienstuniformhose dazustehen und beinahe umzukippen, wenn ich vorbeigehe. Er hat angefangen, am Personaleingang zu warten, wenn mein Dienst zu Ende ist. Küßt mich dann und kümmert sich nicht mehr darum, ob jemand uns durch das Fenster sieht. Er zwingt mich dazu, Sachen zu versprechen. Versprich, daß du nicht krank wirst. Denn wenn ich eines Tages nicht zur Arbeit komme und er gleichzeitig in einer Zeitschleife steckenbleibt, dann muß er ja den Rest des Lebens ohne mich leben. Zeitschleife? Ich weiß nicht, was das ist, aber das sage ich nicht, ich antworte nur, daß ich, ehrlich gesagt, auch außerhalb des Hotels ein Leben habe, und so eines sollte er sich vielleicht auch anschaffen. Dann muß ich mit einem Lachen darüberwischen, denn Jack sieht so ernst aus, daß es komisch wirkt.

Bald ist die Dusche der einzige Ort, wo wir es noch nicht getan haben. Eines Vormittags, in einem Zimmer im obersten Stockwerk, als es aufs Ziegeldach hagelt, knöpfe ich den Putzkittel auf und flüstere: komm, und wir setzen Duschmützen auf, damit unsere Haare nicht naß werden und uns verraten. Ich lache mich schief, während er in mich eindringt, wie ein perverser Chirurg mit seiner grünen Plastikmütze. Und kurz bevor er kommt, rutschen seine Hände von meinen schlüpfrigen Hüften ab, und er schafft es nicht rechtzeitig hinaus. Zuerst ist es nur absurd, dann kippt es um in Panik. Ich schlage ihn direkt ins Gesicht, und dann hocke ich mich über den harten heißen Duschstrahl und überhöre sein *Es tut mir leid, es tut mir leid, es tut mir leid*. Wir vergessen die Zeit, bis plötzlich der Chef kommt und nach uns sucht. Dann heißt es nur: Anziehen, seine Sachen nehmen und gehen. Ertappt und gekündigt innerhalb weniger Minuten.

Das ist Rekord. Sogar für Jack.

Wir trennen uns auf dem Hinterhof, auf dem wir uns das erstemal sahen. Er bittet um meine Telefonnummer, denn das einzige, was wir sicher wissen, ist, daß wir uns nie mehr im Hotel sehen werden. Und alles, woran ich denken kann, während ich langsam Zahlen in seine Handfläche male, ist, wie seine schnellen Spermien in mir höher und höher schwimmen und daß ich ihm nie verzeihen werde, wenn ich jetzt schwanger bin. Bald soll ich ja zurück an die Universität. Zurück in mein anderes Leben. Es ist nicht möglich, sich Jack dort auch nur zu denken. Ich versuche, ihn mir mit einem schwarzen Kaffee und einer Zigarette unter meinen Freunden im Studentencafé vorzustellen, über die Fortschritte der Genforschung diskutierend. Aber der Stuhl am Tisch bleibt leer, die Tasse hängt in der Luft.

Er ruft nicht an. Was habe ich geglaubt? Die Wochen vergehen, und Jack ruft nicht an, aber es spielt keine Rolle, weil ich nicht schwanger geworden bin und die Geschichte da hätte aufhören können. Der Rest ist meine eigene Schuld. Wenn ich nur an dem allerletzten Abend vor dem Beginn des Herbstsemesters nicht zu Hause gewesen wäre, als Jack zum Haus meiner Eltern kommt, verregneter dunkler August, am Tag, bevor ich zu meinem Studium zurückkehren soll. Drei Stunden hat die Familie vor dem Fernseher gesessen, nur weil keiner die Kraft hat, aufzustehen und auszuschalten. Meine Taschen sind schon gepackt und stehen in der Diele. Kleidung, Kursliteratur, die Kühltasche, die mit Essensportionen gefüllt werden soll, die Mama eingefroren hat, damit ich all meine Zeit für das Studium nutzen kann, wenn es losgeht. Da kommt Jack. Als hätte er im Gefühl gehabt, daß das die letzte Gelegenheit ist.

Ich weiß, daß er es ist, als es an der Tür klingelt, ich weiß es, weil meine Hände auf dem bestickten Sofakissen ganz klebrig werden. Mama und Papa sehen einander an, sehen zu Großvaters Uhr neben dem Vitrinenschrank, und dann sehen sie einander wieder an, und Papa sagt: *Fünf nach elf, wer zum Teufel kann das sein?* Und er erhebt sich vom Sofa, und Mama geht hinter ihm her, meine Schwester ist vor lauter Langeweile halb ausgestreckt im Sessel eingeschlafen. Ich sitze noch auf dem Sofa. Kann nicht atmen. Ich habe meine Haare seit wer weiß wie lange nicht gewaschen und mir Mamas allerpeinlichstes Nachthemd geliehen, weil mein eigenes schönes seidenglattes frisch gebügelt in der Tasche liegt.

Sie mochten ihn nicht.

Er sah ihnen nicht in die Augen und hatte einen schlaffen Händedruck. Als hätte er Angst, Fingerabdrücke zu hinterlassen. Und Jack ... was ist das eigentlich für ein Name? fragt Papa mich hinterher. Wie heißt er *eigentlich*? Jack ist ein Whiskey, erkläre ich. Und was seinen Nachnamen betrifft, habe ich keine Ahnung. Wieso? Wäre es besser gewesen, wenn er Eskil geheißen hätte, wie Papa? Hätte er ihn dann besser behandelt?

Ich denke andauernd an dich, sagte Jack in der Diele zu mir, während Papa danebenstand und ihn nur anstarrte. Mama im Hintergrund mit der Wolljacke über den Schultern, den Hals gereckt, schreckensstarr wie eine Truthenne. *Ich kann nicht vergessen, wie du dich anfühlst. Ich habe es versucht. Es geht nicht.* Und Papa murmelte etwas wie ... jetzt warte mal ... hattest du nicht einen Freund in Lund, Ingrid ...? Auf der medizinischen Fakultät, dieser nette Kerl, der einmal hier zu Besuch war? Aber das spielte keine Rolle mehr. Denn Jack gab mir einen Zettel mit seiner Telefonnummer, und er sagte, daß er das Motorrad verkauft habe. Er hatte das Motorrad verkauft, um ein Telefon kaufen zu können, damit ich ihn anrufen konnte.

Hüte dich vor ihm, sagt Papa hinterher. Hüte dich. Sich vor Jack hüten – dafür ist es aber schon zu spät.

(Schöner, größer)

Kristian

Lisettes Augen sind blau wie das Meer, aber auch eiskalt. Man kann einen Krampf bekommen und darin ertrinken. Jens hat das schon getan. Sich in ihr verloren. Wenn die Welt allzu abscheulich wird, setzt Lisette ihr leeres Grinsen auf. Ihr Katzengrinsen ist ein Spiegel, der das Böse verscheuchen soll. Ich habe viele Male im Badezimmer gestanden und geübt, habe versucht, mich selbst zu überraschen, wenn ich die Zahncreme ausspucke und den Blick zum Badezimmerspiegel hebe. Aber dieses Gelächter, das sich gegen alles und nichts auflehnt, wird zur Grimasse, wenn ich es versuche. Es gibt ganz einfach kein Gen für Lachen in mir, in unserer gesamten Familie nicht.

Die Küste, an der das Touristenhotel liegt, ist völlig anders als unsere Küste, versichert Mama am Telefon. Ich stehe da und blicke durch das Küchenfenster auf die Laken, die die Sicht aufs Meer verdecken. Lisette ist gegen Kajs stummen Willen zurückgekommen, hat alles Bettzeug abgezogen und drei volle Maschinen gewaschen, hat jeden Zentimeter der Wäscheleinen im Garten mit Wäsche behängt. Florida ist sowohl schöner als auch größer, erzählt Mama. Alles muß man sich vielfach multipliziert denken; die Größe der Menschen, des Strands und der Steaks, die im Speisesaal serviert werden. Das Hotel ist blendend weiß, mit Hunderten von Fenstern, es glitzert wie eine riesige verglaste Veranda in der Sonne. Ein Gewimmel von Balkons und Terrassen zum Meer hin, das blau ist ... blauer als Lisettes Augen, wenn ich mir das vorstellen kann. Ich blicke zu Lisette, die auf dem Küchenboden sitzt und den Mädchen die Nägel schneidet. »Nein, das kann man sich kaum vorstellen«, murmele ich. Lisette starrt mich an, spitzt ihre scharfen Ohren, wartet darauf, daß Jens darum bittet, mit ihr sprechen zu dürfen. Aber Mama erwähnt Jens mit keinem Wort.

Florida. Kilometerlange zuckerweiße Strände. Sumpfland, Schlupflöcher, unterirdische Flüsse. Die Barrieren rund um die Lagunen sind Reste großer Mangrovenwälder, den Wäldern ähnlich, die es noch an der Küste bei Tampa Bay gibt. Mama hat zwei Schildkrötenfischer getroffen, die ihr die Gegend gezeigt haben. *Laß deine Schwester nicht ins Meer hinauswaten, um nie mehr zurückzukommen, laß sie nicht mit Fremden und Streichhölzern allein, laß sie nicht aus den Augen, laß sie nicht an den Wein gehen.* An nichts davon erinnert sie mich jetzt. Redet nur von Apfelsinenplantagen, Korallenriffs, tropischen Wäldern. Von gelben Eidechsen auf dem Hotelbalkon und vom Kennedy Space Center, das sie vom Flugzeug aus beim Einflug über den Atlantik gesehen hat.

Lisette stellt sich so dicht zu mir, daß ich ihre Brüste an meinem Rücken spüren kann, legt das Ohr an den Telefonhörer. Mama sitzt in einem Fischrestaurant, trinkt Wein und ißt Riesengarnelen, die Getränke sind teuer und der Service phantastisch. Sie mag die Amerikaner, sagt sie. »Und Jens?« erkundige ich mich. »Was meinst du?« Mama wird still am Telefon, trinkt einen Schluck von etwas. »Hast du den Wasserhahn schon repariert? Den auf der Toilette?« fragt sie, anstatt auf meine Frage zu antworten. »Wie gefällt es Jens?« frage ich. Mama murmelt, daß man bei Jens nicht so leicht von gefallen und nicht gefallen reden könne, das wisse ich doch selbst. Sie klingt verändert, vielleicht ist es die Entfernung. Sie fragt nicht nach Kaj, den Mädchen oder nach Lisette. Nicht nach ihren Patienten.

»Und wenn er abgehauen ist?« flüstert Kaj und wickelt den Kaugummi um den Zeigefinger, bis er reißt. »Wer? Jens?« »Ja. Ein Auto gemietet hat und nach Süden gefahren ist. Nach Kanada oder so was«, schlägt sie vor. Sie sitzt auf dem Tisch und schaut zu, während ich Silikon um den tropfenden Wasserhahn des Handwaschbeckens auf der Patiententoilette lege. Es ist schon ein feuchter Fleck im Teppich entstanden, ich hatte versprochen, den Hahn sofort nach meiner Ankunft zu reparieren. Man hört, daß es eine Weile her ist, daß Kaj eine Weltkarte betrachtet hat, wahrscheinlich nicht mehr, seit sie die Schule in der Achten abgebrochen hat. »Mexiko, meinst du?« frage ich. »Nein, Kanada«, beharrt sie. Wahrscheinlich liegt Jens auf dem Rücken in irgendeinem Pool und hat ganz einfach keine Lust, mit Lisette zu reden. Will sie eine Weile rösten lassen. »Er will vielleicht nicht nach Hause«, fährt Kaj fort und tippt mir mit dem Fuß auf die Schulter. »Es ist klar, daß er nicht nach Hause will«, wispere ich, als könnte Lisette uns durch die Wand hören. »Aber Kanada? Wenn er abhauen wollte, hätte er das doch wohl schon längst getan.« Niemand hätte versucht, ihn aufzuhalten.

Über dem Schreibtisch im Praxiszimmer hängt ein Bild von Jens. Er steht im Schnee auf dem Parkplatz des Mietshauses, eine Tochter auf jeder Schulter. Die Mädchen haben rosa Mützen auf, auf denen Anna und Nina steht, aber in der Eile hat jede die Mütze der anderen aufgesetzt bekommen. Das Bild ist unscharf wie alle Bilder, die Lisette aufnimmt. Jens lacht, das Haar steht in alle Richtungen ab, und ich habe immer gedacht, daß er und Lisette miteinander geschlafen haben, kurz bevor dieses Bild entstanden ist. Man sieht es an Lisettes Blick durch die Kamera. Ich mag dieses Foto nicht. Jens sieht glücklich aus, auf eine Weise, die nicht halten wird.

Als wir zu zweit die trockenen Laken in Mamas Zimmer zusammenfalten, entdecke ich es: Lisette hat den Ring abgenommen. Ein Kreis von blasser Haut leuchtet auf dem sonnenbraunen Finger. »Kaj wird von diesen Fliegen krank werden«, sagt sie und wehrt eine Bewegung meiner Hand zu ihrem Nacken ab. Mit ungeduldigen Händen drückt sie jede Ungleichmäßigkeit aus der abgenutzten Bettwäsche und stapelt sie auf Mamas Bett. Nimmt sie den Ring auch sonst immer ab, weil die Finger in der Wärme anschwellen? Vielleicht ist er abgerutscht und in den Abfluß gefallen, als sie im Keller gewaschen hat. »Bakterien«, fährt Lisette irritiert fort, »hat deine Schwester nie etwas von Bakterien gehört?« Die Schultern gespannt in der dünnen Bluse, mein Blick bleibt im gewundenen blauen Muster hängen, das in planlosen Wirbeln ihren Rücken herunterkriecht. Aber Krankheiten beißen sich ja bei Kaj nicht fest. Sie steht nie lange genug still, damit Bakterien und Viren Halt finden könnten. Oder vielleicht ist sie imprägniert von dem ganzen alten schmutzigen Gerümpel, mit dem sie ihr Zimmer füllt. Es ist übervoll mit Zeug da drinnen, eine Art Schutzpanzer gegen das Licht, während sie darauf wartet, daß irgend etwas ein Leck schlagen wird.

Eigentlich ist Kajs Zimmer nicht unordentlich, nur eng. Die Ordnung ist systematisch, und wenn man etwas berührt, dann rückt sie es sofort wieder in seinen Staubkreis auf dem Regal zurück. Sie muß mein Zimmer geplündert haben, nachdem Mama mich rausgeschmissen hat. Mein altes Schlafzimmer ist eine spiegelverkehrte Kopie von ihrem, die gleichen Möbel, die gleiche Aussicht, aber es ist leer, obwohl ich kaum etwas mitgenommen habe, als ich wegging. Kaj muß alles zu sich hineingeschleppt haben; ihre Art, mich dazubehalten. Was hat sie gedacht, als ich ganz plötzlich einfach verschwand? Ohne daß jemand erklärte, warum. Ohne Vorwarnung – wie wenn jemand im Eis einbricht und versinkt.

Ich erzähle Lisette von dem Traum. Daß Kajs Fliegen eines Nachts die Gläser sprengen, das Haus füllen und dann durch die Wände verschwinden wie giftiges Gas. Und wie sie ihre gewonnene Freiheit dazu nutzen, die Welt mit ihren Nachkommen zu füllen. Eine summende, wimmelnde Apokalypse. »Wie geht es mit dem Studium?« unterbricht sie mich, um dem Gerede über Fliegen ein Ende zu setzen, das ihr am Hals Gänsehaut verursacht. »Du hast versprochen, es nicht aufzugeben, Kristian. Das weißt du doch wohl noch?« sagt sie und kratzt mit langen Nägeln helle Striche auf ihren Hals. Ich weiß es noch. Und Menschen, die ihre Versprechen nicht halten, gehören in Lisettes Augen der niedrigsten Kaste an, das weiß ich auch. »Sie hatten Schwierigkeiten, Leute für die Nachtwache zu bekommen, also bin ich ein wenig länger dageblieben als geplant«, erkläre ich. »Natürlich, das ist gut. Es ist gut, daß du dich aufopferst. Aber du mußt auch ein wenig clever sein, Kristian«, predigt sie, »sonst geht es mit dir genauso wie mit Jens.« Ich vermeide es zu fragen, was sie damit meint. Die Schwalben kreuzen über den hellen Abendhimmel und schneiden die Stille mit scharfen Schreien entzwei. Lisette setzt sich auf Mamas Bett, ihr Blick sucht sich zum Fenster. »Es ist nicht hundertprozentig selbständig vielleicht ... in Mamas Fußstapfen zu treten«, gestehe ich. Lisette hebt die Augenbrauen und verschränkt die Arme vor der Brust. »Wieso? In wessen Fußstapfen solltest du denn sonst treten?« fragt sie. »In die von Jack vielleicht? Es reicht wohl, daß Jens das tut. Immer unterwegs, ohne irgendwo anzukommen.« Von einem Job zum anderen, nie länger als ein halbes Jahr bei derselben Arbeitsstelle, das ist wahr, so war es andauernd mit Papa, und Jens hat denselben ungeduldigen Rhythmus im Leib. Aber unterwegs, ohne irgendwo anzukommen – das sind wir wohl alle auf irgendeine Weise. Und ich mehr als alle anderen. Arbeiten, essen, schlafen. An Kaj denken, mich nach Lisette sehnen, an Lisette denken, mich nach Kaj sehnen. Das ist alles, was ich tue. Und du, Lisette? Wohin bist du unterwegs? Ohne dich einen einzigen Millimeter von der Stelle zu bewegen ...

Ich kann es nicht lassen, auf die Hand zu starren, die an ihrer Hüfte ruht. Der fehlende Ehering, die weiße Haut am Ringfinger. »Du wirst beliebt sein«, sagt sie, »du wirst ein guter Gynäkologe sein, Kristian, wenn du endlich fertig bist mit diesen ganzen Kursen. Die Patienten werden dich mögen.« Die Wäsche im Einbauschrank riecht nach Meeresluft und nach Lisettes Händen, und ich schließe die Schranktüren. »Du wirst nie glauben, daß du alles über Frauen weißt, oder?« lächelt sie und zieht ein wenig sonnenverbrannte Haut ab, die sich auf ihrem Oberschenkel ablöst, »aber erwarte nur nicht, daß Jens deine Wahl jemals verstehen wird ...« Ich kann mich nicht erinnern, diesen Ausdruck auf Lisettes Gesicht schon einmal gesehen zu haben. Als ob sie unsicher wäre. Verlegen. »... daß du dich gerade dafür entschieden hast. Oder anders gesagt«, fährt sie fort, »es wäre nicht in Ordnung für ihn, wenn ich zu einem männlichen Gynäkologen ginge.« Sie reibt die Haut zwischen den Fingern und läßt die Fetzen auf den Boden segeln. »Jens kann sozusagen nicht verstehen, wie ein Mann zwischen den Beinen einer Frau sitzen kann, ohne sich ...« Der Satz bleibt in der Luft zwischen uns hängen. Ohne sich was? Ohne sich zu bedienen? Ist es das, was sie meint? Ist es das, was sie ihn tun läßt, obwohl sie eigentlich nicht will? »Ich meine, kannst du dir Jens *vorstellen* ... ?« fragt Lisette, und etwas flackert auf in diesen großen blauen Augen. Nein. Lieber nicht. Ich wende den Blick ab. Wir sind jetzt fertig, die Laken sind sauber gestapelt, und ich habe keine Lust, noch länger hier zu stehen. »Kann ich heute abend zu dir nach Hause kommen?« Als sie sich vom Bett erhebt, frage ich das schnell, bevor ich Zeit habe, es zu bereuen. Sie starrt mich an. »Was meinst du? Heute abend?« fragt sie und rückt die Shorts in der Taille zurecht. Ich nicke. »Nein«, antwortet sie geradeheraus. »Warum nicht?« beharre ich, und Lisettes Pupillen ziehen sich im Licht zusammen, wie schrumpfende Inseln in den eisblauen Seen. »*Darum*. Aber das begreifst du doch wohl, Kristian ... ?« Sie streicht mir schnell über die Wange, die Hand ist warm und riecht nach gebratenem Fisch, ich will sie festhalten, aber sie hat sie schon von meinem Gesicht weggezogen.

Lisette streicht die Tagesdecke mit zwei schnellen Bewegungen glatt. Streicht sie aus, streicht darüber, streicht meine Frage weg. Muß-jetzt-nach-Hause, wird-schon-spät, Mädchen-müssen-ins-Bett, Lieblingsserie-im-Fernsehen ... spult sie hervor und geht noch einmal zum Bett zurück, um sich zu versichern, daß die Tagesdecke ohne eine Falte über der straff bezogenen Matratze liegt. Mama soll nicht auf Gedanken kommen. Es war schließlich hier, in ihrem Bett. Hier haben wir es getan. Dieses eine Mal, das nie hätte passieren dürfen. Warum gerade hier? Als würden wir es darauf anlegen, entdeckt zu werden. »Was will Kaj mit diesen Fliegen eigentlich anstellen«, fragt Lisette, als sie in der Tür an mir vorbeigeht, »Jacks Geburtstagstorte zum Fünfzigsten garnieren, oder was?« Ich starre sie an. »Es war nur ein Witz, Kristian!« lacht sie. »*Verstehst* du das nicht?«

Die Fliegen. Die Geschwindigkeit, mit der sie sich vermehren. Wie Ratten und Mäuse, ganz ohne Widerstand. Kaj hat erzählt, daß es eine kleine unansehnliche Parasitfliege gibt, die im Unterschied zu anderen Arten hören kann. Sie ist darauf spezialisiert, den Gesang der Grillen zu erkennen, da sie die Grille als Wirtstier hat und ihre Larven in deren Körper legt. Wenn Kaj das mit der Torte hört, das mit dem Dekorieren der Torte mit Fliegen, dann wird sie das sicher tun, erkläre ich Lisette, während wir die Treppe hinuntergehen. Sie bleibt abrupt stehen und wirft die Arme nach oben. »Ja und? Ist es dann *meine* Schuld?!« fragt sie. »Du brauchst ihr ja nicht noch mehr Ideen einzupflanzen, als sie ohnehin schon hat«, bitte ich. Lisette wendet sich auf der Treppe um und geht wieder hoch, reißt Kajs Tür auf, ohne anzuklopfen. Da, am Fenster, stehen in der Sonne aufgereiht Mamas alte Schraubgläser, mit Etiketten wie »Nachtcreme«, »Johannisbeergelee«, »Salzgurke«. Lisette nimmt sie eines nach dem anderen und leert sie auf den Boden. Scharrt mit den Füßen in dem schwarzen Fliegenhaufen auf dem Teppichboden. »So!« sagt sie. »Jetzt ist dieses Problem aus der Welt! Keine Fliegen mehr!«

Als Lisette das Zimmer verlassen hat, gehe ich in die Knie, um mich vor Kajs Wahnsinnsschrei zu ducken. Lisette hätte ihr ebensogut alle Haare ausreißen und sie in den Wind streuen können, so ohrenbetäubend schreit Kaj. Schnell beginne ich zu retten, was sich retten läßt. Ausgerissene Beine und Flügel, Fliegen, die nicht unter Lisettes Füßen zerrieben wurden. Ihre Worte hallen im Treppenhaus wider. *Irrenhaus! Steh auf, verdammt noch mal, Kristian! Hör auf zu kriechen!* Die Fliegenreste bleiben an der Handfläche hängen, als ich sie zusammenschiebe. Der Geruch, den sie absondern, ist erstickend süß und erinnert an tote Mäuse auf dem Dachboden am Ende des Winters.

(Eisloch)

Ingrid

Die heißesten Stunden des Tages. Einfach im Hotelbett hinter geschlossenen Fensterläden still liegen und sich daran zu erinnern versuchen, wie es sich anfühlt, wenn man friert. Das ist alles, was man hier tun kann. Ein Faden von Erinnerungen wird durch das Auge gezogen. Ein Bild gleitet ins andere hinüber, alles geschieht gleichzeitig, jetzt und jetzt und jetzt.

Spätwinter, frostkalt, unter den Bäumen sind die Schatten blau. Die Kälte läßt den Schleim in den Nasenlöchern gefrieren, der Schlitten gleitet leicht über den Schneeharsch, die Wacholderdrosseln schackern in den Bäumen hoch über einem. Manchmal muß ich mich umdrehen, um zu schauen, ob der Plastikbeutel noch auf dem Schlitten liegt. Vickys dunkle Pfoten schauen heraus, die Beutelschlaufen sind fest um ihre Läufe geknotet. Das Feld am Ende des Walds liegt im schrägen Nachmittagslicht unberührt da. Ich zögere einen Augenblick, bevor ich den ersten Schritt hinaus ins Weiße mache. Es gibt keine Häuser in der Nähe und keine Wege. Ich fühle mich trotzdem beobachtet, als ich das Feld in Richtung See überquere. Ich habe pausenlos dieses Gefühl. Wo ich auch bin, mitten im Wald oder in unserem gemieteten Zimmer, wenn Jack nicht zu Hause ist und ich die Tür abgeschlossen und alle Rollos heruntergezogen habe. Hat es vielleicht etwas mit dem Kind zu tun? Ich bin noch nicht daran gewöhnt, niemals allein zu sein. Jetzt kann der Embryo die Augen öffnen und ins Wasser schauen. Mich von innen sehen.

Als ich stehenbleibe und den Beutel auf dem Schlitten zurechtziehe, fühle ich Vickys harten Körper leblos wie ein Stein im Innern des Plastiks umherrutschen. Wir hätten versuchen sollen, ein anderes Zuhause für sie zu finden, aber Jack behauptete, daß sie schon zu oft das Zuhause gewechselt hatte. Hunde sind wie Kinder, sagte er, sie brauchen Sicherheit, um nicht unerträglich zu werden. Und wer, fragte er und strich mir über den schwellenden Bauch, würde einen Hund haben wollen, der aussah wie Vicky? Keiner außer uns. Nicht einmal wir.

Die Schatten der Bäume werden immer länger und schmaler, langgezogene blaue Silhouetten, die auf der Schneedecke ineinander verschmelzen. Ich klopfe den losen Schnee von den Hosenbeinen, und als ich die Kapuze über den Kopf ziehe und das Gesicht in das rote Futter drehe, nehme ich Jacks Geruch wahr. Schließe die Augen und versuche, den Geruch in sein Gesicht zu verwandeln, aber ich spüre nur die Kälte, die in meine Wangen beißt. Kleine scharfe Zähne auf der rauhen Haut.

Jeder sollte seinen Part übernehmen, fand Jack. Wir sollten uns die Arbeit gerecht teilen. Er würde den ersten Teil erledigen, und ich würde mich um den Rest kümmern. An jenem Abend fuhr er mit Vicky im Saab los, sagte nicht, wohin, und ich wollte es auch nicht wissen. Bekam er vielleicht Hilfe von jemandem? Ich glaube nicht, daß er es allein fertigbrachte. Jack beherrscht die Kunst des Zauderns – im letzten Augenblick –, ich weiß nicht, was da in ihm vorgeht. Gemeinsam mit ihm könnte ich fast alles tun, was man sich denken kann, es gibt keine Grenze, die sagt, hier beginnt das Unmögliche, das, womit man hinterher schwer leben kann.

Er blieb einige Stunden weg, kam mit dem Auto nach Hause, keine Vicky bellend auf dem Rücksitz, mit zwei Paketen Keksen und einer Zeitung, die er an der Tankstelle gekauft hatte. Kam herein und legte sich aufs Sofa und begann zu kauen und Fernsehen zu glotzen. »Es wäre vielleicht nett gewesen für das Kind ...« murmelte er nach einiger Zeit, als er das eine Kekspaket geleert, es zusammengeknüllt und das nächste geöffnet hatte. »Mit einem Hund«, sagte er. Jack beherrscht die Kunst des Zauderns. Wenn es bereits unwiderruflich zu spät ist. Vicky lag im Keller und rührte sich nicht mehr, das wußten wir beide, sie würde da die ganze Nacht liegen, ohne sich zu rühren, und dann sollte ich dafür sorgen, daß wir sie los würden. Die Schuld sollten wir zu gleichen Teilen tragen.

Ich schlief schlecht, wachte spät auf. Jack saß in der Küche und schien nur darauf zu warten, daß ich aufstand. Er begleitete mich hinunter in den Kellerraum und zeigte mir den Beutel, der die ganze Nacht auf dem kalten Betonboden gelegen hatte. Er rührte ihn nicht an, blieb ein Stück davon entfernt stehen und deutete dahin, wo er lag, und als ich ihn aufhob, war Vicky leichter, als ich sie in Erinnerung hatte. Vielleicht hatte sie viel Blut verloren. Der Körper fühlte sich durch das Plastik hindurch hartgefroren an. Noch bevor ich aufwachte, war Jack unten beim See gewesen und hatte ein Loch ins Eis gesägt. Die Erde aufzugraben war unmöglich, sagte er, der Frost reichte zu tief hinab. Ich mußte mir seinen Anorak ausleihen, damit ich nicht krank wurde, weil es in der Nacht noch kälter geworden war.

Es war schon von Anfang an ein Fehler. Alles war ein Fehler mit Vicky. Aber wir bekamen wenigstens gemeinsamen Gesprächsstoff, als Jack mit der Idee ankam, daß wir uns einen Hund anschaffen sollten. Entkamen diesen langen, schweigsamen Abenden. Lagen Schulter an Schulter auf der schmalen Matratze und blätterten die halbe Nacht in Hundebüchern, bis einer von uns mitten im Lachen einschlief. Es gab Rassen, die wirklich aussahen wie ein Witz, Windhunde, Nackthunde, Möpse ... Na gut, es reichte uns ja kaum für die Miete, aber das mit dem Hund brauchte nichts zu kosten, hatte Jack beschlossen. Es gab ausgesetzte Köter, die man völlig umsonst bekommen konnte. Entwurmt, stubenrein, fertig. Über solche Sachen wußte Jack Bescheid, und jetzt, da er von der Fischfrosterei gefeuert worden war, hatte er ja massenhaft Zeit, sich um einen Hund zu kümmern, meinte er.

Er erzählte von den Hunden, die er gehabt hatte, als er aufwuchs, Dingo, Lackie, Fargo, herrliche Kreuzungen von streunenden Kötern aus den Hinterhöfen von Malmö und Kopenhagen. Keiner glich dem anderen, alle waren sie gefleckte Promenadenmischungen, und er erzählte plötzlich mehr von den Hunden, als er jemals von seiner eigenen Familie erzählt hatte. Davon, wie Lackie in der Badewanne Junge bekommen und diese dann verstoßen hatte, davon, wie Fargo ihn einmal aus einer brutalen Schlägerei gerettet hatte, und darüber, wie Dingo vom Zug überfahren wurde, aber mit dem Leben davonkam, als hätte ein Engel ihn beschützt.

Wenn Jack in einer Sache gut ist, zeigt er das gerne. Und er schien fast alles über Hunde zu wissen, also vertraute ich ihm. Wir vereinbarten schnell, daß wir einen großen Hund mit verläßlichem Temperament haben wollten, ruhig, aber trotzdem respekteinflößend, mit dem richtigen Maß an Wächterinstinkt. Einen Rüden, weil die nicht läufig würden und ausgeglichener seien, behauptete Jack. Das einzige, wogegen ich mich wehrte, war ein Schäferhund, mit allem anderen konnte ich mich einverstanden erklären. Als ich klein war, wurde ich vom Schäferhund des Nachbarn gebissen, und sowohl die Narbe als auch die Angst waren noch da. Aber dann ... auf dem Weg zu diesem Hundestall, während Jack das eine Auge im Straßenatlas und das andere auf der Straße hatte, sagte er plötzlich: »Aber die sind verdammt fein, Ingrid, das mußt du jedenfalls zugeben, die Schäferhunde ...« Ich sagte nichts, und da fuhr er fort, davon zu schwärmen, daß er immer ausgerechnet einen Schäferhund hatte haben wollen, weil sein Vater einen gehabt hatte, als er jung gewesen war. Auf den letzten Kilometern schwieg ich also und blickte durch das Seitenfenster hinaus, damit er begriff, wie sehr er danebenlag. Und Jack fuhr schneller als gewöhnlich und rauchte im Auto, obwohl er wußte, daß mir davon schlecht wurde. Die Landschaft rollte vorüber wie ein Film im Schnelldurchlauf. Er konnte ja seinen Vater nicht einmal leiden, hatte ihn nie leiden können, warum wollte er also an ihn erinnert werden, indem er sich dieselbe Sorte Hund anschaffte? Das war mir unbegreiflich.

Als wir ankamen, ging Jack rastlos zwischen den dunklen Käfigen herum, bis er in einer Box einen großen Schäferrüden entdeckte. Der sprang gegen das Gitter und wedelte mit dem ganzen Hinterkörper; als Jack sich näherte, tröpfelte vor Aufregung auf den Betonboden. Jack versuchte mich dazu zu bringen, ein wenig genauer hinzuschauen, aber ich ging mit dem Hundepfleger weiter. Die Augen, gelblich hell, sahen hysterisch aus. Der nicht. Niemals. Jack wußte ja, daß das meine Meinung war.

Ich blieb vor einer kleineren Box stehen, wo der Hundepfleger in die Hocke gegangen war und begonnen hatte, mit einem kleinen zerzausten Mischlingshund zu schäkern, der sich vor lauter Aufregung über ein wenig Zuwendung um sich selber drehte. Es war ein häßlicher kleiner Hund. Er war wirklich häßlich und roch auch, als hätte er zu viele getrocknete Schweinsohren gegessen, aber ich ging in die Hocke und rieb ihn zwischen den Ohren und ließ zu, daß er meine Finger durch das Gitter der Box abschleckte. Ich wich Jacks verärgerten Blicken aus, während der Hundepfleger uns ausschweifend Vickys ganze traurige Geschichte präsentierte. Jack stand still da und schielte zu dem Schäferhund ein Stück weiter weg hinüber, der hektisch am Gitter seines Käfig hochkletterte. Schließlich sagte ich: »Gut, wir nehmen ihn. Den kleinen.« Nur um Jacks Reaktion zu testen. Aber er widersetzte sich nicht, wie ich es erwartet hatte. Er zuckte nur mit den Schultern, so als wäre es ihm völlig egal. Es war nicht länger sein Ding. Konnte er seinen Willen nicht durchsetzen, wurde er immer gleichgültig.

Bevor wir also wußten, wie uns geschah, saßen wir mit einem kleinen häßlichen dicken Köter, der fröhlich aus dem Heckfenster bellte, im Auto. Jack schwieg den halben Weg nach Hause, und dann begann sein Vortrag. Vicky entsprach überhaupt nicht seiner Vorstellung von einem Hund ... eine Art kurzbeiniger Terrierbastard mit einem nervtötenden Gebell ... eine häßliche Hündin, und nicht mehr jung ... schlechte Angewohnheiten hatte sie sicher auch, und wir waren uns ja darüber einig gewesen, daß es eine große Rasse sein sollte ... *oder?* Er konnte es nicht fassen, daß ich so beeinflußbar war, so sentimental, daß ich mich von der Geschichte über Vickys traurige Herkunft hatte rumkriegen lassen. Herrgott, vielleicht war diese Geschichte nicht einmal wahr! Sicher nur eine Masche, um sie loszuwerden. Und wie auch immer, das war ja so, als wäre man mit jemandem zusammen, weil diese Person einem *leid* tat, fand Jack. Nicht weil man sie *haben* wollte, sondern weil man sich um sie *kümmern* wollte. Ich schlug ihm vor, daß er einen neuen Namen für Vicky finden könnte, wenn ihm der, den sie hatte, nicht gefiele, aber dazu hatte er keine Lust. Er fand, daß »Vicky« ganz perfekt zu ihr paßte.

Schnee beginnt durch die weiße Luft zu schweben, hört aber nach einigen Minuten ebenso still wieder auf. Ich kämpfe mich durch ein Gestrüpp von stachligen Schlehenbüschen und muß den Schlitten auf dem letzten Stück zum See über den Kopf heben. Das Eis ist dick. Ein Stück weiter draußen sieht man undeutlich das Eisloch, das Jack aufgesägt hat. Ich setze den Schlitten wieder ab und gehe vorsichtig auf das gefrorene Wasser hinaus. Neben das

Eisloch hat er einen Stein gelegt, schwer genug, um Vikky zu versenken. Ich nehme den Rucksack ab und gehe neben dem schwarzen Viereck aus Seewasser in die Knie. Der Bauch ist im Weg. Trotz der Kälte muß ich die Handschuhe abnehmen, um die Schlaufe des Plastikbeutels zu lösen, die Jack um ihre Beine geknotet hat. Im Rucksack liegt das Seil, das Abschleppseil von Jacks Saab. Ich schnüre es um die steifen, struppigen Läufe, aber das Seil ist so hart, daß ich den Kreuzknoten kaum festziehen kann.

Vicky muß aus der Plastiktüte genommen werden, bevor sie im Wasser versenkt wird, sonst bleibt sie vielleicht an der Oberfläche, mit der Tüte als Schwimmblase. Jack ist alles durchgegangen. Punkt für Punkt, so als ob ich nicht selber denken könnte. Aber zuallererst, bevor ich Vicky herausnehme, muß ich den Stein festmachen. Ich will ja nicht, daß mich ihre kleinen toten Augen dauernd anstarren. Mit steifen Fingern wickle ich das Seil überkreuz. Es ist dick und schwer zu handhaben, und der Stein ist zu rund, er hätte einen mit schärferen Kanten wählen sollen. Als ich versuche, das Seil festzuziehen, rutscht es einfach ab.

Wir hatten besprochen, sie von einem Tierarzt einschläfern zu lassen. Nicht richtig besprochen vielleicht ... aber ich hatte es auf jeden Fall vorgeschlagen, und Jack hatte nein gesagt. Zur Tierklinik zu fahren würde uns zu teuer kommen, mehrere Hunderter könnte das kosten, so hatte er gehört, und er hatte ja keinen Job mehr und war mit dem Abzahlen des Autos schon im Rückstand. Und nun das mit dem Kind. Wir würden jede einzelne Krone brauchen. Alles würden wir neu und sauber kaufen, den Kinderwagen, das Wickelbrett, die Anziehsachen, das Gitterbett, das neben dem Doppelbett stehen sollte, wenn wir uns das endlich leisten konnten. Denn jetzt, wo wir Eltern würden, müssten wir damit aufhören, auf einer Matratze auf dem Boden zu liegen, *das begreifst du doch, Ingrid,* sagte Jack gereizt, *was soll das Kleine denken?* Und ich versuchte zu erklären, daß ein neugeborenes Kind sich vielleicht nicht so viel daraus machte, ob Mama und Papa auf dem Boden oder in einem richtigen Bett schliefen, solange es Essen und Liebe bekam und alles, was es brauchte. Aber Jack schnaubte, was ich wohl darüber wisse, was ein Kind brauchte, ich, die ich nie etwas habe entbehren müssen. Sein Kind würde auf jeden Fall alles bekommen, worauf es ein Anrecht hätte, und zwar kein abgelegtes Zeug. Auch nichts Selbstgebautes – das war völlig ausgeschlossen –, erklärte er, als ich vorschlug, daß er das Gitterbett und das Wickelbrett ja selber machen könnte, wo er doch so praktisch veranlagt war. Aber nein, niemals im Leben, war ich nicht bei Verstand, war unser Kind nicht mehr wert? Es könnte ja verdammt noch mal damit enden, daß sie kämen und uns das Kind wegnähmen, wenn es mir nicht mehr bedeutete. Und er starrte mich an, als fragte er sich, was er sich eigentlich gedacht hatte, als er seine Gene ausgerechnet in mich gepflanzt hatte. Ob wir einander jemals verstehen würden. Und wie um Himmels willen das hier enden solle.

Und dann das mit Vicky ... Einen Tierarzt zu beauftragen kostete ganz einfach zuviel. Vielleicht, so meinte Jack, gab es auch keinen, der ihr diese Spritze würde geben wollen, sie war ja kerngesund, anhänglich, fröhlich, das Terrierblut sprudelte wie Kohlensäure in ihren Adern. Vielleicht war es gar nicht erlaubt, einen völlig gesunden Hund zu töten? Wir müßten die Sache selbst erledigen, und nun, da wir uns endlich geeinigt hätten, sei es ebensogut, es so schnell wie möglich zu tun, denn man hätte ja schon lustigere Sachen getan, meinte er, während er Vickys struppigen Bauch vor dem Fernseher massierte.

Ich saß mit meiner Tasse mit kalt gewordenem Tee schweigend im Sessel und wußte nicht, was ich fühlen sollte. Konnte mich nicht richtig an den Punkt erinnern, an dem wir uns »geeinigt« hatten. Hielt es kaum aus, Vicky auch nur anzusehen. Jack hatte sich auf dem Sofa ausgestreckt, in Unterhose und T-Shirt, verschwitzt und müde nach dem Training, und Vicky lag auf seinem Bauch. Ich wollte sie auf den Boden hinunterscheuchen und mich zu ihm legen. Es war uns gutgegangen, seit wir das mit dem Baby erfahren hatten. Erst war Jack eine ganze Woche lang schweigend herumgelaufen, als sei er in einen trägen Schockzustand verfallen – dann wurde er fröhlich, fing an, Sachen zu unternehmen, ging zum Friseur und ließ sich die Haare schneiden, rief seine Mutter an, bei der er sich seit Ewigkeiten nicht gemeldet hatte, und erzählte ihr die Neuigkeit, ging zum Arbeitsamt, um etwas Neues zu finden. Aber dann, nach ein paar Wochen, fing er plötzlich an, davon zu reden, daß wir Vicky jetzt loswerden müßten. Wir müßten wählen, erklärte er, weil es weder Geld noch Platz für ein Kind *und* einen Hund gäbe.

Ich wollte die Hand nach ihm ausstrecken, aber die lag schlaff auf der Armlehne und rührte sich nicht. Vicky wälzte sich auf seinen Knien und schnappte weich nach seinen Fingern, während er die Hand um ihren kleinen Kopf kreisen ließ. Einige Monate könnten wir doch wohl warten, fand ich. Bis das Kind käme. Aber wie sollten wir es ertragen, daß sie um unsere Beine wieselte, wenn wir wüßten, was sie erwartete? fragte Jack. Wir könnten es ebensogut möglichst schnell hinter uns bringen. Und ich hatte tatsächlich nicht mehr die Kraft, mir wegen dieses geliebten kleinen häßlichen Köters Gedanken zu machen. Ich mußte versuchen, mich darauf zu konzentrieren, froh über das Kind zu sein. Alles fühlte sich jetzt anders an zwischen Jack und mir, so als ob ich ihn plötzlich mehr

brauchte als er mich. Und ich hatte mich noch nicht daran gewöhnt. Würde mich vielleicht nie daran gewöhnen.
Die Finger sind steif und gehorchen mir nicht. Ich summe irgendeinen Liedfetzen vor mich hin, kann mich aber nur an ein paar Worte erinnern, *I'll be in the fire for you,* den Rest des Texts habe ich vergessen. Fummle lang an den Knoten herum, die fest angezogen werden müssen, damit der Stein nicht herausrutscht. Am anderen Ende des Sees kreisen ein paar Schlittschuhläufer wie schwarze und blaue Punkte umeinander. Ich höre den schwachen Laut eines Lachens. Friere nicht länger in den Fingern, habe kein Gefühl mehr in ihnen, nur eine dumpfe Taubheit. Im Rucksack steckt die Thermosflasche mit warmer Schokolade. Ich habe sie aus alter Gewohnheit eingepackt, als wäre ich unterwegs zu einem gewöhnlichen Winterausflug. Ich gieße einen Becher voll und wärme meine Finger an der Außenseite des roten Plastiks, trinke einige Schlucke. Der See liegt da, offen, leer. Wenn ich die Augen zusammenkneife, sehe ich nur Weiß. Die Schlittschuhläufer sind plötzlich nicht mehr zu sehen. Es ist so still, daß ich den Puls in meinen Ohren schlagen höre. Vorsichtig tauche ich die Fingerspitzen in die heiße Schokolade und sauge sie im Mund weich, dann versuche ich es ein letztes Mal mit dem Seil, konzentrierter diesmal. Bringe es endlich dazu, festzusitzen, und ziehe vorsichtig die Plastiktüte von Vickys Körper.

Sie starrt mich nicht an, wie ich es erwartet habe. Ihre Augen sind geschlossen, die Zungenspitze ist gefroren und abgebrochen, fällt aus der Tüte in den Schnee neben der Thermosflasche wie ein kleines rosa Hautstück. Ich nehme sie mit ungelenken Fingern auf und stecke sie in die Anoraktasche. Die weichen Ohren sind schief am Kopf festgefroren und über Nacht hart und brüchig geworden. Ich fingere an ihnen herum, versuche sie zurechtzurücken, aber sie sind wie angenäht.

Die Knie knirschen ein wenig im Schnee, und zum erstenmal fühle ich es – wie es im Bauch zuckt. Das Kind ... Jacks und mein Kind, ganz leicht, wie ein Fisch, der sich im Wasser dreht und mit der Schwanzflosse schlägt, lautlos. Mit beiden Händen und so langsam ich kann, versenke ich den Stein im grünschwarzen Seewasser. Vorsichtig, als würde ich etwas Lebendes hineingleiten lassen. Ich lasse das Seil los, und Vicky wird von dem Gewicht hinabgezogen. Ihr Körper quillt auf und scheint zu wachsen. Wie eine Pelzmütze, die sich mit Wasser füllt und dann versinkt.

(Brandschneise)

Jens

Ich habe Hunde sterben sehen, aber niemals Menschen. Die Sommernachbarn, die wir vor langer Zeit hatten, setzten sich eines Tages in ihren Volvo, fuhren in den Wald hinaus und führten einen Schlauch vom Auspuffrohr ins Wageninnere. Es war Vater, der sie fand. Das Auto stand auf einer Brandschneise, und alles sah eigentlich ganz normal aus. Als hätte Leif nur angehalten, um im Wald zu pinkeln. Hinterher fuhr der Alte ein paar Stunden mit dem Fahrrad auf den Waldwegen umher, bevor er heimkommen und Mama bitten konnte, die Polizei anzurufen. Sie hatten vergessen, den Hund aus dem Haus zu lassen, bevor sie wegfuhren, aber es war sicher nicht mit Absicht geschehen, weil es ein verdammt feiner Hund war. Wir waren also gezwungen, ein Fenster auf der Hinterseite des Hauses einzuschlagen und ihn herauszulassen. *Notsituation,* sagte mein Alter, damit ich nicht glaubte, daß ich selbst losgehen und Fensterscheiben einschlagen konnte, ohne dafür eins aufs Dach zu kriegen. Ich weiß nicht, was dann später aus ihm geworden ist. Er verschwand einfach, die Straße hinunter. Ich glaube nicht, daß er jemals zurückkam. Es war nach dieser Sache an den Abenden dunkel hinter den Fenstern des Sommerhauses, bis jemand anderes dort einzog, aber an sie kann ich mich nicht mehr erinnern. Ich erinnere mich nur an Helle und Leif – ihre Namen gehörten irgendwie zusammen. Wie Ingrid und Jack. Wie Jens und Lisette.

(Erdrutsch)

Kristian

Der Nachmittag ist still wie eine Totenwache. Kaj und ich spielen im Garten Badminton. Nach jedem Satz, den sie verliert, schmeißt sie sich ins Gras. »Wir spielen Zigeuner«, drängt sie. Es ist ein altes Spiel, und ich habe vergessen, was es damit auf sich hat. »Wir spielen Tote!« Sie verpaßt absichtlich einen Ball. Kaj liebte dieses Spiel, man muß mit aufgesperrten Augen in einer Schneewehe oder in einem Graben liegen, während die Autos vorüberfahren. »Tote? Das ist doch ein Spiel für Kinder«, sage ich. Kaj schlägt hart und unkonzentriert zu, so daß der Federball in alle Richtungen fliegt. Sie ist wütend auf Lisette, aber vielleicht noch mehr auf mich. Ich habe auch das allerkleinste von den Fliegenbeinen aufgeklaubt, die Lisette über den Boden verteilt hatte, und geschworen, daß ich frei von Schuld war, aber Kaj war damit nicht zufrieden. »Weißt du, woran ich denke, wenn ich nicht einschlafen kann, Kristian?« sagt sie, sieht mich mit bohrendem Blick an und gibt einen Ball vor, den man unmöglich erwischen kann. »An die kleinen Rasierwunden auf deinem Adamsapfel«, sagt sie triumphierend. Ich gebe auf. Sie will nicht spielen, sie will etwas anderes. Ich werfe meinen Schläger in die Beerenbüsche und gehe.

Es gibt Augenblicke, in denen es lebensgefährlich ist, Kaj den Rücken zuzukehren. Aber diese Augenblicke erkennt man erst, wenn es zu spät ist. Wenn man darauf gefaßt ist, schafft man es vielleicht auszuweichen, aber als sie sich da auf dem Gartenweg auf mich stürzt, falle ich vornüber, direkt mit dem Gesicht in den Kies. Schlage mit Brust und Unterleib auf den Boden, bekomme keine Luft. Sie drückt mein Gesicht nach unten, die scharfen Steine scheuern an meinen Lippen und meinem Kinn. Die Nägel kratzen und ziehen an meinem Haar, und obwohl sie leichter ist als ich, kann ich sie nicht abwerfen. Sie sagt nicht ein einziges Wort, saugt sich einfach fest, schlingt die Beine um meine Taille, als wollte sie etwas in mir zerquetschen, und schlägt mit der geballten Faust auf mein Ohr. Bis die Baumkronen lautlos über mir zusammenstürzen.

Schließlich gelingt es mir, mich auf den Rücken zu drehen und sie abzuwälzen. Ihr Körper fühlt sich so dünn unter mir an, als ich sie auf den Boden drücke, und ihre Muskeln scheinen alle Energie verloren zu haben, ihre Beine zittern, bis sie sich entspannt. Ich bin mir nicht sicher, daß sie mich sieht, obwohl ihre Augen halb offen sind. Die Fliegen krabbeln in der Sonne um ihren Mund. Sie liegt regungslos da wie eine Bewußtlose, doch ihre Finger schließen sich fest um den Griff des Schlägers, also stehe ich schnell auf und gehe. Gefaßt auf einen neuen Angriff von hinten, während ich mich schwankend auf den Altan zubewege. Ich höre nicht einmal meine eigenen Schritte im Kies, bin betäubt von ihrem Schlag. Eine Spirale, die langsam hinabgeschraubt wird. Ist es das, was gerade passiert? Ich erkenne es wieder. Diese Bewegung, gegen die man sich nicht stemmen kann, wenn sie erst einmal Griff gefaßt hat.

Ich weiß nicht, wie ich es schaffe, nach oben zu kommen, aber schließlich stehe ich im Badezimmer und schließe die Tür ab. Warte auf Schritte von der Treppe, aber es ist still. Den Mund voll mit kleinen Steinen, die Kacheln schwirren und flimmern. Was ist eigentlich passiert? Ich muß mich einen Moment auf die Toilette setzen, um meinen eigenen Herzschlag einzuholen und das Gefühl, als der Kies auf mich zustürzte. Elektrische Stöße rasen über den Haarboden, ich betaste ihn vorsichtig mit der Hand, drehe den

Kopf vor dem Spiegel hin und her, um ihn zu überprüfen, aber ich sehe keine kahlen Stellen. Dann nehme ich die staubige Flasche mit Jod vom Badezimmerschrank. Mama hat es benutzt, als wir klein waren, jedesmal, wenn ich mit Jens' schlechter Laune zusammengestoßen war. Ich beiße die Zähne zusammen und betupfe Lippen und Kinn, es brennt schlimmer als Salz auf wunden Lippen, der Geruch ist abstoßend. Vor dem Fenster raschelt trockenes Laub im warmen Luftzug. Kaj ist dort unten undeutlich zu sehen, sie liegt immer noch reglos im Kies. Zwei rotlila Halbmonde leuchten auf meiner Schulter, Abdrücke von ihren Zähnen. Ein schneller Biß, so schnell, daß ich es nicht einmal merkte, als sie ihn mir zufügte.

»Ich weiß, daß du lebst, Kaj«, flüstere ich dicht an ihrem Ohr. Sie hat eine halbe Ewigkeit unbeweglich im Kies gelegen. Ich gehe in die Hocke, bin auf der Hut, doch als sie die Augen öffnet und ich direkt in sie hineinblicke, weiß ich, daß es vorbei ist. Sie sehen aus wie immer. »Was ist passiert?« fragt sie. Mit gespielter Verwirrung setzt sie sich auf, wischt sich die Steine von der Wange. »Ich weiß nicht. Aber ich hoffe, daß du keine Tollwut hast, weil du mich nämlich gebissen hast«, sage ich. Als ich den Pullover über die Schulter nach unten ziehe und es ihr zeige, starrt sie beinahe beeindruckt auf den Abdruck ihrer Zähne. Ihre Hände sind immer noch geballt, aber sie entspannen sich langsam. Sie befeuchtet den Finger im Mund und streicht Spucke auf den Biß. »Tollwut? Nein, das glaube ich nicht«, antwortet sie, aber sie klingt nicht richtig überzeugt. »Es tut mir leid«, sage ich. Ohne zu wissen, weshalb ich um Verzeihung bitte. Die Hauptsache ist wohl, daß Kaj es weiß. »Du darfst mich nicht allein lassen. Ich habe jeden Tag gewartet ... du mußt jetzt bleiben«, murmelt sie und läßt es zu, daß ich ihr aufhelfe. Sie berührt vorsichtig meine Lippe, die langsam angeschwollen ist und jetzt spannt. »Und Lisette, die ist ja total ... Du darfst sie nicht wieder hereinlassen, versprich es, Kristian.«

Eine schwarze Woge rollt über die Dörfer an der Küste. Die Fliegen suchen sich einen Weg in die Häuser, um vor dem Gewitterregen Schutz zu finden. Wir hängen Fliegenpapier an die Decke und warten. Versuchen, nicht verrückt zu werden, versuchen, nicht an den mit Zucker und Quecksilberchlorid getränkten Papierspiralen klebenzubleiben. Fliegen sind ungefährlich, das hat Kaj gelesen. Wenn man von den Milliarden Bakterien absieht, die sie von einer Oberfläche zur anderen übertragen, mit ihren ständig tastenden Bewegungen.

Als Kaj den letzten Fliegenfänger im Haus aufgehängt hat, erinnert sie mich daran, wie ich mich, als ich klein war, aus Versehen in einer dieser klebrigen Papierspiralen verheddert hatte. Mama mußte mir damals jedes einzelne Haar mit Papas Rasiermesser abschaben. Dann nimmt Kaj mein Rasierzeug aus dem Badezimmerschrank und rasiert mir die Locken ab. Ich fühle mich noch betäubt von ihrem Ausbruch, ich brauche nur mit der Zunge über die wunden Lippen zu fahren, um daran erinnert zu werden, wozu sie in der Lage ist. Ich habe nicht die Kraft zu protestieren. Wenn Mama nicht so weit weg wäre, würde ich sie anrufen und bitten, jetzt nach Hause zu kommen. Im Spiegel sehe ich aus wie ein großes Kind; der nackte, bleiche Schädel, die großen Ohren, der verwirrte Blick. Kaj lacht, die Hände voll mit Rasierschaum, als hätte sie endlich ihre Rache bekommen. *Jetzt wird dich niemand haben wollen ... Nicht einmal Lisette,* leuchtet es in ihren Augen. *Niemand außer mir.*

Es gibt nur ein einziges Foto von Jens, Kaj und mir, auf dem wir alle in die Kamera schauen. Als Papa es aufnahm, muß er gewußt haben, daß er uns bald verlassen würde. Und vielleicht wußten wir es auch. Ein Campingplatz irgendwo in Schonen im letzten Sommer. Nieselregen, alle sind zerstritten miteinander, wir stehen aufgereiht auf der Treppe des Wohnwagens, in dunkelbraunen Trainingsanzügen und mit nassem Haar. Kaj schielt zur Kamera, ich habe Blut in der Nase, nachdem Jens mich in den Campingduschen blau geschlagen hat. Es ist dieser Gesichtsausdruck, den ich jetzt zurückbekommen habe. Ich sehe ihn im Spiegel, Kaj hinter meinem Rücken. Den Campingduschenblick. Schiß vor Schlägen. Unerträglich.

»Du bist schön, Kristian. So, wie du bist. Glaub mir«, flüstert Kaj am nächsten Morgen, als ich mich im schonungslosen Tageslicht schweigend anstarre. Ich will mein Gesicht zurückhaben, so wie es aussah, als ich hierherkam. Heil und unberührt. Ohne eine Schramme, nur einige dünne ausgebleichte Narben ohne Erinnerungen. Jedes einzelne dunkle Haar will ich zurückhaben. Ich habe nicht vor, hinauszugehen, habe nicht vor, mich zu zeigen, bevor ich wieder normal aussehe. Die Leute werden sich erschrecken, ich gleiche einem Strafgefangenen mit Schorf und Krätze, vor allem, wenn ich versuche zu lächeln, um freundlich zu wirken. Dann sehe ich völlig lebensgefährlich aus. »Du siehst erwachsener aus«, meint Kaj, »es ist praktischer, so kurz«, versucht sie, »und modern«, fügt sie hinzu, »aber trotzdem ungewöhnlich. Nicht wie alle anderen. Du willst doch nicht wie alle anderen sein, Kristian?« Doch. Das will ich. Und ich will, daß du auch wie alle anderen bist, Kaj. Damit ich eine Chance habe, dich einmal zu verstehen.

Sie sitzt auf der Treppe und wartet. Das Haar frisch gebürstet, weiße Jeans mit Grasflecken auf den Knien, ein schwarzes Sonnentop, die Zigarettenschachtel in das

Gummiband zwischen den Brüsten geschoben. »Ich will nicht«, sage ich. »Das spielt keine Rolle. Du hast es versprochen«, erinnert Kaj kurz angebunden und wippt mit den knallroten Holzschuhen. Vor langer Zeit versprochen, und Versprechen muß man halten, auch wenn man plötzlich keine Lust hat, behauptet sie. Und bald, nach ein paar weiteren Runden Gequengel, obwohl ich beschlossen habe, nicht nachzugeben, sitze ich hinter dem Lenkrad und sie daneben, die roten Holzschuhe gegen das Armaturenbrett gestemmt, ich sehe es aus dem Augenwinkel. Sie hat den Inhalt meines Geldbeutels in ihren Schoß geleert, zählt Scheine und Münzen, verliert andauernd den Faden und muß mit dem Zählen von vorne anfangen. Es ist jeden Sommer einmal Flohmarkt auf dem Sportplatz, und Kaj versäumt ihn nie. »Alle werden dasein«, warne ich sie, aber sie zuckt mit den Schultern. Wenn sie nur in den Ramschkisten nach billigem Zeug wühlen darf, kann sie es sogar ertragen, daß andere Menschen da sind, für kurze Zeit eine in der Menge zu sein. »Wir finden vielleicht eine Perücke für dich, Kristian. Es gibt dort alles, was man sich wünschen kann«, sagt sie und streicht mir rasch über die Hand auf dem Schalthebel. Sie stopft einige meiner Scheine in ihre Jeanstasche und beginnt, im Geheimfach meines Geldbeutels nach Geheimnissen zu suchen, aber da gibt es nichts zu entdecken.

Als wir ankommen, bereue ich, daß ich mich habe überreden lassen. Schon als wir auf den Parkplatz einbiegen, starren die Leute mich an. Aber ich habe keine Wahl mehr, ich muß mit Kaj ins Menschengewimmel tauchen. Niemand hier erinnert sich mehr an mich, denke ich. Niemand erinnert sich an mich, ich habe nie irgendwelche sichtbaren Spuren hinterlassen. Ich trotte hinter ihr her, den Blick auf den Boden geheftet wie ein gelangweilter Liebhaber. Kaj findet einen Satz rosa Plastikeierbecher, eine Sammlung Aschenbecher mit Pornomotiven, ein Reisebügeleisen, zwei Fotoalben von einem Skiurlaub, in denen ein Bild sich kaum vom anderen unterscheidet, und ein ausgestopftes Eichhörnchen mit staubigen Augen, das sich an einen Ast klammert. Eine Perücke findet sie nicht, aber ein kleines schwarzes Hitlertoupet, aber da schüttle ich den Kopf und sage, daß das Geld zu Ende ist. Der Spaß ist zu Ende.

Keiner grüßt sie. Kein einziger. Irgend jemand muß sie doch wiedererkennen, aber keiner grüßt. Die Leute starren statt dessen mich an, obwohl Kaj es ist, die mit einem toten Eichhörnchen in der Hand umhergeht. Sie fragen sich, von wo ich abgehauen bin, das sieht man. Der Kopf nachlässig rasiert und vom Kinn bis zur Stirn aufgeschürft. Als hätte ich mich durch einen engen Abwasserkanal gezwängt. Ich kaufe nichts. Rühre nichts an.

Mama warf mich in die Kälte hinaus. Packte mich wie ein Katzenjunges am Nacken und warf mich hinaus in den Schnee. Sie tat es, um mich vor Jens zu retten. Um eine neue Familienkatastrophe zu verhindern, aber Katastrophen haben ihre eigene Kraft, und wenn man bremst, um sie zu verhindern, setzt man einen Erdrutsch in Gang. »Bleib weg«, sagte Mama jedesmal, wenn ich von verschiedenen aus dritter Hand gemieteten Wohnungen anrief. Sie fragte nie, wo ich wohnte. Manchmal fragte sie, ob ich Geld brauchte. Ich vermißte Kaj. »Sie kommt zurecht«, sagte Mama. »Aber sie wartet auf mich«, beharrte ich. »Das kann man nicht ändern, Kristian.« Mama war völlig kalt, es war nicht möglich, mit ihr zu sprechen. »Komm zu Weihnachten nach Hause, sonst wird Jens mißtrauisch. Aber nicht früher«, sagte sie. Und so ging es weiter. Bis ich mich ans Alleinsein gewöhnte und es zu mögen begann.
Ich helfe Kaj, den Flohmarktkram auf dem Rücksitz zu

verstauen. Der Geruch alter Sachen füllt das Auto, derselbe Geruch, der in ihrem Zimmer ist, undefinierbar, der gesammelte Geruch von aberhundert fremden Händen. Kaj mag Sachen, sie sagt, daß Dinge schön sind. Und unkompliziert. Ich finde, daß Dinge häßlich sind, im Weg, will nur das Notwendigste besitzen. Außer diesem schielenden Glasfisch, den ich von ihr bekommen habe. Der steht in meinem Küchenfenster in der Stadt, und ich wage nicht, ihn wegzuwerfen, für den Fall, daß sie mich endlich einmal besuchen kommt. Er ist das einzige Ding in meiner ganzen Wohnung, das man zu absolut nichts gebrauchen kann. Aber er glänzt an sonnigen Tagen im Licht und erinnert an Kaj, wenn sie in ihrem Fenster sitzt. Sie sitzt oft in ihrem Fenster und beobachtet die Möwen, die sich im Garten zanken. Sie wählt eine Möwe aus und folgt ihr mit den Blicken, bis sie so viele Hiebe bekommen hat, daß sie wegfliegt.

Die Tage gleiten ineinander. Die Nachmittage sind lang und warm. Kaj schrubbt mich in der Badewanne, wie sie es mit ihren Puppen zu tun pflegte, als sie klein war. Seift mir den Rücken ein, mit hochgekrempelten Jeans auf der Badewannenkante balancierend. Zwischen Toilette und Bidet liegt Rabbi zusammengerollt und beobachtet uns. Lisette ist gekommen und hat ihn hiergelassen, damit wir uns einen Nachmittag um ihn kümmerten, und dann holte sie ihn einfach nicht wieder ab. Er ist ein Problem zuviel für sie. Auf die Mädchen aufzupassen ist schon mehr als genug. Draußen vor dem Badezimmer liegt die Wiese feucht da. Die Landschaft könnte auch eine Tapete sein, durch die ab und zu einige Rehe hindurchwandern.

Mein Gesicht ohne Körper im Badezimmerspiegel. Geköpft zwischen Kajs Beinen. »Ich will auch baden«, sagt sie und schubst mich, geh jetzt raus, Kristian, bevor das

Wasser kalt wird. Und nimm Rabbi mit dir hinaus.« Sie versucht, ihn mit einem Handtuch hervorzuscheuchen, er winselt, zieht sich aber nur weiter hinter das Bidet zurück und bleibt dort liegen. »Jens sollte ihn beiseite schaffen, er fängt langsam an, verrückt zu werden«, fügt sie hinzu, »haben die das nicht gemerkt?« Sie zieht die Jeans, das Unterhemd und die Bikinihose aus, prüft das Wasser. »Ich kann es für sie tun. Wenn Lisette es in Ordnung findet«, sagt sie. »Er ist nicht Lisettes Hund«, erinnere ich sie und nehme das Handtuch aus Kajs Hand, bedecke mich, als ich aus dem kalten Wasser steige. »Aber er kann einem leid tun. Man sieht es in den Augen«, sagt sie.

Jens in Florida. Lisette allein mit den Kindern. Lisette eingeschlossen auf der Toilette in der engen Wohnung, während die Mädchen und Rabbi vor der Tür herumtoben und einander zu fangen versuchen, ohne den Boden zu berühren. Wenn ich die Augen schließe, sehe ich Lisette mit einem Foto von Jens und einer Handvoll spitzer Stecknadeln, die sie in alle strategischen Voodoopunkte seines Körpers hineintreibt. Sie wünscht sich, daß er sofort zurückkommt oder gar nicht. Jens' und Lisettes Liebe ist nicht eine von der Kategorie *in Freud und Leid*. Das ist sie nie gewesen. Aber wenn sie nicht so biegsam gewesen wäre, wäre sie schon lange kaputtgegangen.

Mädchen mit sonnengebleichten Pferdeschwänzen und so kleinen Bikinis, daß man sie kaum sehen kann. Jens surft mit ihnen auf den Wellen, und an den Abenden zeigt er ihnen den tätowierten Leoparden, den ich einmal in seinen Oberarm geritzt habe. Er ist seitdem mit ihm auf das Doppelte angewachsen. Er erzählt die putzige Geschichte, die alle Mädchen lieben, und verspricht, daß er nächstes Mal seinen kleinen Bruder mit nach Florida nehmen wird, so daß sie sie selbst sehen können: die Narbe des Hundes, der pinkeln muß. Lisette hofft, daß er von den hohen Wellen fortgespült wird. Daß er in den Strömungen verschwindet, im Haiwasser, im Bermudadreieck. Es gibt nur ein Problem. Daß er der Vater der Mädchen ist. Nur deshalb darf ihm nichts geschehen. Wenn er etwas Dummes anstellt und in einem schwarzen Plastiksack nach Hause kommt, hat sie sich vorgenommen, ihn im häßlichsten Sarg zu begraben, den sie finden kann.

Fett glänzt in Kajs Mundwinkeln, wir essen Kartoffelbällchen und Preiselbeermarmelade. Rabbi hockt auf den Hinterpfoten und wartet auf Reste. Er sitzt zu Kajs Füßen, mit flehendem Blick, als hätte er alles verstanden, was sie über ihn gesagt hat. Kaj zieht mit dem Zeigefinger Kreise in die Preiselbeermarmelade und liest im gestrigen Fernsehprogramm, um nicht sprechen zu müssen. Sie ißt provozierend langsam, gibt ihm nichts, obwohl er tief hinten im Hals vor Hunger winselt. Ich kann Rabbi nicht in die Augen sehen. Kann es nicht lassen, mir Kaj vorzustellen, die versucht, ihn beiseite zu schaffen. Aber wie tötet man einen ausgewachsenen Hund? Die Katzenjungen ertränkte Jens in einem Eimer Wasser, bevor sie die Augen geöffnet hatten, aber ohne Gewehr dürfte es unmöglich sein, einen ausgewachsenen Hund zu töten. Es ist etwas mit Kaj und Tieren. Als würde sie ihre Hilflosigkeit nicht ertragen. Die macht sie eiskalt.

Ich überfliege die Zeitung, um meine Gedanken zu zerstreuen. Ein Motorschlittenfahrer hat einundzwanzig Elche gefunden, die in einem Eisloch in Skalka zwischen Kvikkjokk und Jokkmokk ertrunken sind. Man nimmt an, daß sie eingebrochen sind, als sie auf Eis kamen, das durch Unterschiede im Wasserstand zu dünn geworden war. Die Körper der Elche sollen geborgen werden, damit es nicht zu sanitären Ungelegenheiten im Wasser kommt, teilt der diensthabende Polizeibeamte von Gällivare mit. Ich verstecke die Zeitung vor Kaj in dem Stapel auf dem Küchensofa. Sie stopft die letzten zwei Kartoffelbällchen in den Mund, eines in jede Backe wie ein ausgehungerter Hamster, und erzählt von einer Sendung über den Atomeisbrecher Arctica, die wir verpaßt haben. Ich reiche ihr meinen Teller. Ein Geschmack wie von verwesenden Elchkörpern quillt mir im Hals hoch. Ich bin nicht mehr hungrig. »Aber du hast ja kaum etwas gegessen«, sagt sie erstaunt, während sie schnell den Teller schnappt und die Gabel in meine Reste sticht, bevor ich es mir anders überlegen kann.

Ich denke an das Meer. Mit den Händen im warmen Sand einschlafen, im durchsichtigen Licht aufwachen und sich fragen, wo man ist. Kajs Finger streichen zart über meinen kahlen Kopf. Wir liegen auf dem Wohnzimmerboden, sie erzählt eine Geschichte von zwei Brüdern. Es war Winter, erzählt sie, und diese Brüder fuhren mit ihren Mopeds hinaus aufs Eis. Die Sonne glitzerte und blendete, und plötzlich fuhren sie hinab in ein großes Loch in der Mitte des Sees. Das Eis gab einfach nach, und sie sanken, mit Mopeds und allem. Mehrere Tage später fand man sie nebeneinander auf dem Grund des Sees liegend, direkt unter dem Eisloch. Dicht beieinander, die Gesichter durch die Kälte konserviert. Kaj dreht ihren Kopf, um meine Reaktion zu überprüfen, schluckt, als ob ihr schlecht wäre. Sie breitet die Arme aus, aber der Boden unter uns hört nicht auf zu schwanken. »Wer waren die zwei? Waren das Jens und ich?« murmele ich, weil ich nicht richtig verstehe. »Nein, du Idiot ... Das ist nur etwas, was ich gelesen habe, aber ich begreife nicht, wie sie einfach so sinken konnten. Geradewegs nach unten, wie zwei Steine.«

(Zeuge)

Jack

Die Lippen. Sie faseln ununterbrochen, ohne Atempause. Sie ist blaß und hat hektische rote Flecken am Hals. Steht im Flur, im Gegenlicht vor der geöffneten Haustür, auf eine Art in Bewegung, obwohl sie ganz still steht. Niemals zu spät, von vorne anzufangen. Von Anfang an. Sein Leben neu zu leben, murmelt sie und streckt mir eine zerlesene Broschüre entgegen. Zieht die Hände durch ihr Haar, große Hände, beinahe durchscheinend im Licht der Deckenlampe. Von Anfang an? Das kann sie nicht ernst meinen. Aber bevor ich den Mund öffnen kann, krallt sie mich blitzschnell mit ihrem Blick und sagt, daß das Vergangene nicht länger von Bedeutung ist. Man muß einfach vergessen, was gewesen ist.

Auf dem Weg hinaus in die Küche wischt sie mit der einen Hand das Rot von ihren Lippen und versucht gleichzeitig, mit der anderen das Haar zu richten. Ohne um Erlaubnis zu bitten, legt sie die Schmutzwäsche von einem Küchenstuhl auf einen anderen, Unterhosen und Unterhemden, die sich schon seit einigen Tagen auf dem Weg in die Waschmaschine befinden. Und dann, mit einem selbstverständlichen, aber dennoch irgendwie unsicheren Ausdruck in den Augen setzt sie sich auf den Platz bei der Tür und breitet die Schriften aus, die sie bei sich hat. Im Fernseher auf dem Spültisch trinken sie Kaffee auf einem weißen Ledersofa und unterhalten sich über Landminen irgendwo, Indonesien, Afghanistan, ich höre nicht richtig zu … Die Haare. Ich kann den Blick nicht von ihnen lösen. Eine schwebendweiche Krause, und ich bekomme Lust, mit der Hand hineinzugreifen, nur wegen des Gefühls. Das muß ihr doch irgendwann einmal passiert sein. Daß jemand sich nicht zurückhalten konnte … fremde

Finger in diesen rotblonden Locken. Die Pupillen in ihren blanken Augen sind weit geöffnet, scheinen nicht genug Licht abbekommen zu können.

Ich sage ihnen normalerweise, daß sie gehen sollen. Kann lange Vorträge über die Hölle nicht leiden. Bevor sie einen Fuß in die Türöffnung setzen oder ihre Suada hochfahren konnten, habe ich normalerweise die Wohnungstür schon zugemacht. Aber dieses Mädchen hier ... ich weiß nicht, es ist wohl etwas mit den Augen, sie schweben so still über dem sprechenden Mund. Ich kenne sie von früher. Vielleicht ist sie so eine, die nie aufgibt. Ist allein zurückgekehrt und versucht, mich eigenständig zu überzeugen, auf ihre Weise. Ihre Lippen sind jetzt ganz ruhig, und sie hat die Winterjacke aufgeknöpft. Sitzt auf der Kante des Stuhls, mit rastlosen Händen, sie zucken wie Blätter im Wind, das Lächeln wird unsicherer, und sie schiebt die Broschüren hin und her, ordnet sie und legt sie auf der Tischplatte aus, als hätte ich darum gebeten, sie genauer ansehen zu dürfen.

Ihr Gesicht. Es ist schwer zu erklären, was geschieht. Vergleichbar vielleicht mit einer Batterie, die sich plötzlich leert und von einer Sekunde auf die nächste den Geist aufgibt. Plötzlich leuchtet es nicht mehr. Es wird still im Zimmer, nur zwei Fliegen stoßen gegen die Fensterscheibe über dem Spülbecken. Immer wieder versuchen sie, sich ins Licht hinauszustürzen. Sie fährt sich über den Mund und sieht aus, als hätte sie den Faden verloren, als wäre er irgendwo im dunklen Flur zwischen Diele und Küche zurückgeblieben. Sie wendet den Blick ab und schaut durch das Fenster hinaus in den Garten. Doch dort gibt es nichts zu sehen, außer einem gelben Busch, der in der Kälte blüht.

Die Stille geht nicht vorüber. »Ja ... ich weiß nicht«, sage ich schließlich und schiebe ein paar Brösel auf dem Tisch zusammen, um die Hände zu beschäftigen. Ich werfe den Bröselabfall in Dylans leere Schale im Vogelkäfig, er erwacht aus seinem faulen Dämmerschlaf, wippt nach vorn und beginnt zu picken. »Das Leben ist ja ... ein recht schmerzhafter Zeitvertreib.« Ich habe keine Ahnung, woher ich diese Worte nehme. Muß sie irgendwo aufgeschnappt haben, und sie sind sicher nicht einmal wahr, aber es fällt mir nichts anderes ein, womit ich ihr auf die Sprünge helfen könnte. Die Haut an ihrem Hals beginnt zu spannen und zu glühen. »Es hilft, so zu denken. Mir auf jeden Fall«, lüge ich. Sie wirken immer so kontrolliert, so undurchdringlich ruhig. Aber nicht dieses Mädchen. Ihre Augen beginnen zu flackern. Fang jetzt nicht an zu weinen ... nicht weinen. Ich sehe, daß sie auf dem Weg dazu ist, also stehe ich auf und drehe ihr den Rücken zu. Will ihr Zeit geben, sich zu fangen. Ich nehme das Handtuch und beginne, einige Tassen vom Geschirrständer abzutrocknen, die schon trocken sind, nehme Pulverkaffee hervor und fülle den Wasserkocher, als wäre sie nur gekommen, um Kaffee zu trinken. Im Augenwinkel sehe ich, wie sie sich umdreht und zu Dylan schielt. Er pickt immer noch gierig, obwohl die Schale schon leer sein muß. »Oder willst du vielleicht etwas Stärkeres haben? Fährst du Auto?« frage ich. »Ich trinke aber nicht«, murmelt sie. Als müsste ich doch wenigstens wissen, daß Leute wie sie nicht ... Sie glättet ihre Papiere mit einer langsamen Bewegung. Einladende Farben, hübsch, aber trotzdem giftig. »Obwohl, ein kleines Glas macht ja nichts.« Sie sagt es schnell und leise. Als hätte sie nur gerade laut gedacht. Vielleicht soll ich es auch nicht hören, aber es ist schon zu spät. Ich hole eine Flasche Rum für uns aus der Speisekammer.

Ich habe diese Flasche lange aufgehoben, eine ganze Ewigkeit lang. Um Jens und Kristian etwas anbieten zu können, falls sie mich irgendwann einmal besuchen kämen. Aber mir ist klar, daß es dazu niemals kommen wird.

Sie wissen nicht einmal, wo ich wohne. Und die Schokolade in der Küchenschublade kann ich auch wegwerfen – ich wollte sie Jens' Mädchen anbieten, wenn er sie hierher mitbrächte. Ingrid hat einmal ein Foto von ihnen geschickt, beide süß wie Zucker, aber daß Jens mit ihnen hierherkommt, kann man vergessen. Das weiß ich.

Ihre Hand zittert, als sie das Glas entgegennimmt, und sie verschüttet etwas auf die Broschüre über die letzten Tage der Welt, als sie das Glas zum Mund führt und die Lippen in den rotbraunen Sprit taucht. »Die Erfindung des Teufels«, sage ich, und ich finde, daß sie ein wenig lächelt. Zumindest mit den Augen. »Aber da es ihn nun schon mal gibt, kann man ja ebensogut ... Stimmt's?« mache ich weiter. Natürlich. Ein wenig ruhiger jetzt. Die Hände auf dem Tisch sind so groß, so dünn, die Finger magerer als der Rest von ihr und weiß von einem Blutkreislauf, der jetzt beinahe stillzustehen scheint. Ich helfe ihr, indem ich die Broschüre mit dem Pulloverärmel abwische. »Übrigens«, zögere ich, weil ich diese Replik eigentlich gar nicht mag, sie klingt, als wäre einem nichts Besseres eingefallen, »sind wir uns nicht schon einmal begegnet? Du bist hiergewesen und hast es früher schon einmal bei mir versucht, stimmt's?«

Sie nippt wie ein Vogel am Rum und stellt das Glas ab. »Ich sehe so viele. Ich kann mir Gesichter schlecht merken«, antwortet sie hastig. Ach so? Na gut. Normalerweise vergessen mich die Leute nicht. Aber es ist doch so, daß solche wie sie versuchen, die Menschen zu berühren, ohne selbst berührt zu werden. Die Unberührten berühren. Ich kann Respekt vor ihnen empfinden – wie sie ihre Zeit opfern, an einem Tag wie heute, mit Mistwetter und eisigem Wind, ihre Broschüren nehmen und hinausgehen und an Türen klopfen und um die Aufmerksamkeit der Menschen betteln. Lernen müssen, wie Menschen funktionieren, ihre erbärmlichsten Seiten. Niemals wissen, wem man begegnen wird, immer auf das Schlimmste gefaßt sein.

Sie fingert am Glas. Die Nägel sind perfekt, sorgfältig zu weichen Bögen gefeilt und mit hellem Lack bemalt. »Du ... ist es in Ordnung, wenn ich mir eine Zigarette anzünde?« fragt sie, und ich nicke, und sie nimmt eine heraus, ohne mir eine anzubieten. »Ich bin nämlich nur ein Mensch«, sagt sie entschuldigend. »Ja. Das ist klar.« Ich schiebe ihr einen Teller hin, auf den sie aschen kann. »Was solltest du sonst sein?« frage ich, und sie zögert irgendwie. »Ich meine, ich bin ... auch Mensch. Nicht nur ein Zeuge. Aber ich versuche aufzuhören. Mit dem Rauchen, meine ich«, sagt sie schnell. »Sind die echt?« frage ich, und sie starrt mich über den Tisch hinweg an. »Die Locken«, ergänze ich. Da lacht sie, mit geschlossenem Mund. Wie erleichtert. Nimmt das Feuerzeug aus der Wildledertasche und schüttelt den Kopf. Nein. Dauerwelle. Das ist Dauerwelle. Ich sage, daß es gut aussieht, so natürlich.

Sie dreht das Feuerzeug in der Hand, als hätte sie sich noch nicht entschieden, ob sie jetzt eine rauchen will oder nicht. Bevor sie die Zigarette anzündet, atme ich ihren Geruch ein. Unpersönlich wie frischgewaschene Kleider, eine schwache Spur von Rauch. »Ich bin nicht an so was gewöhnt«, erklärt sie. Und wie um uns beide zurückzubringen zu dem, weshalb sie eigentlich gekommen ist, blättert sie wieder ein wenig in den Broschüren. »Ich komme normalerweise nicht hinein. Die Leute haben so eine Angst.« In der Kälte draußen stehen und predigen, so ist es meistens, erzählt sie. Oder noch schlimmer, nur ein Schimpfwort und die Tür direkt ins Gesicht. Die einzigen, die sie hereinlassen, sind kranke Typen und Alte, die alles tun, um nicht allein sein zu müssen. Ich frage mich, welcher Kategorie sie mich zuordnet. »Ich lasse euch normalerweise auch nicht rein«, gestehe ich, sicherheitshalber, damit sie nicht auf den Gedanken kommt, daß ich auch pervers oder verzweifelt einsam bin. »Warum? Weil du Angst hast?« fragt sie. Nein. Angst? Müsste ich Angst haben? Sie drückt die Schultern zurück und sieht mir direkt in die Augen. »Nicht vor mir. Aber vor dir selbst. Vor deinem eigenen Ungehorsam. Der Jüngste Tag rückt näher, das weißt du, oder?« Der Blick. Der glüht jetzt wieder, wie draußen in der Diele. Na klar. Wegen mir darf der Jüngste Tag jederzeit kommen, wenn es ihn gibt. Ich versuche ja sowieso nur, die Zeit rumzukriegen, ohne anderen was zuleide zu tun. Und schon das ist verflucht noch mal zu schwer. »Du glaubst, daß du bereit bist«, sagt sie, »ich rüste mich jeden Tag, lege für so viele wie möglich Zeugnis ab. Versuche meine Gedanken zu reinigen. Habe auch schon fast aufgehört zu rauchen. Keine Sünde ist zu klein für Gott. Eitelkeit und Versäumnis, unreine Lebensweise, unreine Gedanken ...«

Ihr Blick gleitet wieder durch das Fenster hinaus. Der Wind bläst durch den Garten und nimmt alles mit sich, was lose herumliegt, reißt die Blüten von den Büschen, rupf sie, wie man einen Vogel rupft. Wenn sie den Rauch ausbläst, entblößt sie die Zähne des Unterkiefers. Sie sind gelb vom Nikotin unter den weichen Lippen. Der eine Eckzahn sitzt schief. »Du mußt dein Herz öffnen. Du glaubst, daß du schon alles weißt, aber du weißt nichts«, behauptet sie. Ich starre den Zahn an. Hellgelb. Schief. »Demut und Gehorsam sind die wertvollsten Besitztümer eines Menschen. Vergiß das nicht. Vergiß nicht, daß es deine Entscheidung ist ...« mahlt ihre Stimme, »... ich werde für dich Zeugnis ablegen. Das ist das einzige, was ich tun kann. Dann mußt du selbst die Konsequenzen aus dem ziehen, was du gehört hast.«

Erkenne ich diesen Zahn nicht wieder? Den Schiefzahn? Das kindlich schiefe Gebiß, das schon lange von irgendeinem Zahnarzt hätte gerichtet werden müssen? Und die Augen? Schon als sie in die Diele hereintrat, merkte ich, daß etwas war mit diesen Augen. Ich lasse den Blick über ihr Gesicht gleiten, während die Kälte sich im Magen ausbreitet und durch die Kehle nach oben steigt, bis in den Mund. Kriechend. Ziehend. Die Uhr im Wohnzimmer schlägt, Schlag um Schlag, obwohl es erst Nachmittag ist. Acht, neun, ich verzähle mich. Der Zahn, die Bewegungen, die Hände, die Augen. Alles stimmt. Sie muß es sein.

So viele Male habe ich geglaubt, sie im Vorübergehen zu sehen, immer in unterschiedlichen Städten, an unterschiedlichen Orten, wo ich gelebt habe oder wo ich vorbeigekommen bin. Und jedesmal habe ich bei Gott gehofft, daß sie mich nicht anblickt. Es müssen Hirngespinste oder Doppelgängerinnen gewesen sein, wenn sie mir nicht an jeden neuen Ort gefolgt ist, in den ich gezogen bin. Aber jetzt sitzt sie direkt vor mir, und sie erinnert mich an Kaj, als diese ein Kind war, der Blick, vor allem der Blick, und die Hände, so rastlos, daß sie einen beinahe hypnotisieren mit ihrem ununterbrochenen Gefummel.

Wie hat sie es gewagt, hierherzukommmen, woher hat sie den Mut genommen, die Eiseskälte? Hier in meiner Küche zu sitzen und darauf zu warten, daß ich sie wiedererkenne. Sicher, sie hat den Platz bei der Tür gewählt und die Schuhe anbehalten, bereit, sich aus dem Staub zu machen, wenn alles schiefläuft, aber in den weit geöffneten Pupillen leuchtet eine beinahe apathische Ruhe, als sie mich unter der Küchenlampe anblickt. Was hat sie jetzt vor? Mich zur Rede stellen? Ich habe ihr nie gedroht. Sie ist es, die die ganze Zeit die Macht gehabt hat, mir zu drohen. Denn die Wahrheit würde Ingrid mir nie verzeihen. Ein einziger Anruf, ein einziger Brief von Maria, und Ingrid würde mich nicht mehr kennen wollen. Mit dieser Angst habe ich ja die ganze Zeit gelebt. Sie hat mein Leben beherrscht, seit sie verschwunden ist. Ich bekam Kaj für das, was ich ihr angetan habe.

Maria. Ich versuche, ihren Namen auszusprechen, aber er bleibt am Gaumen kleben, wird nur eine stumme Bewegung der Zunge. Ich kann nicht aufhören, sie anzustarren. Sie ist eine andere geworden. Ich bin älter geworden, aber sie ist eine andere geworden. Erwachsen. Zweiundzwanzig Jahre sind vergangen – und trotzdem denke ich, daß ich sie wiedererkenne, durch all diese Tage hindurch.

Sie hebt das Glas und nimmt noch einen Mund voll, um Zeit zu gewinnen oder sich mehr Mut zu machen. Und dieses Mal zieht sie keine Grimasse, sie schluckt den Rum einfach, ohne mit der Wimper zu zucken. Das Leben danach, davon scheinen ihre Broschüren zu handeln, aber wenn wir hier einander gegenübersitzen, ist es nicht möglich, an etwas anderes zu denken als an das Leben davor. Und das ist ja um ein Vielfaches komplizierter. Ich bekomme den plötzlichen Impuls, ihr gut zuzureden, lege meine Hand auf ihre Hand neben dem Glas. »Du …«, fange ich an, aber sie sieht mich seltsam an und entzieht sich der Berührung. Und ich muß es wieder versuchen, greife nach ihrem Arm. »Warum bist du gekommen?« frage ich. Sie zieht ihren Arm schnell weg und läßt ihn vom Tisch rutschen, zieht die Winterjacke um den Hals zusammen und streicht sich das Haar aus der Stirn, sieht hinunter auf ihre Papiere.

Auge in Auge fühlt sich alles schlimmer an. Die Sicherheit fällt von ihr ab, und als der Blick flackernd wird, gleicht sie Kaj noch mehr. Aber was hatte sie eigentlich erwartet? Daß ich mich darüber freuen würde, daß sie kommt und sich nach zwanzig Jahren in mein Leben drängt? »Alles ist in Ordnung, hab keine Angst, Maria …« flüstere ich. Ich muß zuerst versuchen, ihr gut zuzureden. Und dann – wenn es notwendig ist – zeigen, daß sie nicht einfach hierherkommen und alles durcheinanderbringen kann. In dieser Reihenfolge muß ich versuchen, der Situation Herr zu werden. Sie sieht mich fragend an. So als wollte sie sich plötzlich nicht einmal mehr an ihren Namen erinnern. Sie spielt gut, beinahe überzeugend. So gut, daß ich fast anfange zu zweifeln.

Aber sie muß es sein. Und wenn sie jetzt den Mut gehabt hat, mich aufzusuchen, dann müßte sie doch auch dazu stehen, oder? Es sich nicht in dem Moment, in dem ich sie wiedererkenne, anders überlegen. Plötzlich steht sie auf, schwankt ein wenig, als würde das Blut es nicht schaffen, mit derselben Geschwindigkeit in den Kopf zu steigen, mit der sie auf die Füße kommt. »Wohin willst du, setz dich hin«, sage ich schnell und nicke zum Stuhl. »Ich habe eine Schrift im Auto vergessen. Ich muß kurz rausgehen und sie holen, bevor wir anfangen«, erklärt sie. Sie sieht mich an oder vielleicht Dylan, ihr Blick gleitet ein wenig ab, genau so, wie ich es von früher in Erinnerung habe. Dylan sitzt in seinem viel zu großen Käfig und schaukelt auf seiner Lieblingsstange und sieht aus, als würde er alles registrieren, wippt mit den Schwanzfedern, will hinaus und fliegen. »Blättere solange in dieser«, sagt sie leise und reicht mir eine der Broschüren, während sie einen Schritt nach hinten macht, die Tasche über die Schulter hängt und den Stoff der enganliegenden Jeans zurechtstreicht. Sie versucht immer noch so zu tun, als wäre sie in erster Linie gekommen, um über Untergang und Erlösung zu plaudern. Ihre Bewegungen sind kontrolliert langsam. Um keine Kettenreaktion in Gang zu setzen, die dann nicht aufzuhalten ist?

Ich kann gleichzeitig ihr junges und ihr erwachsenes Gesicht sehen, es hängt vom Lichteinfall ab. So wie diese Doppelbilder aus den Haferflockenpackungen, die man im Lichtschein hin und her dreht. Ihr Gesicht hat sich nicht verändert, es ist nur gealtert. Wenn das Gesicht wirklich der Spiegel der Seele ist, wie behauptet wird, dann kann es sich vielleicht im Grunde nicht verändern.

Ich weiß es nicht ... »Bleib sitzen, ich komme gleich«, bittet sie wieder, eine Haarlocke fällt vor das eine Auge, und sie schiebt sie mit schnellen Fingern weg. Die Zigarette liegt noch da und glüht auf dem Teller weiter, als sie das Zimmer verlassen hat, und auf dem Weg zum Fenster nehme ich einen Zug davon. Der Filter ist noch feucht von ihren Lippen, ich hoffte, ich könnte den Geschmack ihres Mundes wiedererkennen, aber es schmeckt nur fremd, es ist wohl zu lange her, als daß ich mich erinnern könnte. Sie eilt den Gartenweg hinunter, mit aufrechtem Rücken, trotz des starken Winds. Hohe Absätze, schlanke Beine. Direkt vor der Gartentür steht ein dunkelblauer Volvo. Sie öffnet die Tür und setzt sich ans Steuer. Läßt den Motor an und biegt hinaus auf die leere Straße.

Sie fährt weg und kommt nicht zurück. Verschwindet einfach. Und ich bleibe am Fenster stehen und warte, müßte mich erleichtert fühlen, fühle mich jedoch nur leer. Als es schließlich anfängt dunkel zu werden, ziehe ich das Rollo herunter und lege mich ins Bett. Und dann stehe ich nicht mehr auf. Nicht am nächsten Tag und auch nicht am übernächsten.

Und so geht es weiter.

Ich weiß nicht, was passiert, mein Körper klappt einfach zusammen. Irgendwo in der Mitte bricht er auseinander, mitten im Bauch. Will nicht mehr mitmachen. Will nicht. So viele Jahre bin ich herumgelaufen und habe mir Sorgen gemacht, daß sie auftauchen wird. Und dann haut sie ab, bevor wir auch nur miteinander sprechen können. Es ist, als würde man über einem verdammten Abgrund in der Luft hängenbleiben, einfach da hängen und nichts tun können als warten ... es wird zuviel.

Es vergehen Tage. Ich weiß nicht, wie viele. Aber die Lähmung entläßt mich schließlich aus ihrem Griff, langsam wie Schneewetter. Es fällt draußen weiß vom Himmel, und ich liege da und starre diese Flocken einen ganzen Tag lang an, und dann stehe ich auf. Der Körper fühlt sich nicht mehr so an, als gehörte er mir, er bewegt sich nicht, wie ich will, er ist teilnahmslos und ungeschickt. Dylan liegt tot in seinem Käfig, eine ganze Woche lang kein Futter und kein Wasser. Ich werfe ihn in den Müllbeutel. Scheiße. Das ist alles, was ich denken kann. Die Sprache hat ... ich weiß nicht, die Wörter wollen einfach nicht. Maria ist hiergewesen? Hat in meiner Küche gesessen? Ist zurückgekommen? Sie hat mein Leben zerstört. So sehe ich es. Und Kaj? Ihr Leben haben wir gemeinsam zerstört. Es geht nicht, sie mit Liebe zu füllen, sagt Ingrid immer. Ich weiß nicht, wie viele unserer Gespräche sie mit diesen Worten abgeschlossen hat. *Geht nicht, sie zu füllen, Jack.* Ingrid hat es versucht und versucht, aber alles rinnt nur heraus. Zu viele Löcher in ihr. Zu viele Löcher.

Und es ist mein Fehler. Meiner *und* Marias.

Als ich mit Dylan im Müllbeutel an der Abfalltonne stehe, fühle ich plötzlich, daß ich nicht wieder hineingehen kann. Es geht einfach nicht. Es ist still draußen. Schnee. Eisig. Irgendwie leichter zu atmen. Ich habe immer noch die Autoschlüssel in der Tasche, gehe hinaus in die Garage und kopple den Wohnwagen an den Saab. Lasse ihn im Leerlauf stehen, während ich den Bremsblock wegnehme. Ich muß es mir vom Leib fahren, muß Zeit zum Denken bekommen. Kann eine Weile im Wohnwagen wohnen, das habe ich schließlich früher auch getan. Ich kann nicht im Haus bleiben, wenn sie weiß, wo ich bin, nicht, wo sie mit diesem schiefen Zahn und den Augen, die sich ohne Umschweife direkt in einen hineinschweißen, mir gegenüber am Küchentisch gesessen hat.

Ich rolle hinaus auf die eisglatte Straße, schlingere den Abhang hinunter Richtung Fluß. Die Sonne glitzert über der Straße und den abschüssigen Feldern. Sobald sich die Gelegenheit bot, nahm sie ihr Auto und machte sich aus dem Staub. Aber wenn der Schock sich gelegt hat – was geschieht dann? Wenn sie auf die Idee kommt zurückzukehren? Das kriege ich einfach nicht hin. In der Scheiße zu rühren, die endlich auf den Grund gesunken ist.

(Licht)

Kristian

Ein Juckreiz, der in den Händen beginnt und hochläuft zu den Ellbogen, Achselhöhlen. Ich raste manchmal aus, kann nichts als kratzen, kratzen. Suche einen Ausschlag, Stiche, Blasen auf der Haut, aber ich finde nichts, außer langen Striemen von den Nägeln. Der Sommer ist ein Geschwür. Das Grün ist schon staubig und verbrannt, der Sommer ist ein abgedroschener Jingle aus Gezwitscher und Licht. Und trotzdem. Trotzdem gibt es Augenblicke, die beinahe erträglich sind. Abende, die sich in der Erinnerung festhaken, deutliche Bilder, die hochkommen, kurz bevor man einschläft. Mamas Geburtstag. Alle sind versammelt. Ich darf gnädigerweise zu Hause sein, weil es einfach dazugehört. Mama hat angerufen und mich gebeten zu kommen, damit Jens nicht mißtrauisch wird. Sie kommt mit ein paar Flaschen Bier in der Hand auf den Altan. Kaj und Lisette, mit glühenden Zigaretten, unterhalten sich plaudernd im Augustdunkel. Kaj, die ihren Blick nicht von mir nehmen kann, Lisette mit geschlossenen Katzenaugen. Was bewegt sich dahinter? Hinter der dünnen, bemalten Haut? Ich habe keine Ahnung. Weiter weg, zwischen den hohen Bäumen, schlägt Jens das Zelt für die Mädchen auf, summt etwas vor sich hin, die Bierflasche in der Hosentasche, weiche Bewegungen, gut gelaunt. Rabbi schläft unter dem Tisch, das eine Auge geöffnet. Es rotiert wie eine Überwachungskamera, die den Garten kontrolliert, damit keiner auf die Idee kommt zu verschwinden.

Von meinem Platz auf der Altanmauer sehe ich Papa in der Hollywoodschaukel. Als wäre er es tatsächlich. Liegt auf dem Rücken und liest die Abendzeitung, wie damals,

als wir klein waren, mit nacktem Oberkörper im schwachen Lampenschein des Küchenfensters. Er sagt nichts, aber er ist da. Ich weiß, daß er da ist, ich sehe ihn ja. Ich will zu ihm hingehen. Aber ich weiß, wenn ich es tue – ist er weg.

(Schnee im Schatten)

Jack

An dem Tag, an dem wir mit den Jungen ins Haus zogen, es war im Frühling, wir gingen kurzärmelig, obwohl im Schatten noch Schnee lag, tauchte vor unserem Garten ein Mädchen auf. Sie stand an der Gartentür, ohne etwas zu sagen. Ein wenig zu groß dafür, einfach so dazustehen und uns anzustarren wie ein Kind, ohne auch nur hallo zu sagen. Sie sah aus wie dreizehn, vielleicht vierzehn, glitt mit ihren Rollerskates auf der Stelle vor und wieder zurück. Helles Haar und rastlose weiße Arme, die hinter der Gartentür vor- und zurückpendelten, während sie darauf wartete, daß wir sie endlich sahen.

Ingrid und ich trugen Möbel, Kartons, Teppiche. Papiertüten mit Spielsachen und Ingrids unzählige Bücher, schleppten Zeug hin und her. Wir gingen an Bord eines Schiffs, so fühlte es sich an, trugen alles an Bord, was wir besaßen, um zu emigrieren, um hier ein neues Leben anzufangen. Wir hatten Jens gesagt, daß er auf Kristian aufpassen solle, damit wir rechtzeitig Ordnung schaffen könnten, bevor es anfing, dunkel zu werden. Aber plötzlich, als wir auf die Treppe hinauskamen, stand statt dessen das fremde Mädchen da, mit Kristian auf dem Arm. In der Mitte des Gartens, auf ihren Rollen schwankend wie ein neugeborenes Kalb. Die spitzen Knie voller Schürfwunden. Sie parierte mit den Füßen vor und zurück, um nicht umzufallen. Jens war nicht zu sehen.

»Er ist nach draußen abgehauen«, sagte sie mit einer Stimme, die ein wenig zu laut war für den Abstand zwischen uns, »der Kleine, also ... der Große – ich weiß nicht, wo der ist«, sagte sie und hielt uns Kristian entgegen, »es kam ein Auto. Ein Glück, daß ich hier war. Wie heißt er?« Kristian war völlig still, nur seine Unterlippe zitterte ein wenig, als wagte er nicht zu weinen. »Ich kann irgendwann einmal Babysitter machen«, bot sie an. Kristian warf sich mir entgegen, und ich fing ihn in meinen Armen auf. Er verbarg sein Gesicht in meinem Haar, sein Körper war gespannt wie eine Feder, er schluchzte auf. »Kinder mögen mich normalerweise«, erklärte das Mädchen, während sie sich auf ihren Rollerskates rückwärts bewegte. Sie folgte dem Zaun, und erst als sie das Ende des Gartens erreicht hatte, wandte sie uns den Rücken zu und wackelte über die Straße.

Keiner der Nachbarn kam, um uns zu begrüßen, so war dieser Ort, an dem wir gelandet waren. Das Mädchen war die einzige, die sich unserem Haus näherte. Jeden Tag, während wir in den dunklen Zimmern mit Umzugskartons und Tapezieren beschäftigt waren, kam sie über die Straße geglitten. Erst stand sie auf der Treppe, um die Lage einzuschätzen. Sobald wir erkennen ließen, daß wir sie gesehen hatten, kam sie herein. Sie sagte nicht viel, saß meistens da und schaute, schaute zu, wenn wir arbeiteten, spielte ein wenig zerstreut mit den Jungen und verschwand dann, ohne tschüs zu sagen. Immer ohne tschüs zu sagen. Als hätte niemand ihr beigebracht, daß Menschen tschüs sagen, bevor sie gehen.

Jens konnte sie von Anfang an nicht leiden. Aber er hat ja fremde Menschen nie gemocht, er war in seinem früheren Leben ein Hund, das ist der Grund, sagt Ingrid immer. Für Jens ist man entweder Familie oder Feind, es gibt nichts dazwischen. Das Mädchen spürte das wohl, ging ihm aus dem Weg und tat statt dessen so, als käme sie wegen Kristian. Es waren Sommerferien, und sie hatte alle Zeit der Welt, und ihre Pflegeeltern schienen sich nicht darum zu scheren, wie lange sie an den Abenden draußen blieb. Sie wohnte hügelabwärts, sagte sie. In dem großen, neu geziegelten Haus mit dem ungepflegten Garten, von dem wir geglaubt hatten, daß es leer stand. Ich hatte noch keinen Menschen dort hinein- oder herausgehen sehen. Aber alle Häuser in der Gegend wirkten eigentümlich unbewohnt, auch wenn an den Abenden hinter den Fenstern ab und zu Licht zu sehen war.

Vielleicht fühlte sie sich dort nicht wohl, denn sie war beinahe nie zu Hause. Entweder hing sie auf der leeren Straße herum, oder sie hielt sich bei uns hier drinnen auf. Bald bewegte sie sich im Haus, als gehörte sie zur Familie. Glitt durch geschlossene Türen. Das ist ein besserer Ausdruck für das, was sie tat. Wie ein Hausgeist auf quietschenden Rollerskates. Ingrid mochte sie. Ingrid mag alle Menschen, das ist eine Gabe, die sie hat. Aber ich, ich bin auf Jens' Seite. Man kann nicht jeden beliebigen hereinlassen, sich einfach so öffnen, wie Ingrid es tut, und die Menschen hereinbitten. Sie hatte eine Art ... plötzlich einfach im Haus anwesend zu sein, ohne daß man sich erinnerte, ihr die Tür geöffnet oder sie auch nur klopfen gehört zu haben. Sie saß auf dem Hocker neben dem Spültisch und trank Milch, saß im Fernsehzimmer und schaute mit den Jungen Kinderprogramme an. Die Katzen kratzten an der Glastür zum Altan und führten sich auf. Sie mochten sie nicht, und das beruhte auf Gegenseitigkeit. Wenn sie kam, bat sie Jens immer als erstes, daß er die Katzen in den Garten hinausließ. Sie wollte sie auf Abstand haben, und die Katzen hatten gelernt, Unruhe in der Luft zu wittern, sobald sie auftauchte.

Ingrid weiß, wie sie es hinkriegt, daß die Menschen von ihr umsorgt werden wollen. Ingrid ist so. Man will sich ihr ausliefern, gleichsam die Augen schließen und sich fallenlassen, einfach alles loslassen, was anstrengend ist. Und das tat Maria. Plötzlich, ohne daß jemand fragte, was ich davon hielt, waren wir einer mehr in der Familie geworden. Ein extra Stuhl am Tisch, ein extra Teller. Ingrid ließ sie immer so lange bleiben, wie sie wollte. »Aber was zum Teufel ... Und ich?« fragte ich manchmal. »*Und ich?*« äffte Ingrid mich nach, als hielte sie mich für kindischer als die Jungen. »Und *wir*?« verbesserte ich mich schnell. Aber es half nichts. Ingrid machte für Maria im Wohnzimmer ein Bett zurecht, wenn sie nicht nach Hause gehen wollte. Krach mit den Pflegebrüdern. Angst vor Dunkelheit. Den Schlüssel vergessen. Fernsehverbot. Allein zu Hause. Maria gab jedesmal, wenn wir fragten, andere Antworten, um sich nicht an irgendeine spezielle Wahrheit zu binden. Wir hatten plötzlich in unserem großen neuen Haus nicht viel mehr Privatleben als in unserer Ein-Zimmer-Wohnung mit Kochnische, aus der wir gerade weggezogen waren. Ingrid und Maria waren wie der Hund und sein Fell. Ich konnte es nie ausstehen, wenn mein Vater das über sich und Mutter sagte, weil mir bei der Vorstellung von zwei Menschen, die aneinanderhingen, obwohl sie einander kaum kannten, irgendwie unbehaglich zumute war. Wie der Hund und sein Fell, so wurden Ingrid und Maria jedenfalls schnell, wie ein Körper und sein Schatten. Zusammengefügt. Sie unterhielten sich leise hinter geschlossenen Türen, und wenn ich zufällig hereinkam, verstummten sie. Frauensachen wahrscheinlich und Dinge, die nur sie beide angingen. Sie spielten ein Spiel, erzählte Ingrid. Sie tauschten Geschichten aus, keine lustigen Geschichten, sondern eher traurige Geschichten, aus ihrem Leben. Sosehr ich es auch versuchte, ich konnte mir nicht vorstellen, wovon Ingrids traurige Geschichten handeln sollten. Ihr Leben war immer geschützt und nahezu frei von Schatten gewesen, ein Kinderspiel, wenn man es mit meinem verglich. Aber vermutlich war dieses Spiel mit den Geschichten nur ein Trick, den Ingrid anwandte, um Maria dazu zu bringen, von sich selbst zu erzählen.

Sie machten lange Spaziergänge über die Schotterwege, mit Kristian im Kinderwagen. Oder zu zweit, am Meer entlang, hin und zurück, über den schwarzen Tang. Ich konnte sie vom oberen Stockwerk aus sehen, wo ich versuchte, die alten Tapetenschichten abzureißen, um dann eine neue zu verkleben. Manchmal blieb ich am Fenster stehen und wartete sozusagen darauf, daß Ingrid irgendwann den Blick hoch in Richtung Haus heben würde. Weil sie, vielleicht mitten in einer von Marias traurigen Geschichten, plötzlich zufällig an mich dachte und einen sehnsüchtigen Stich fühlte und sich fragte, wie weit ich mit unserem Schlafzimmer gekommen sei und ob wir bald unsere Matratze aus der Küche nach oben bringen könnten.

Man sah sehr weit vom Fenster im ersten Stock. Weiter als sie bei ihren Spaziergängen für gewöhnlich kamen. Ich wollte so lange dort bleiben, bis Ingrid mich entdeckte, aber ich wartete immer vergeblich. Wenn es regnete, und das tat es immerzu in diesem Frühling und Vorsommer, saßen sie statt dessen drinnen und schauten sich Filme an, die Ingrid unbegreiflicherweise liebte und bei denen ich immer einschlief. Und sie lachten über die seltsamsten Sachen im Film, Maria immer mit einer sekundenlangen Verzögerung, als wollte sie sicher sein, daß es für Ingrid in Ordnung war.

Ist-Ingrid-zu-Hause? fragte Maria immer, wenn sie kam. Aber der Frühling wurde bald zum Sommer, und dann kam der Herbst, und Ingrid fing nach der langen Unterbrechung, die sie wegen der Jungen gemacht hatte, wieder an zu studieren. Und je weiter der Herbst fortschritt, desto öfter war Ingrid nicht da. Vorlesungen, Prüfungen, Extrajobs im Krankenhaus in den Nächten, damit wir mit den Raten fürs Haus klarkamen. Sobald ich von meiner Taxischicht kam, mußte sie los. Ich hatte kaum vor dem Haus geparkt, da tauchte sie schon auf der Treppe auf. Schnell auf dem Weg zum Auto mit dem Lippenstift über den Mund gefahren. Kuß und tschüs im Vorübergehen, *stell den Motor nicht ab, ich komme* ... Wir lösten einander ab. Ein Staffellauf, der nie zu enden schien.

Und Maria und ich warteten. Obwohl wir nie laut sagten, daß wir das taten. Wir warteten. All die Abende, an denen Ingrid später kam, als sie gesagt hatte, die Wochenenden, an denen sie in der Bibliothek saß, um in Ruhe lernen zu können, die Nächte, in denen sie arbeitete und nicht vor dem Frühstück nach Hause kam. Manchmal war es so, als würde Ingrid schließlich nur noch die Jungen sehen, das war alles, was sie schaffte und wozu sie die Kraft hatte. Ich sehnte mich nach ihr, sehnte mich, aber als ich es ihr einmal zu sagen versuchte, sah sie mich nur merkwürdig an, als wäre sie zu müde, um zu verstehen, was ich sagen wollte.

Wenn Ingrid nicht zu Hause war, ließ ich die Jungen alles tun, was sie bei ihr nicht durften. Ich wollte ihnen beibringen, wie Männer zurechtzukommen. Ich wollte, daß sie begriffen: Wenn ich da war, waren sie in Sicherheit. Wasser, Feuer, hohe Bäume, solche Dinge ... Deshalb hatten wir die Wohnung ja verlassen und dieses Haus hier gekauft. Abgeschieden, mit großen Flächen, auf denen man sich bewegen konnte. Kristian und Jens sollten ein Leben in Freiheit leben dürfen und nicht ihre ganze Kindheit lang in einem engen, asphaltierten Hof kreisen.

Natürlich fehlte Ingrid uns, den Jungen und mir. Aber wir versuchten das Beste aus dieser Zeit zu machen und nahmen die Gelegenheit wahr, Dinge zu tun, bei denen Ingrid sowieso für gewöhnlich nicht mitmachen wollte, wenn sie zu Hause war. Aber immer, wenn Maria kam, und das tat sie ja jeden Tag, wurde alles irgendwie falsch. Das ganze Gefühl. Es war, als könnte ich mich nicht länger auf die Jungen konzentrieren. Ich weiß nicht, warum. Sie machte mich auf eine Weise unsicher, sie hatte etwas Widersprüchliches an sich. Kind oder Erwachsene? Lüge oder Wahrheit? Ja oder nein? Frech oder ängstlich? Interessiert oder nicht? Was sie auch sagte, sie sagte irgendwie gleichzeitig das Gegenteil. Und ich wußte nie, wo ich sie hatte, oder wo sie mich hatte. Und das war wohl auch auf eine Weise, ich weiß nicht ... anziehend?

Ob es so gedacht war, daß ich mich um Maria kümmern oder ob Maria sich um die Jungen kümmern sollte, das habe ich nie richtig begriffen. Sie behauptete immer, daß Ingrid sie darum gebeten hatte, zu kommen und Kindermädchen zu sein, während sie weg war. Damit ich all das schaffen würde, was Ingrid für wichtig hielt. All die Pläne. Erst ein bewohnbares Haus und dann eine neue Garage. Gewächshaus, Laube, Altan, Sauna. Ich baute gern all das für Ingrid, wenn es nur bedeutete, daß sie mehr zu Hause war, nicht mehr ständig unterwegs zu etwas anderem, das interessanter war als die Jungen und ich. Ich sehnte mich ja nach ihr. Sehnte mich andauernd nach ihr. Aber ich hatte nie Gelegenheit, ihr das zu erklären.

Ich tat alles für Ingrid, aber auf einen Teenager wie Maria aufzupassen, neben den Jungen und dem Haus, das immer schneller verfiel, darum hatte ich nie gebeten. Ich war nicht die richtige Person dafür, das hätte Ingrid verstehen müssen. Maria war ein fremdes Wesen, halb erwachsen, kompliziert, ich verstand mich nicht auf sie. Sie hatte wohl ihr Gepäck, das sie mit sich herumschleppte, unglückliche Kindheit vermutlich, die sie schließlich hierhergeführt hatte – zu einer fremden Familie auf dem Land, obwohl sie ein Stadtkind war, sich vor Tieren und Dunkelheit und Einsamkeit fürchtete und vor all dem, wovon dieser Ort hier voll war. Ich versuchte, mich so gut ich konnte um sie zu kümmern, spielte Ingrid, machte Kakao für sie und Salzgurkenbrote, die sie vor dem Fernseher verspeiste. Und wenn sie leicht angezogen und naß im Regen ankam, suchte ich Kleider für sie aus Ingrids Kleiderschrank hervor und machte für sie ein Bett auf dem Sofa zurecht. Und gerade an diesen Abenden wünschte ich noch mehr, daß Ingrid früher nach Hause kommen würde. Denn wie sollte ich mich verhalten, und was sollte ich tun, und wie sollte ich sein, damit alles richtig würde und nicht falsch?

Ich versprach Maria, daß alles gut werden würde, obwohl ich keine Ahnung hatte, was es eigentlich war, das in Ordnung kommen sollte. Ich konnte ihr Leben schließlich nicht reparieren. Nicht einmal Ingrid konnte das, auch wenn Ingrid wenigstens wußte, was nicht in Ordnung war, nach all diesen langen Gesprächen mit Maria hinter geschlossenen Türen den ganzen Sommer über, als sie noch Zeit hatte, sich ihrer anzunehmen.

Alles wird gut, sagte ich. Aber es gelang mir nicht einmal, mich selbst davon zu überzeugen. Vor allem nicht, wenn Maria meine Hand nahm und mich festhielt, obwohl ich fühlte, daß ich gehen sollte. Ich wußte nicht, ob sie wollte, daß ich bei ihr saß, bis sie eingeschlafen war, oder was diese Hand um meine Hand sonst bedeuten sollte. Sie hatte Angst vor der Dunkelheit, das hatte sie oft erzählt, wollte immer den Fernseher anhaben, wenn sie schlafen sollte, lag bei zurückgedrehter Lautstärke auf dem Sofa, bis sie vom Schlaf übermannt wurde. Und wenn sie mit Ingrids T-Shirt im schwachen Lichtschein des Fernsehers dalag, konnte ich es beinahe schön finden, daß sie da war. Ich hatte angefangen, es auf eine Weise schön zu finden, die Ingrid überhaupt nicht gefallen hätte, falls sie meine Gedanken hätte lesen können. Aber Ingrid war weg, sie hatte wichtigere Dinge zu tun, als zu Hause zu sitzen und meine Gedanken zu lesen. Sie hätte verhindern können, was geschah, ihre Gegenwart hätte gereicht. Wenn sie zu Hause war, sah ich Maria ja kaum an. So war es.

Ingrid sagte oft, daß sie hoffte, die Pflegeeltern würden kommen und uns Vorhaltungen machen, weil wir uns einmischten. Aber sie zeigten sich nie. Schienen sich nicht darum zu kümmern, daß Maria mehr bei uns war als bei ihnen. Vielleicht gab es sie nicht? Das sagte ich zu Ingrid, denn hatten wir eigentlich jemals Maria in dieses Haus dort gehen sehen? Vielleicht war sie in Wirklichkeit ganz allein. Auf der Flucht. Was wußten wir? Vielleicht lebte sie in einer Hütte im Wald. Wie lange sie auch an den Abenden blieb, es gab nie jemanden, der nach ihr fragte. War das nicht seltsam? Und warum hatte sie sowohl Ingrid als auch mir das Versprechen abgerungen, nicht dorthin zu gehen? Zum Nachbarhaus, wo das Licht nie brannte. Nicht einmal, um einfach nur hallo zu sagen.

War es meine Schuld? War alles wirklich meine Schuld? Wie hätte ich wissen können, was Maria wollte? Sie hatte ja zwei Sprachen. Sie benutzte sie immer gleichzeitig, die eine mit dem Mund und die andere mit dem Körper. Der Mund war meistens still, aber der Körper sagte die ganze Zeit: *Schau mich an … jetzt beuge ich mich vor und knote die Turnschuhe auf, jetzt gehe ich über den Fußboden, jetzt stelle ich mich ans Fenster, und du mußt mich ansehen. Schau schon. Du willst, du darfst, Jack. Jetzt führe ich das Glas zum Mund. Trinke, schlucke. Sieh her, ich liege hier auf dem Sofa. Wagst du es nicht? Ingrid sieht dich nicht, Ingrid ist nicht hier, niemand sieht uns – wir sehen nur einander.* Der Blick sagte: *Faß mich nicht an, laß mich in Ruhe,* aber der Körper: *Komm, ich bin hier, willst du, dann komm.*

Ich versuchte, sie nicht mehr anzusehen. Es ging nicht. Ich versuchte, mich darüber aufzuregen, wie sie stand und ging und schwieg und aß, so wie ich es am Anfang getan hatte, aber es wurde zunehmend schwieriger. Früher hatte ich ihr nicht einmal die Haustür aufgemacht. Jetzt stand ich am Fenster und wartete, wenn sie zur Abendessenszeit nicht aufgetaucht war.

Ihre Augen sprachen dieselbe Sprache wie der Körper, diese Sprache, die ich andauernd hörte, obwohl ich es eigentlich nicht wollte. Sie hatte ganz andere Augen als Ingrid. Brennend. Überhaupt nicht wie Ingrids Augen, die mich meistens in Ruhe ließen, sogar wenn ich wollte, daß sie mich sahen. Marias Mund sagte: *Ich muß jetzt nach Hause gehen.* Und ich dachte: Klar, gut, geh. Aber sie ging nicht. Ich hinderte sie nie, ich hätte es gekonnt, wenn ich gewollt hätte, aber ich wollte nicht. Sie war es, die wollte. Oder ich wollte, klar, ich wollte es wohl, wer hätte es nicht gewollt, aber man kann ja nicht alles tun, was man will. Jedesmal, wenn ich mich ohne Beschönigung daran zu erinnern versuche, kommt es mir so vor, als wäre sie es gewesen. Sie war es, die wollte und die es dazu kommen ließ.

Ich muß jetzt gehen, sagte sie. Aber warum blieb sie dann auf dem Sofa sitzen und wartete? Wartete worauf? Was wollte sie eigentlich von mir? Ich habe mich das oft gefragt. Ich bin mir nicht sicher, ich weiß nur, daß ich sie nie gezwungen habe. Alles geschah langsam, sie hatte viele Male die Gelegenheit, nein zu sagen. Danach weinte sie. Vielleicht bereute sie es. Aber sie war ja noch nicht einmal mehr unschuldig gewesen. Was sie also auch bereute, es muß schon zu spät gewesen sein. Schon lange vor mir.

(Wasserschierling)

Kaj

Man muß lernen, Brustwurz und Wasserschierling, giftigen und eßbaren Holunder, Wiesenkerbel, Bärenklau zu unterscheiden. Mama brachte uns das bei, als wir klein waren, damit wir da spielen konnten, wo der Fluß ins Meer mündete. Giftiger Pflanzensaft frißt blaue Löcher in die Haut, schlimmer als die Ausschläge, die man von Papas Flaschen in der Garage bekam, Terpentin, Ammoniak, Schellack. Kristian und ich hatten unsichtbare Pferde an die Bäume gebunden. Wir spielten Zigeuner. Wir hatten eine Hütte voll mit Kindern, die wir nie hinausließen, weil der Wald so gefährlich war. Wir schlugen sie mit Weidenruten, wenn sie versuchten zu entwischen. Der Wald war mit Gestrüpp überwachsen und dunkel, sie wären nie allein zurechtgekommen. Es gab Wölfe, die wir mit Feuer fernhalten mußten. Giftige Pflanzen haben einen Geschmack, den sie nicht verbergen können, sagte Mama. Sogar die Kühe begreifen das, sagte sie und deutete auf die Inseln mit gefährlichem Grün, die diese auf der Weide hatten stehenlassen. Wir verstanden es auch. Wir waren nicht dümmer als Kühe, wir hörten zu und verstanden und wandten uns um und rannten.

(Die Augen)

Jack

Die ganze Zeit sah sie mich an.

Nicht direkt in die Augen, sondern auf die Halskette, die über ihrem Gesicht schaukelte, während ich mich in ihr bewegte. Bevor ich kam, legte ich die Hand über ihre Augen und drehte ihr Gesicht weg. Immer und immer und immer wieder.

Wie oft es passierte? Ich weiß nicht. Ich habe versucht, zu vergessen und nicht daran zu denken. Dann verschwand sie. Kurz vor ihrem Geburtstag. Ingrid wollte sie zur Geburtstagstorte einladen, die die Jungen für sie gebacken hatten, mit gefrorenen Johannisbeeren vom Sommer. Aber Maria kam nicht, und schließlich bat Ingrid mich, loszugehen und nach ihr zu fragen. Der Pflegevater sagte, daß sie weggezogen sei. Sie hielt es nicht aus hier im *Busch* ... sagte er. Busch, sagte er, so als sei er nicht sicher, ob er es selbst hier aushielt. Sie verschwand einfach. Aus unserem Leben, so plötzlich, wie sie einst auf ihren Rollerskates hineingewankt war. Danach bekamen wir sie nicht mehr zu Gesicht. Und niemand wußte, daß es meine Schuld war. Und niemand, vor allem nicht Ingrid, durfte jemals erfahren, daß es meine Schuld war.

II

(Genau da, genau dann)

Kaj

Irgendwann kommst du, das weiß ich.

Ohne Vorwarnung, plötzlich, so wie der Rasen sich mit hungrigen Möwen füllt, plötzlich, wie der Nebel vom Meer hochtreibt. Aber ich werde bereit sein, weil ich es wieder und wieder und wieder durchgegangen bin. Jeden Schritt, jede Bewegung, jedes kleine Detail. Ich sitze da, auf der Altanmauer, die Sonne scheint mir in die Augen, und ich blinzle ins Licht, als du übers Gras gegangen kommst, und schon an der Art, wie du dich näherst, erkenne ich dich wieder. Die Bewegung der Arme, ich kenne sie von meinen eigenen, und sie fangen an, wie deine zu pendeln, obwohl ich still sitze. Deine Ohren ... als ich sie sehe, fange ich beinahe an zu lachen, mit solchen Ohren kann man einander in jeder beliebigen fremden Stadt wiedererkennen, sie ragen ja direkt aus den Haaren hervor. Du bleibst ein Stück von mir entfernt stehen, um abzuschätzen, ob du näher kommen oder weggehen sollst. Aber ich gebe dir kein Zeichen. Ich bin ganz still. Innerlich, äußerlich. Nur die Arme bewegen sich ein wenig vor und zurück. Mein ganzes Leben habe ich gewartet, mein ganzes Leben, aber du scheinst nicht einmal zu wissen, was du sagen sollst, weil du einfach schweigend dastehst. Vielleicht hast du vor irgendeinem Spiegel geübt und geübt, aber dann bleiben die Worte doch stecken, weil sie sich falsch anfühlen, wie Krähen. Und du bist diejenige, die anfangen muß. Du mußt die ersten Worte sagen, das ist alles, was ich weiß. Weil ich keine Ahnung habe, welche Worte man sagen muß, damit es richtig wird. Aber deine Lippen sind bewegungslos, zusammengeklebt, und schließlich nimmst du statt dessen ein Foto aus der Tasche und reichst es mir. Du willst, daß ich es in die Hand nehme, und als ich das nicht tue, kommst du einen Schritt näher und hältst es hoch, damit ich es besser sehen kann. Wie eine Spiegelscherbe zwischen deinen Fingern, in der ich mich wiedererkennen soll. Es könnte jedes beliebige Kind sein, so unscharf ist das Gesicht. Es könnte jedes beliebige Gör sein, aber ich verstehe, daß du mir zu verstehen geben willst, daß das ich bin. Der kleine Kopf kippt an die Schulter von jemandem, die Augen sind blitzrot, und die Ohren stehen ab und flattern. Fledermausohren. So nennt Jens sie immer. *Wo zum Teufel kriegt man solche Ohren her?* fragt er immer, als glaubte er, meine Mama sei eine Fledermaus in irgendeiner Höhle irgendwo weit weg.

Dann nickst du zu deinem Auto hin und willst, daß ich mit dir komme. Aber man darf nicht mit Menschen gehen, die man nicht kennt, auch wenn man an den Ohren sieht, daß man zusammengehört, hundertmal hat Mama mir das eingebleut, hundert mal hundert mal hundertmal ... »Nein«, antworte ich, obwohl ich beschlossen habe, daß ich den Mund nicht öffnen werde, bevor du es tust. Und dann wird es falsch, trotz allem. Du nimmst Anlauf, so, als hättest du endlich beschlossen, etwas von dir zu geben, aber es kommt nichts, es ist gespenstisch still, und plötzlich kapiere ich. Daß du stumm bist. So ist das also. Du bist stumm wie ein Fisch, deshalb hast du nie von dir hören lassen. Aber dein Blick ruft nach mir, und selbst wenn ich wollte, könnte ich nicht widerstehen. Mama würde mich umbringen, wenn sie sehen würde, was dann geschieht. Wie ich mit jemandem, den ich nicht kenne, in ein Auto steige und mich einfach ausliefere, ohne genau zu wissen, was Sache ist. Sicher, ich lasse die Tür einen Spalt weit geöffnet, doch als du den Motor anläßt und auf die Straße hinausfährst, kann ich mich ja doch nicht hinauswerfen, und ich begreife, daß du mich gefangen hast. Wie eine Fliege einem in den Traum fliegt, wenn man die Augenlider einen Spalt weit offen hat. »Was willst du?« frage ich, aber du fährst ohne ein Wort den Schotterweg hoch zur großen Straße. Deine Hände auf dem Lenkrad sehen genauso aus wie meine, die Daumen platt und breit, kurze Nägel, ein wenig ungleichmäßig. Es ist so still im Auto, daß man kaum atmen kann, und es wird stiller, stiller und stiller, und ich zähle die Reflexpfosten, wie früher, als ich klein war und wir im Auto saßen und alle um mich herum stritten. Warum sagst du nichts? Sag was, denke ich die ganze Zeit, aber du kannst ja nicht, vielleicht bist du seit dem Tag stumm, an dem du mich abgegeben hast. Du zündest mir eine Zigarette an, und ich will meine Lippen nicht an dasselbe Filterpapier halten, an das du deine gehalten hast, also halte ich sie ein wenig von meinem geschlossenen Mund entfernt und tue ein paarmal so, als würde ich daran ziehen, ohne den Rauch einzuatmen. Lasse die Zigarette ein wenig glühen und asche auf den Boden, lasse sie bis zu den Fingern herabbrennen, sehe, wie sie meine Finger verbrennt, ohne daß ich es fühle, zähle hundert Pfosten, bevor ich den Stummel aus dem Fensterspalt werfe. Warum bist du gekommen, wenn du ja doch nichts sagen kannst? Wenn du mir nichts erzählen kannst? Du fährst einfach. Fährst, bis ich mich nicht mehr auskenne. Jagst das Auto mit zu niedrigem Gang hoch, genauso, wie Mama es immer mit dem Ritmo macht. »Ich habe gewußt, daß du nicht tot bist«, sage ich. Weil ich das tatsächlich wußte. Und ich wußte, daß wir uns ähnlich sind. Deshalb hat Jack es nie ertragen, mich anzusehen – nicht weil irgend etwas mit mir nicht stimmte, sondern weil ich ihn die ganze Zeit an dich erinnert habe. Du hast das Foto aufs Armaturenbrett gelegt, ich könnte es nehmen und in die Tasche stecken, weil du nur die Straße zu sehen scheinst, nichts sonst. Aber ich weiß nicht einmal, ob ich es haben will. Es ist etwas an diesem Foto, was ich nicht mag. Daß das ich sein soll. Dieser kleine wackelnde Kopf mit den großen Ohren, das unsichere Genick, so dünn wie ein Handgelenk. Du läßt das Auto im Leerlauf einen Hügel hinunterrollen, der nie aufzuhören scheint, das Foto flattert im Windzug, wir rollen schneller und schneller, und die Straße liegt völlig leer vor uns. »Ingrid hat sich gut um dich gekümmert«, sagst du, plötzlich gar nicht mehr stumm, »ich wußte, daß Ingrid sich um dich kümmern würde.«

Es gibt keine Bilder von mir, als ich klein war. Massenhaft Fotos von Kristian und Jens, aber kein einziges von mir. Erst als ich größer wurde und plötzlich nicht mehr zuließ, daß Jack ein Bild von ihnen machte, ohne daß ich mit darauf war. Ich stellte mich einfach ganz vorne hin und weigerte mich wegzugehen. Stand da und lächelte, bis Jack nicht anders konnte, als abzudrücken, und dann war ich groß im Bild, und Kristian und Jens standen verdeckt im Hintergrund. Ich habe mich immer gefragt, wie ich früher ausgesehen habe. Damals, als ich abgegeben wurde. Aber so etwas kann man Mama nicht fragen. Da wird sie still und tut so, als hätte sie es nicht gehört, oder aber sie sagt nur: »Quäl dich nicht damit, Kaj, bitte …« Und das bedeutet: *Quäl mich nicht damit, Kaj, bitte!* Es gibt keine Bilder, es ist einfach so. Aber eines Tages, in einer von Jacks Werkzeugkisten im Schuppen. Jack hat so viele Kisten, die er nie abgeholt hat. Überall stehen sie im Weg herum, und sie haben Mama früher immer verrückt gemacht, bis zu dem Tag, an dem sie begriff, daß er tatsächlich nie zurückkommen und sie holen würde. Da gewöhnte sie sich plötzlich an sie und ließ niemanden daran rühren. Ich öffne sie trotzdem manchmal, das meiste ist Schrott, aber man kann auch Sachen finden, bei denen man Lust bekommt, sie abzustauben und mit in sein Zimmer zu nehmen. Sachen, die man brauchen kann oder einfach nur haben will. Und in einer dieser Kisten fand ich das Kuvert. Ich suchte nicht nach was Speziellem, es lag einfach da, unter einigen Meißeln, in einer von Jacks Werkzeugkisten. Ein dreckiges Kuvert mit Flecken von öliger Putzwolle, und darauf Jacks Nachname, falsch geschrieben. Und im Kuvert ein Foto. Unscharf. Von einem beinahe neugeborenen Kind mit blinzelnden Augen, das Kinn an eine Schulter gelegt, die deine sein muß. Auf der Rückseite des Fotos eine Bitte um Geld, eine Bitte, ob Jack mit Geld aushelfen könnte. Und das konnte er wohl nicht, oder er wollte nicht, wagte nicht, fand dich nicht, hatte keine Lust ... ich weiß nicht. Hast du mich deshalb hier abgegeben?

Ich weiß nicht, warum Jack dieses Foto nie weggeworfen hat. Schließlich hätte jeder es finden können, und das war wohl das letzte, was er wollte. Er sprach ja nie von mir. Schwieg bis zu dem Tag, an dem er auszog, und danach schwieg er wohl noch mehr. Immer, wenn ich es in der Hand gehalten habe, habe ich eine Art Versprechen gespürt. Daß du zurückkommen wirst, ein einziges Mal wenigstens, um nachzusehen, was seither aus mir geworden ist. Und ich weiß, daß du ein Foto dabeihaben wirst, beinahe identisch mit dem, das Jack hatte, Sekunden vor oder nach dem Bild aufgenommen, das du ihm geschickt hast. Du trägst es in deiner Tasche bei dir, um mich zu finden. Wie eine Landkarte. Und dann, wenn du mich gesehen hast, brauchst du dieses alte Bild nicht mehr. Weil du es endlich gegen ein neues hast austauschen können. Eines, das vielleicht nicht so weh tut.

(Schlupfloch)

Kristian

Mama und Papa tapezierten oft um, es wurde so schnell schmutzig in den Zimmern. Verschmierte Abdrücke von Kinderhänden an den Wänden. Nur Kaj durfte die grünen Seegrastapeten behalten, an die sie sich gewöhnt hatte. Sie mußte immer die Struktur mit den Fingern nachfahren, damit sie einschlafen konnte. Es wurde weniger gestritten, wenn sie damit beschäftigt waren, irgendwo im Haus zu tapezieren. Ich liebte den Geruch von Tapetenleim und diesen wackligen Tapetentisch, auf dem ich sie einmal miteinander schlafen gesehen habe. Auf der Jagd nach Feuchtigkeit brachen sie die Böden auf, sie rissen Wände ein, bauten Altan und Sauna. Im letzten Frühling strich Papa die Fassade. Nachdem er von uns weggezogen war, blieben die alten Tapeten hängen. Sandfarbene Erinnerungen, achtziger Jahre.

Ich rufe Lisette an und bitte sie, zum Abendesssen zu kommen. Das Alleinsein mit den Mädchen macht sie langsam wahnsinnig, das hört man an ihrer hochgeschraubten Stimme. Eine halbe Stunde später taucht sie mit Anna und Nina auf, die beiden haben Nachthemden und Gummistiefel an. Sie bleibt abrupt in der Tür stehen, als sie mich erblickt. »Was hast du *getan*, Kristian?!« heult sie und starrt auf meinen kahlen Kopf. Sie folgt meinem Blick, als ich zu Kaj schiele. »Du bist verdammt noch mal nicht ganz *gescheit*, Kaj!« schreit sie. »Wieso denn?« frage ich, als hätte man mir auch eine Gehirnwäsche verabreicht. Nina fängt an zu weinen, sie erkennt mich nicht wieder, so ohne Haare und völlig abgeschürft im Gesicht. »Es war so warm«, versuche ich. Aber als ich in die Knie gehe und Nina anlächle, preßt sie das Gesicht an Lisettes Hüfte und weigert sich, mich anzusehen. »So warm, daß du dich selbst ins Gesicht geschlagen hast?« fragt Lisette. Und Kaj, dicht neben mir, sieht mich mit Elsterblick an. Als würde sie über etwas wachen, das sie gestohlen hat. Ich streiche mir über die stoppelige Kopfhaut und versuche so zu tun, als fände ich, daß es ziemlich gut aussieht. Irgendwie männlich. Schnell schlüpfen die Mädchen vorbei und verschwinden im Dunkel des Hauses. »Versuch nicht, mir weiszumachen, daß du dich wegen der Wärme rasiert hast. Du und Jens, ihr seid immer so scheißstolz auf eure Locken gewesen!« faucht Lisette.

Der Volvo voll mit Chocopops, der Vordersitz, der Kofferraum, der Boden ... »Nimm sie, ich will sie nicht! Ich ertrage den Geschmack nicht mehr«, sagt Lisette und wirft die Packungen aus dem Auto, und Kaj trägt sie ins Haus und füllt die Speisekammer. Gratispops für den Rest des Lebens. Jens hatte versucht, sie an Leute bei der Arbeit weiterzugeben, aber niemand wollte sie haben. Die Leute sind einfach immer so verdammt neidisch, meint Lisette. Umständlich nimmt sie im Flur die Sandalen ab, die Riemen verhaken sich, sie reißt an ihnen und flucht, redet mit sich selbst, als wäre sie völlig aus dem Gleichgewicht. Nina weigert sich zu schlafen, seit Jens gefahren ist, und Lisette hat alles versucht, aber Nina-Fina sitzt einfach bei eingeschalteter Lampe kerzengerade in ihrem Bett. Wie ein alter Mensch, der fürchtet, im Schlaf zu sterben. »Schon bald zwei schlaflose Wochen«, stöhnt Lisette, »arme Kleine, sie döst statt dessen ganze Tage, hat keine Kraft zu essen, schau, wie dünn sie geworden ist.« Nina ist immer ein wenig rund gewesen, und ich sehe keinen Unterschied – feiste braune Backen, Lisettes breiter Mund. Sie sitzt auf der Treppe zum oberen Stockwerk und starrt mich abwartend an, so als versuchte sie immer noch zu verstehen, wer ich bin. Lisette befühlt meinen stoppligen

Schädel mit der Hand, und ihr Gesicht zeigt halb Abscheu, halb Staunen. »Und du?« fragt sie. »Machst du auch einen Eßstreik, schläfst du auch nicht?« Sie kneift mich ins Kinn und betrachtet mein Gesicht im Lampenschein. »Du siehst fürchterlich aus, Kristian.«

Nina hat sich auf ihrem Lieblingsplatz unter dem Tisch zurechtgesetzt und untersucht Rabbi auf Zecken. Sie zerquetscht sie sorgfältig unter einem Vergrößerungsglas und legt sie auf einen unsichtbaren Haufen. Ihre helle Stimme durchschneidet die Stille mit einer scharfen Klinge. Sie redet die ganze Zeit von Jens, von den Korallen, die er versprochen hat, für sie hochzutauchen. Wie er sie in der Reisetasche, in seine Hemden gebettet, schmuggeln wird. Etwas an ihrer Art, die Hände zu bewegen, erinnert an ihn. Dreihundertmal hat Lisette Jens' Handy angerufen, ohne eine Antwort zu bekommen. *Laß ihn in Frieden, wenn das das einzige ist, was er wünscht,* ermahnte Mama sie kalt auf der kratzigen Leitung des Hotels. *Hör auf, ihn anzurufen, als könntest du ohne ihn nicht atmen!*

Manchmal will man nicht nach Hause finden, will nicht zu denen zurückkehren, die man liebt. Ich würde gerne versuchen, das Lisette zu erklären, aber ich vermeide es, den Mund aufzumachen. Denn in dem Schweigen, mit dem sie die Küche füllt, kann man wahrnehmen, wie es um sie sprüht, als stünde sie kurz vor dem Kurzschluß, davor, in Flammen aufzugehen. Manchmal versucht man seine Vergehen durch Abwesenheit wiedergutzumachen, Lisette, verstehst du das nicht? Wie Jack, wie Jens, wie ich. Man wendet sich ab und geht in die Irre, in der Hoffnung, daß man in Vergessenheit gerät und nicht länger vermißt wird. Vielleicht ist es das, was Jens gerade macht? Aber ich bin ja hier, siehst du das nicht, will ich durch das Hochspannungsfeld flüstern, das sie umgibt.

Ein einziges Mal haben wir miteinander geschlafen, und es war mein erstes Mal. Das Zimmer stand still, Schneeregen hinter Lisettes Rücken. Durch ihren Körper strahlte die Erregung direkt in mich hinein, jede Bewegung ihres Körpers lief meinen Rücken entlang nach oben, hoch bis zur Nackenhaut, zum Nackenhaar. Sie hatte ein schwarzes T-Shirt an, das Jens gehörte und viel zu groß war, und ich wollte, daß sie es auszog, aber sie weigerte sich. Sie wollte sich mir nicht nackt zeigen. Sie war um die Augen geschwollen, weil sie und Jens an diesem Nachmittag Krach gehabt hatten, und sie hatte sich in Mamas Zimmer eingesperrt, bis er sich davonmachte. Danach schliefen wir einen Augenblick ein, erschöpft, ineinander verschlungen, und dieses Gefühl ... ist es, was ich gerne bewahren möchte von diesem ganzen Abend. Dann mußte Lisette aufs Klo. Sie mußte andauernd pinkeln, als sie schwanger war, und so kam es, daß wir ertappt wurden. Als sie nach oben zur Toilette ging, entdeckte Mama uns.

»Diese Wochen sollten nur uns zweien gehören, Kristian, hast du das nicht *versprochen*?« flüstert Kaj mir zu. Lisette sitzt daneben auf dem Sofa und wirft Chocopops in Rabbis Richtung. Halbblind und satt irrt er hinter ihnen her, um ihr einen Gefallen zu tun. Wir geben uns den Anschein, als merkten wir nicht, daß er auf den Boden tropft, aber Kaj deutet die ganze Zeit auf neue Pfützen auf dem abgenutzten Parkett. »Er *kann* nicht abgehauen sein«, sagt Lisette und stößt den Zigarettenrauch durch die Nase. Die Mädchen haben sich wie zwei müde Kälber in der Sofaecke zusammengerollt, ihre Körper schmelzen im Halbdunkel ineinander. »Das kann er doch nicht. Oder?« wiederholt sie. »Warum soll er das nicht können? Die USA sind doch ein freies Land«, antwortet Kaj. Und ich gebe ihr unter dem Sofatisch einen Fußtritt. Was Lisette jetzt braucht, ist, daß man ihr abwechselnd recht gibt und widerspricht, je nachdem, was ihrer Laune gerade zuträglich ist. Die USA sind ein freies Land, und jederzeit kann Jens beschließen, zu vergessen, wer er ist. Er kann sich hinabbeugen und seine Fußspuren auf dem endlos langen Kristallstrand verwischen und ein neues Leben beginnen. Und wenn Jens ein neues Leben beginnt ... dann bekommt Lisette ja plötzlich die Freiheit, das gleiche zu tun. Aber das scheint sie überhaupt nicht zu reizen. Sie dreht die Lautstärke des Fernsehers hoch und schaltet um. Schaltet um. Immer und immer und immer wieder. Rabbi streicht zwischen den verstreuten Spielsachen herum und zieht einen Urinfaden hinter sich her. »Du nimmst ihn mit nach Hause, wenn du fährst«, sagt Kaj leise, »laß ihn nicht noch einmal hier, das hier ist kein Hundefriedhof!« Lisette dreht die Lautstärke noch eine Spur höher, bis die Mädchen sich im Halbschlaf bewegen, sich gleichzeitig umdrehen, als wären sie zusammengewachsen.

Zahnstocher, Pflaster, Scheuerwolle, Trockenmilch, Kaugummi, Kerzen, Plastikbesteck, Bleichmittel, Süßstoff, Tampons, Grillspieße, Kochsalz, Fleischkonserven, Einmalrasierapparate, Mundwasser, Tabak. Kaj schreibt Listen von allem, was wir ihrer Meinung nach brauchen. Rüstet sich für eine Art Ausnahmezustand. Sie schreibt Listen und will, daß ich einkaufen fahre, aber das Geld geht uns aus. »Morgen, Kaj«, verspreche ich und breite die Decke mit den schwebenden blauen Katzen über die Mädchen – es ist dieselbe, die wir hatten, als wir Kinder waren. Die Waschmaschine hat kleine Löcher in das Gewebe gefressen. Lisette hat Wein getrunken und kann nicht nach Hause fahren, ist auf die Idee gekommen, daß sie in Jens' altem Zimmer schlafen wird. »Schlaf jetzt, dann kommt Papa schneller«, flüstert sie Nina zu, die noch nicht eingeschlafen ist, daliegt und mit hartnäckigen Fingern Bäusche von weißem Füllmaterial aus der Decke dreht und gegen den Schlaf ankämpft. »Wenn er nicht bald nach Hause kommt, bringe ich ihn um, Kristian …« sagt sie dann über die Köpfe der Mädchen hinweg zu mir. Ich erinnere sie daran, daß sie ihn zuerst finden muß. Da steht Kaj vom Sofa auf und geht hinaus. »Er kommt«, sagt sie, auf der Hälfte der Treppe, »wenn ihr am wenigsten damit rechnet.«

Sie fuhren nach Skagen. Es war angeblich schön dort, mit dieser Kirche, die bald vollständig von Sand bedeckt sein würde. Nina entstand auf der Bahnhofstoilette. Das war nicht beabsichtigt, sie blieben bloß irgendwie ineinander hängen. Ich will mit Lisette gemeinsam im Dunkeln lachen, aber ich kann nicht. Sie streichelt zerstreut meinen Hals. Und ich denke, wenn Kaj jetzt aufwacht … wenn Kaj jetzt aufwacht und die Treppe herunterkommt. Wenn sie uns so findet. Wie sind wir hier gelandet? Lisette liegt auf meinem Arm, und der Teppich bewegt sich wie ein offenes Meer. Vor dem Fenster dämmert es. Sie erzählt mir gerade eine Geschichte, aber ich sehe nur, wie ihr Mund sich bewegt. Die Augen weit offen wie Quallen, just in dem Augenblick, da sie sich in ihrer ganzen Pracht zeigen. Sie lacht. Es ist lange her, daß ich sie lachen hörte. Das Gesicht ist offen. Das Lachen offen. Die Augen und die Hände. Genau so, wie ich sie in Erinnerung habe. Und ich erzähle vom Pissoir unter dem großen Rosettenfenster in Notre-Dame, da ich nicht so viele Geschichten habe, mit denen ich kommen kann. In diesem Pissoir ist sie zufälligerweise nie gewesen, sagt sie. Aber sie hat einen ganzen Sommer auf einer heißen Gasse in Montmartre gestanden, den Sommer vor Jens, und hat Crêpes gebacken, gemeinsam mit irgendeinem Marcel oder Claude. Ob ich mich vielleicht an den Geruch ihrer Pfannkuchen erinnern könne, aus jenen Tagen, an denen ich dort gewesen sei? Sie seien ihr oft angebrannt, und sie und dieser Franzose hätten ständig deswegen gestritten, bis sie endlich von dort abgehauen sei. Der Gedanke, daß Lisette und ich gleichzeitig in diesen engen Straßen herumgelaufen sind, gefällt mir. Vielleicht vor irgendeiner Bar aneinander vorbeigelaufen sind. Daß unsere Schultern sich zufällig gestreift haben, wir »pardon« gemurmelt haben, ohne einander zu kennen. Der Gedanke an Lisette vor Jens gefällt mir. Als sie ihn traf, begann ihr Leben verwechselbar zu werden.

Dann werde ich im Strudel der überschäumenden Begeisterung mitgerissen. Ich bin am selben Abend zurück zum Pissoir gegangen, erzähle ich, aber da hört Lisette plötzlich auf zu lachen. »Was?« fragt sie und wischt mit der Hand Lachtropfen von ihrem Mund. »Du bist zurückgegangen?« »Ja«, lächle ich. »Freiwillig?« fragt sie und stützt sich auf einen Ellenbogen, sucht im Halbdunkel meinen Blick. »Ja«, antworte ich zögernd, »ich glaube schon. Oder ich weiß es nicht so genau. Es ist ja lange her.« »Aber warum?« fragt sie. »Hatte es dir *gefallen*?« »Nein«, murmle ich schnell, »nein, nein ...« »Aber es hat dich angezogen?« Lisette weicht ein wenig zurück, um mich mit dem Blick fixieren zu können. Ich mag es nicht, wenn sie mich so ansieht, sie sieht mich sonst selten an, ich bin meistens derjenige, der sie ansieht. »Nein, nein, es war eklig, aber ich ... war nicht sicher, ob ... Ich wollte wissen, ob es wirklich passiert war«, antworte ich ausweichend. »Also weißt du, Kristian. Du bist ja völlig ...« beginnt Lisette, findet aber nicht das richtige Wort. Gehemmt? Hemmungslos? »Du bist zurückgegangen, weil du wissen wolltest, ob es passiert war? Bist du herumgelaufen und hast alle Männer da drinnen gefragt: *Entschuldigung, waren das möglicherweise Sie, der heute die Hand in meinen Pinkelstrahl gestreckt hat? Haben Sie Lust, es noch einmal zu tun? Es war eigentlich ganz angenehm?*« »Nein, nicht so. So war es überhaupt nicht. Vergiß es«, sage ich schnell. »Ja, das ist wohl das beste«, antwortet Lisette. »Ja, das ist wohl das beste«, stimme ich zu. »Denn wenn ich das hier Jens erzählen würde«, lächelt sie, »würde er nervös.« »Wahrscheinlich.« »Er würde dich auf der Stelle kastrieren, Kristian.« Ich nicke. »Oder etwas noch Schlimmeres«, sagt Lisette und legt sich wieder neben mich. Ein Auto fährt unten auf der Straße vorbei. Schleppt seine weißen Scheinwerferkegel durch das Zimmer. »Hast du es denn inzwischen vergessen?« »Was vergessen?« fragt Lisette, und ihre Gesichtszüge können sich nicht entscheiden, ob dies hier Spiel oder Ernst ist. »Daß ich ...« beginne ich. Aber sie legt schnell zwei Finger über meine Lippen. »Nein. Erinnere mich nicht!« unterbricht sie und beugt sich über mich. Verschließt meine Lippen mit den ihren.

Lisettes Rücken gleicht einer Wasserfläche. Ebenso still hebt er sich, wenn sie schläft. Sinkt, hebt sich, sinkt. Wie das Meer, wenn man es betrachtet. Ich zeichne sie mit den Augen nach, jeden Fleck, jede Falte, jeden Flaum, jede Haarsträhne, und tauche das Bild in ein Fixierbad. Den entspannten Körper, die weichen Muskeln. Die Leberflekken gleichen Sternbildern. Der kleine Hund, die Jungfrau. Und mit sich ringelndem Schwanz: die große Wasserschlange. Seit dem ersten Mal bin ich in ihr gewesen. Seit damals. Die ganze Zeit.

Ich wache vom Laut des Fernsehers auf, die Augen schmerzen, das Fernsehbild ist im Sonnenlicht beinahe farblos. Kühe werden in einem großen Ofen verbrannt, ein Mann mit Gasmaske lädt sie mit einem Gabelstapler ins Feuer. Gelbgraue Flammen, weiße Asche. Der Virus breitet sich mit dem Wind zwischen den Bauernhöfen aus. Deutschland, Niederlande ... auf der Vogelfluglinie ist es gar nicht weit. Ich stehe hastig auf, um die Altantür zu schließen, aber da draußen sitzt Kaj mit Milch und Chocopops, als wäre überhaupt nichts geschehen. Kaut Pops, pendelt mit den Beinen über der Altanmauer, beobachtet die Möwen auf dem Kartoffelacker. »Lisette ist abgehauen«, sagt sie und wischt sich einen Tropfen Milch vom Kinn, »aber sie hat einen Zettel in deiner Jeanstasche dagelassen.« Ich mache ihr ein Zeichen, daß sie hereinkommen soll. Keine Gefahr für Menschen, behaupten sie. Aber wie kann man sich darauf verlassen? Ich drehe die Lautstärke des Fernsehers höher und angle die Hose vom Boden hoch, durchwühle die Taschen, bis ich den Zettel finde. *Ich weiß nichts mehr von gestern. Und du auch nicht.* Lisettes schnelle Handschrift.

(Zenit)

Lisette

Kristian liegt ausgestreckt zwischen Kaj und mir auf dem verbrannten Gras. Die Sonne im Zenit. Geschmack von Chlor und Sonnencreme, jedesmal, wenn man die Fliegen von den Lippen verscheucht. Kaj durchforscht die Kühltasche nach Eßbarem und fragt immer und immer wieder, wann wir heimfahren. Zu viele Menschen hier für ihren Geschmack. Es hilft nichts, daß es Wasser gibt, zwei türkisschimmernde Becken voll mit Wasser, wenn sie sie nicht für sich alleine haben kann. »Bitte, lieber Kristian«, flüstert sie in sein Ohr, aber er dreht den Kopf weg. »Wir bleiben bis Mittag hier«, antwortet er kurz angebunden.

Hier sind wir. Dürften hier nicht sein. Zusammen. Plötzlich hatten Kristian und ich einander einfach angerufen und beschlossen, daß wir zum Freibad fahren würden. Alle miteinander. Die Mädchen mit dunkelgelben Schwimmbrillen auf dem Rücksitz von Ingrids Toyota. Kaj hinter Kristian, die Arme um seinen Hals. Er ließ sie an den Gliedern seiner Halskette im Hemdkragen herumziehen und daran fummeln, aber er sah angespannt aus, als könnte es ihm jeden Augenblick einfallen, ihr die Silberkette wegzureißen. Sein Blick auf die Straße geheftet. Die Hand auf dem Steuerknüppel. Unsicher. Ungewohnt.

Anna und Nina lieben das Freibad. Jens hat ihnen schon letzten Sommer beigebracht, vom Sprungbrett zu springen. Anna ist genauso geschmeidig und schnell wie er, während Nina mit einer besessenen Hartnäckigkeit Bauchplatscher um Bauchplatscher macht. »Bitte, lieber Kristian, ich will heim ...« bettelt Kaj. »Dann geh voraus, und setz dich ins Auto«, antwortet er. Ohne Risiko. Das weiß er – Kaj würde nie allein losgehen. Ich schlage vor, daß sie die Gelegenheit nutzen und schwimmen gehen soll, aber Kaj versteht den Sinn von eingesperrtem Wasser überhaupt nicht. Sie kann nicht so tief tauchen, wie sie will, und es schmeckt komisch im Mund, behauptet sie. Und dann das Gedränge, all die fremden, halbnackten Körper. Wenn jemand sie versehentlich unterm Wasser streift, wird sie beinahe hysterisch. Und auf den wimmelnden Grasflächen fühlt sie sich nicht wohler. Menschen überall, Geräusch, Bewegung. Sie leidet wie ein nervöser Hund in einer Menschenansammlung, dreht sich unruhig um, sobald jemand vorbeigeht, und muß die ganze Zeit das Badetuch unter sich mit minutiöser Genauigkeit glattstreichen. »Hör auf damit«, bitte ich sie. Freundlich zuerst. Dann gereizt. Heute werde ich Geduld beweisen, das habe ich beschlossen. Aber nicht grenzenlos.

Kristians weißer Körper im Schatten des Sprungturms, dem einzigen Streifen Schatten am ganzen Ort. Sein Körper ist lang und sehnig, genau wie der von Jens, aber die Arme schlanker, weniger muskulös. Unbenutzt. Ich weiß eigentlich nicht, wozu Kristian seinen Körper benutzt. Manchmal kommt es mir vor, als hätte niemand ihn berührt außer mir.

Aber ich habe ja auch niemanden berührt, so wie ich Kristian jenes Mal berührte. Wenn ich Jens ebenso vorsichtig berühren würde, würde er das nicht einmal bemerken. Er würde es nicht spüren, würde mich nicht sehen. Mit Kristian ist alles anders. Er sieht alles, spürt alles. Er ist wie Jens, aber ohne diese Launenhaftigkeit, die alles kaputtschlägt, was dann immer langsamer verheilt.

Ich bekam einen kleinen blauen Fleck auf der Wange von Jens' Fingern, als er mein Gesicht an die Wand gedrückt hatte. Er überreagiert immer, wenn Ingrid dabei ist. Als würde er zusätzlich bedrängt, aus zwei Richtungen bedrängt. Wenn ich ihn anschreie und Ingrid es hört, kommt er sich immer wie verraten vor und muß etwas dagegen tun. Muß ihr zeigen, daß er nicht alles mit sich machen läßt. Sie behandelt ihn immer noch wie den Mann im Haus, und das kann mich wahnsinnig machen, weil Jens damit nicht umgehen kann. Es geht uns gut, solange Ingrid nicht in der Nähe ist. Sie ist es, die Jens dazu treibt, mich wie etwas zu behandeln, was ich nicht bin.

Der Fleck wird sich gelb verfärben und verschwinden, bis er nach Hause kommt, aber wenn er anruft, werde ich ihm davon erzählen. Wenn er anruft, bevor ich das Warten satt habe. Die ganze Woche über, bevor er fuhr, war er seltsam. Ging los und machte Einkäufe, als wäre das seine Art, um Verzeihung für nichts und alles zu bitten. Jeden Tag kam er mit etwas anderem nach Hause. Ich weiß nicht, woher er das Geld hatte, aber ich glaube, daß er es von Ingrid erbettelte und sagte, daß er es für die Mädchen brauchte. Er kaufte einen Glastisch aus einer Kleinanzeige, obwohl wir nicht einmal ein Wohnzimmer haben, in das wir ihn stellen können. Er kaufte einen Mikrowellenherd, als hätten wir Platz dafür in unserer Miniküche. Und einen neuen Radiowecker für mich, statt des alten, der seit einem halben Jahr kaputt gewesen war. Und dann kam er mit einem gelbweißen Kakadu in einem Käfig, der so groß war wie der Küchentisch. Der Vogel flatterte und schrie, wenn Jens und ich stritten, er war offenbar nicht an laute Stimmen gewöhnt, kackte den ganzen Käfigboden voll. Aber schließlich war ich trotz allem gezwungen nachzugeben, weil Nina untröstlich zu weinen anfing, als ich forderte, daß Jens ihn zurückbringen sollte.

Kristian liegt da und reagiert nervös auf etwas, das er im Fernsehen gesehen hat. Eine Infektionskrankheit in Holland, ein Virus, der sich schnell ausbreitet. Er kann nicht aufhören, davon zu sprechen, obwohl ich erkläre, daß mir von all den unangenehmen Details schlecht wird. »Aber Kristian, bitte, wie solltest du um Himmels willen die

Maul- und Klauenseuche bekommen? So hypochondrisch kannst doch wohl nicht mal du sein? Laß einfach locker, *bitte.*« Anna und Nina schreien, planschen, tauchen. Sie sind genauso blond wie alle anderen Kinder im Becken, und ich präge mir die Farben ihrer Badeanzüge ein, um sie im Gewimmel zu finden. Kaj hat uns allein gelassen und steht ganz oben auf der höchsten Plattform des Sprungturms. Sie sieht aus wie ein richtiger Profi, schmal und dennoch muskulös, sonnengebräunt, nicht eine Unze Fett auf diesen Schenkeln, nicht eine Unze Angst vor diesen zehn Metern, die sie von der Wasserfläche trennen. Sie springt nicht. Steht nur da. Als wollte sie ihre Ruhe haben, über den Köpfen der anderen durchatmen. Die Schlange hinter ihr wird länger und länger. Die Leute drängen sich auf der Leiter hinter ihrem Rücken, aber niemand scheint etwas zu sagen. Alle warten nur darauf, daß sie Mut faßt und springt. Sie geht da oben im Kreis herum, und schließlich ruft ihr jemand zu, *aber hallo, spring doch* ... Doch sie kümmert sich nicht darum, läßt die Arme ein wenig pendeln und steht dann wieder ruhig da. Plötzlich begreife ich, was sie will. Sie wartet auf Kristian. Darauf, daß er sie sieht.

Ich ziehe ihn am Arm, weil er sich auf den Bauch gelegt hat und so tut, als schliefe er, einfach weil er nicht weiß, worüber wir sprechen sollen. »Du bist es, auf den sie wartet«, sage ich und deute zum Turm, und er richtet seinen Oberkörper steif auf und dreht den Kopf über die Schulter. Dann setzt er sich ganz auf und beschattet die Augen mit der Hand. »Zum Teufel, will sie von da springen? Das sieht ja lebensgefährlich aus. Warte ...« Aber es ist schon zu spät, denn sobald Kaj entdeckt, daß Kristian sie sieht, geht sie vor an den Rand, mit dem Rücken zum Becken, und stellt sich auf die Zehen. Hebt die Arme. Fällt nach hinten. Macht eine Drehung in der Luft, während Kristian die Augen schließt.

Wir warten darauf, ihren Kopf durch die türkise Wasseroberfläche nach oben schießen zu sehen. Aber es wird nur komisch still um das Becken, und bald sammeln sich Leute an der einen Kante. Gemurmel, jemand, der auf etwas deutet, aber keiner rührt sich. Kristian geht in die Hocke und erhebt sich dann in ganzer Länge. Die ersten Schritte geht er langsam. Dann rennt er, rast zum Beckenrand und wirft sich ins Wasser, ohne haltzumachen und zu schauen, wonach er eigentlich taucht. Ich komme auch auf die Füße und renne dorthin und dränge mich durch die Wand von schweigenden Körpern. Und da auf dem Boden kann ich sie sehen. Es sieht aus, als würden sie ... kämpfen? Sie zerren aneinander, mit vom Wasser verlangsamten Bewegungen. Kaj hält Kristian am Hemd fest, und er scheint sich herauswinden und von ihr losreißen zu wollen, aber sie hält ihn unten. »Helft ihm!« schreie ich. »Aber helft ihm doch loszukommen!« Kaj kann die Luft unter Wasser beliebig lang anhalten, das hat Jens gesagt. Und sie ist stark genug, um Kristian festzuhalten, bis er keine Kraft mehr hat. Endlich ist ein Bademeister im Gedränge der glotzenden Menschen zu sehen, und er zieht sein T-Shirt und die Badeschuhe aus und wirft sich ins Wasser. Er taucht hinunter, und dann sehe ich nicht, was passiert, bevor er an die Oberfläche kommt, Kaj fest in seinem Griff. Ich weiß nicht, warum er sie hochzieht und nicht ihn. Er hält es wohl für ausgemacht, daß Kristian es sein muß, der sie festhält, und nicht andersherum. Aber gleich darauf kommt Kristian von allein nach oben, öffnet den Mund, sobald er den Wasserspiegel durchbrochen hat, und füllt seine leeren Lungen mit Luft.

»Und was *verdammt noch mal* soll das jetzt gewesen sein?« beginnt der Bademeister, als er sich vergewissert hat, daß beide atmen. »Nichts«, keucht Kristian abwehrend. Er kniet auf den Kacheln, hustet Wasser, spuckt neben Kajs Füßen Schleim auf den Boden. »Laß sie selbst antworten. Was wollte er mit dir anstellen?« fragt der Bademeister, aber Kaj antwortet nicht, heftet den Blick in die Luft am Gesicht des Bademeisters vorbei, und man sieht, daß ihn das ein wenig verwirrt. Sie atmet völlig entspannt, nicht wie jemand, der einen erhöhten Bedarf nach Sauerstoff hat. Kristian flüstert, jetzt fahren wir nach Hause, komm, zieh deine Schuhe an, bevor wir Probleme kriegen ... komm jetzt. Er nimmt sie sanft am Arm und geht. Während der Bademeister und ich und Anna und Nina und das ganze verdammte Freibad hinter ihnen herglotzen.

Und auf dem Weg nach Hause sitze ich hinten bei den Mädchen, die abwechselnd mir, Kristian und Kaj lange Blicke zuwerfen. Sie fragen sich, was wir hier eigentlich treiben, aber wie könnte ich es ihnen erklären? Kaj sitzt neben Kristian und kämmt ihr langes nasses Haar, und ich bin nicht sicher ... aber ich glaube, daß sie weint. Ich habe sie fast nie zuvor weinen sehen, aber ich glaube, daß sie es jetzt tut. Hölzern, als würde sie nicht genau wissen, wie man weint. Und Kristian streift das kaltnasse Hemd ab, während er fährt. Es hat auf der einen Seite ein großes Loch bekommen, und er wringt das Wasser aus und läßt es auf den Boden tropfen, während er mit den Oberschenkeln das Steuerrad festhält.

Wenn er sich jetzt aus dem Staub macht, wenn er jetzt zurück in die Stadt fährt, weil er es nicht mehr aushält, dann muß ich mich um sie kümmern, bis Ingrid nach Hause kommt. Um so besser. Ingrid hätte mich von Anfang an bitten sollen. Mit mir zusammen ist Kaj wie jede andere auch. Sie sind es, die sie komisch werden lassen, Ingrid, Jens, Kristian ... Vor allem Kristian. Ich weiß nicht, woran es liegt, aber in seiner Nähe scheint sie in tausend Stücke zu zerfallen. Sie erträgt nicht, was er in ihrem Inneren in Bewegung bringt.

(Frag nach Charlie)

Jack

Mehrere Tage lang bin ich mit dem Wohnwagen herumgefahren, folgte planlos den Straßen. Wenn ich fuhr, bis ich selbst nicht mehr wußte, wo ich war, würde Maria mich vermutlich auch nicht finden können. Im Rückspiegel sah ich ihr Gesicht, die Haarkrause, den Schiefzahn, das nachlässig aufgeklebte Lächeln. Aber wenn ich mich umwandte, saß sie gar nicht da. Der Rücksitz war leer bis auf Dylans abmontierten Käfig und die Gasflasche für die Wohnwagenküche. Es gab keinen Anlaß für sie, jetzt aufzutauchen, so viele Jahre zu spät. Ich mußte fahren, bis ihr Gesicht verschwand. So kam ich zum Fluß. Breit wie ein Strom und ganz still. Er gefiel mir, ich hielt dort an und blieb.

Die Tage flossen genauso still dahin wie das lehmgelbe Wasser des Flusses. Das einzige Maß dafür, daß die Zeit verging, war die Geschwindigkeit, mit der das Essen aus dem Vorratsregal verschwand, und ich fuhr hin und wieder los und besorgte Proviant und füllte die Kanister mit Trinkwasser. Die Bäume bekamen Blätter, das Gras veränderte die Farbe von graugelb zu grün. Viel mehr geschah nicht. Bis das Mädchen kam. Der Regentag.

An jenem Morgen regnete es. Einige Tage lassen sich von anderen unterscheiden, und so war es mit dem Tag, an dem ich sie zuerst sah. Der Tag, an dem die gelben Blüten im Fluß aufblühten. Sie ging auf der anderen Seite des Flusses vorüber, mit einem fluoreszierenden Regenmantel und Gummistiefeln, schaute in Richtung Wohnwagen. Ich folgte ihr mit meinem Blick durch das beschlagene Fenster, bis sie mit ihrem Hund zwischen den Büschen verschwand. Und ich hatte es im Gefühl, daß sie zurückkommen würde.

An jedem Tag der folgenden Woche tauchte sie mit dem

Köter zwischen den Bäumen auf. Ging mit ihm den Fluß entlang, langsam kreisend, als wäre das Imitieren des Hundes eine Weise, ihm Gesellschaft zu leisten. Auch wenn die Sonne schien, hatte sie den Regenmantel an. Ich schrieb Notizen auf den Rand der Tischplatte: *Gelber Regenmantel, Sonne.* Oder: *Gelber Regenmantel, Unwetter im Anzug, die Fernsehantenne abgenommen.*

Am Sonntag nachmittag, als ich dastand und Unterhosen im Handwaschbecken auswusch, erblickte ich sie durch das beschlagene Badezimmerfenster. Ein undeutlicher Fleck, der über dem Wasser schwebte. Ohne Hund. Ich ließ meinen Blick eine Weile auf ihr ruhen, folgte ihrem langsamen Gang dem Flußbett entlang, hielt nach dem Hund Ausschau, aber er war nicht zu sehen. Ich ahnte, daß sie kommen und klopfen würde, also zog ich die dünne Gardine vor und wartete. Und sie kam, klopfte, drei leichte Schläge an die Tür. Dann wurde es still.

Eine Weile später, als ich hinausging, um das Gas für den Herd aufzudrehen, stand sie immer noch vor der Tür und wartete. Ihre weißen Wangen leuchteten gegen das Gelb. »Warum hast du nicht aufgemacht? Du warst doch zu Hause«, sagte sie mir direkt ins Gesicht. Was sollte ich darauf antworten? Ich antwortete nicht. »Hast du meinen Hund gesehen? Er ist gestern weggelaufen. Ich habe ihn am Fluß ausgeführt, und dann ist er verschwunden«, fuhr sie fort. Ich drehte am Wasserhahn und schüttelte den Kopf, hängte die Unterwäsche nachlässig an die Leine unter dem Fenster. Nein, kein Hund, sagte ich. Aber sie blieb an der Tür stehen, einen Zettel in der Hand, hatte den Köter gezeichnet, eine sehr präzise Skizze. *Gelber Retriever*, stand da, *Campingplatz, ruf 070 – 9 61 11 66 an,* und, mit kleineren Buchstaben: *frag nach Charlie.*

Es war eine schöne Zeichnung. Sie zeichnete besser als sie schrieb. »Bist du es oder der Hund, der Charlie heißt?« fragte ich. Sie zögerte, als müßte sie nachdenken. »Ich«, antwortete sie schließlich, »ich heiße Charlie.« Sie versuchte, an mir vorbei in den dunklen Wagen zu spähen, aber ich zog die Tür hinter mir zu. Hatte seit mehreren Tage nicht abgespült, und es begann auf der Spüle in der Kochnische gefährlich zu wanken. »Ich rufe an, wenn ich ihn sehe«, log ich, um sie zum Gehen zu bringen.

Ich weiß nicht, wie sie es schaffte, hineinzukommen. Es muß ihr Blick gewesen sein, flackernd und doch hartnäkkig. Plötzlich saß sie im Wohnwagen auf der Schlafpritsche und zeichnete neue Skizzen aus anderen Perspektiven. Der Retriever sitzend, liegend, stehend im Profil mit steifen Beinen. Als sie nach einer Weile diesen kindischen Regenhut abnahm, sah ich, daß sie ein Junge war. Etwas älter, als ich zunächst geglaubt hatte. Zwölf, dreizehn vielleicht, ich bin nicht gut darin, das Alter von Kindern zu schätzen, weiß nicht richtig, worauf man achten muß. Ich lud ihn zu alter Schokolade ein, es war das einzige, was ich hatte, roch nach Parfüm und hatte einen weißen Belag, nachdem sie mehrere Sommer lang vergessen in irgendeiner Schublade gelegen hatte.

Der Junge zog seine Gummistiefel aus. Draußen war die Sonne zwischen den Blättern hervorgekrochen, und der Himmel begann blau zu werden. Er wischte mit den Fingerspitzen den Belag von der Schokolade, aß nur, wenn ich zu ihm hinschaute. Seine Hände waren hell und glatt, die Nägel heruntergekaut wie meine. Ich versteckte sie nicht, wie ich es normalerweise tue, und er schaute erst meine Hände an und dann seine eigenen, als würde er vergleichen, wer von uns schlimmer kaute. Ich versuchte, freundlich auszusehen, aber das war vielleicht unnötig, weil er überhaupt keine Angst zu haben schien. Seine Augen waren dunkelblau und klar, wie der Fluß einmal gewesen sein muß, bevor er trübe und braun wurde. Er setzte Dylans Schaukelstange mit dem Finger durch das Käfiggitter in Bewegung. Vor und zurück schaukelte die Stange ohne Vogel. Warum ich einen leeren Käfig mit Wasser und Körnern auf dem Küchentisch hatte, fragte er nicht.

Ich versuchte nicht, so zu tun, als wäre Dylan noch am Leben. Das tat ich wirklich nicht, ich wollte einfach nur den Käfig parat haben. Im Autoradio hatten sie gesagt, daß man gewisse wilde Vogelarten dazu bringen kann, sich in einem Käfig wohl zu fühlen. Stare, Raben, man konnte sie dazu bringen, zahme Eigenschaften zu entwickeln. Ich wollte den Versuch machen, einen zu fangen, oder vielleicht zwei, am liebsten junge, und sehen, ob es stimmte.

Charlie saß so lange auf der Schlafpritsche, daß ich mich beinahe daran zu gewöhnen begann, daß er da war. Dafür, daß er unterwegs war, um einen entlaufenen Hund zu suchen, hatte er ungewöhnlich viel Zeit zum Sitzen und Schauen, während ich Eier und Kartoffeln auf dem Propangas-Herd zubereitete. Er fragte, warum ich am lehmigen Fluß wohnte und nicht auf dem Campingplatz. Fragte, ob ich allein lebte. Ich weiß nicht, warum ich sagte, daß ich eine Frau in der Stadt hatte, wollte vielleicht ungefährlich klingen. Dann schmückte ich die Lüge ein wenig aus, indem ich sagte, daß ich Urlaub machte, um zu angeln und eine Weile meine Ruhe zu haben. Seltsamerweise wußte der Junge viel übers Angeln und stellte eine Menge sonderbarer Fragen über Themen wie Ausrüstung und Fischarten, von denen ich keine Ahnung hatte. Aber dann, als hätte er es plötzlich schrecklich eilig, stand er unvermittelt auf und ging. Die Zeichnungen lagen noch über den Tisch verstreut. Die ganze Zeit, während er sprach, war der Stift in seiner Hand übers Papier gefahren.

Am nächsten Morgen erwachte ich in der Dämmerung davon, daß es unter dem Fenster klapperte. Ich versuchte hinauszuschauen, aber der Platz, von dem das Geräusch kam, lag in einem toten Winkel. Sicherheitshalber nahm ich das Schälmesser in die eine Hand. Es gab kilometerweit kein einziges Haus, und sie hatten im Radio gemeldet, daß Wohnwagen in der Nähe großer Straßen ausgeraubt worden waren. Aber es war nur der gelbe Retriever, der da draußen stand und in einem Eimer mit Abfall wühlte, den ich am Abend zuvor vergessen hatte, im Wald oben zu leeren. Er lief einige Meter weit weg, als ich mich zeigte, aber sein Hunger schien größer zu sein als seine Angst, und er kreiste einige Runden am Ufer, in der Erwartung, etwas zugeworfen zu bekommen.

Es war noch zu früh zum Anrufen. Ich wartete ein paar Stunden, während der Hund im Wohnwagen heimisch wurde. Er fraß mit nervösem Hunger kalte Erbsensuppe mit Brotstücken. Schließlich tippte ich Charlies Nummer ins Handy. Schon nach dem ersten Klingelton antwortete ein Mann. Als ich nach dem Jungen fragte, wurde es lange still im Hörer. Dann sagte er mit schleppender Stimme, daß er nicht wüßte, wo Charlie sei, und dann wurde das Gespräch unterbrochen. Ich wartete bis nach dem Mittagessen, bevor ich wieder anrief. Dieselbe Stille, aber länger dieses Mal, schließlich eine Frauenstimme, die fragte, woher ich die Nummer hätte. Ich erzählte von dem Jungen und von dem gelben Retriever, der unaufhörlich seinen eigenen Schwanz ungeschickt im Kreis über den Fußboden jagte. Charlie sei unterwegs, sagte die Frau, irgendwo unterwegs, sie wisse nicht wo. Und der Hund? Den könne ich behalten, wenn ich wolle. Sie legte auf, bevor ich sagen konnte, nein, ich wolle keinen Hund, sie sollten gefälligst kommen und ihn abholen ... Der Junge hing schließlich an ihm, sie konnten ihn doch nicht einfach weggeben. Und außerdem würde ich bald aufbrechen, was sollte ich denn mit einem Hund anfangen? Aber als ich noch einmal anrief, antwortete niemand.

Es begann dunkel zu werden. Ich glaubte, daß das Bürschchen zwischen den Bäumen herbeigeschlendert kommen, über den schmalen Steg balancieren und klopfen und nach seinem Hund fragen würde, aber ich sah den ganzen Tag keinen einzigen Menschen. Ich saß am Fenster, bis der letzte Lichtschimmer über dem Wasser hinabgesunken war, dann schaltete ich den Fernseher ein, und da erhob sich der Hund von seinem Platz neben der Spüle und rollte sich vor meinen Füßen zusammen wie ein freiwilliges Fußkissen. Es gefiel ihm fernzusehen, das merkte man. Genau wie Vicky, damals, als wir sie hatten. Sie verpaßte nie einen Film, den Ingrid und ich uns ansahen. Das war total komisch.

Ich schaute mir geistesabwesend die Spätnachrichten an. Der Regen prasselte so laut auf das Plastikdach, daß ich die Lautstärke hochdrehen mußte. Das Tief würde anhalten, sagten sie. Mir machte das nichts, lieber Regen als zuviel Sonne. Aber ich dachte an Charlie. Er war doch wohl nicht so dumm, daß er im Regen und im Stockdunkeln draußen war und suchte. Dann müßte er achtgeben, um nicht ins Wasser zu fallen. Der Grund war morastig und die Uferränder glitschig. Es half einem ja nichts, daß man schwimmen konnte, wenn man nicht aus dem Fluß herauskam. Vielleicht glaubte er, daß dem Hund genau das passiert war.

Ich schlief vor dem Fernseher ein und wachte am Morgen steif auf, den Köter neben mir. Er schnarchte wie ein kleines Kind, und ich schlich mich hinaus aufs Klo, um ihn nicht zu wecken. Es war ganz okay mit ein wenig Gesellschaft, aber trotzdem angenehmer, wenn er schlief. Diese ewigen Saltos, die er machte, um seinen eigenen Schwanz zu fangen ... Eine kurze Zeit war das lustig, aber dann machte es einen nervös. Dylan war genauso gewesen, er brachte mich dazu, lächerliche Umwege im Zimmer zu machen, um ihn nicht zu stören. Gut, daß einen keiner sah. Keiner hätte jemals begriffen, daß Dylan einem den Tag kaputtzwitschern konnte, wenn er nur dazu aufgelegt war. Denselben Melodiefetzen hundertmillionenmal trillern, bis man Lust bekam, ihm den Hals umzudrehen.

Der nächste Vogel, den ich mir anschaffen würde, wäre wild. Es gab einen kleinen Schwarm Drosseln bei den Lärchen oben im Wald. Aber ich hatte keine Ahnung, wie man sie einfing. Darüber erzählten sie nie etwas in diesem Naturprogramm. Mit einem Netz vielleicht, oder mit einer Falle? Vögel erschrickt man ja so leicht zu Tode, vielleicht muß man sie vorsichtig aus dem Nest nehmen, sobald sie flügge sind. Nach einem Hund konnte ich mich tatsächlich immer noch sehnen. Die Tage waren so lang, seit ich aufgehört hatte zu arbeiten und nur zu Hause herumlief und den Boden abnutzte. Aber seit Vicky hatte ich keinen gehabt, sie war der letzte gewesen. Wenn keiner käme und diesen Köter hier abholte, dachte ich, dann würde ich ihn vielleicht doch behalten.

Während ich auf der Toilette saß und auf der Zahnbürste herumkaute, starrte ich durch das Badezimmerfenster nach draußen. Kein gelber Fleck, keine Bewegung an dem ins Licht getauchten Flußbett. Das Wasser lag still da und verriet nichts. Ich hatte vorgehabt, loszufahren und einzukaufen, denn der Kühlschrank war leer, und ich müßte ja wenigstens etwas Futter für den Hund haben. Aber was, wenn Charlie auftauchte, während ich weg war? Wenn er seinen Hund in dem leeren, verschlossenen Wagen bellen hörte ... Vielleicht würde er auf die Idee kommen, daß ich ihn gefangenhielt. Man wußte bei Kindern nie, wie sie dachten, und dieser Bursche schien ja recht aufgeweckt zu sein, genau der Typ, der sich alles mögliche ausmalen konnte.

Ich stellte den Warmwasserbereiter für die Dusche an und wärmte den Kaffee vom Vortag auf. Dann befestigte ich seine Zeichnungen mit Klebstreifen an der Wand. Außer der Uhr, die stehengeblieben war, gab es da ja nichts zum Anschauen. Es waren keine schlechten Zeichnungen, ein wenig dünn, aber sehr genau. Vielleicht war der Hund sein einziges Motiv. Er schien seinen Körper und seine Bewegungen in- und auswendig zu kennen.

Jetzt, wo der Junge nicht mehr auftauchte, war es komischerweise noch stiller im Wohnwagen geworden als vorher, als ich die ganze Zeit allein gewesen war. Man hatte gut mit ihm reden können. Schnell und viel. So als dürfte er zu Hause nicht reden und müßte die Gelegenheit nutzen.

Als ich unter den Duschstrahl stieg und die Augen schloß, sah ich plötzlich den gelben Regenmantel stromabwärts am Steg vorbeitreiben. Das Bild überrumpelte mich. So unangenehm klar glitt es unter den Augenlidern vorüber, daß ich die Augen aufsperren und mit dem heißen Wasser ausspülen mußte. Ich zog mir Hemd, Jeans und Gummistiefel an und ging hinaus. Wanderte lange herum, am Fluß entlang, stromaufwärts, stromabwärts. Der Hund trottete geduldig an meiner Seite, als habe er akzeptiert, daß er nun zu mir gehörte.

Ich suchte nach umhertreibenden Gegenständen. Konnte den Blick nicht vom Flußwasser nehmen. Suchte mit den Augen die träge braune Fläche ab. Eine Stiefelsohle, Zeichenpapier, irgend etwas, das ihm gehören konnte. Als es schließlich dunkel zu werden begann, mußte ich Schluß machen. Ich lockte den Hund mit einigen Speckscheiben ins Auto. Er war hungrig und sprang freiwillig hinein, als ich sie auf den Boden vor dem Rücksitz legte.

Es war weiter, als ich gedacht hatte, obwohl ich das Auto hatte. Charlie muß einen ganzen Vormittag für den Weg gebraucht haben, auch wenn er durch den Wald abkürzte. Vom Campingplatz hinunter zum Fluß und dann wieder zum Campingplatz zurück, jeden Tag. Er hatte zwar Sommerferien, aber ein Junge sollte trotzdem einen anderen Zeitvertreib haben als den ganzen Tag allein durch das Gestrüpp eines Waldes zu wandern.

Der Hund führte mich zu einem weißen Wohnwagen in der Ecke des großen Platzes. Er sah Ingrids und meinem ersten Cabby ähnlich. So einen hatten wir, als Jens klein war. Die Fenster verdeckt von blauen Gardinen, ein grober Stoff, der nicht viel Licht hereinlassen konnte. Die Tür wurde fast sofort geöffnet, so als habe die Frau da drinnen gestanden und nichts anderes getan als gewartet. Sie starrte den Hund des Jungen an wie ein Gespenst. »Wo ist er?« flüsterte sie und scheuchte den Hund weg, der gegen ihr Bein sprang und mit dem Schwanz wedelte. »Habt ihr ihn gefunden? Wo?!« Hinter ihr tauchte ein halb angezogener Mann mit müden Augen auf und legte die Hände auf ihre Schultern, wie um sie aufzufangen, falls sie fiele. »Habt ihr Charlie gefunden?« wiederholte er. »Bist du einer von der Suchtruppe?« Der Mann versuchte, die Leine des Hundes einzufangen, aber der riß sich los, lief zwischen den Wagen davon und verschwand.

Sie gingen in dieser Nacht mit langen Menschenketten durch den lichten, aber unwegsamen Wald. Als es hell geworden war, suchten sie im Fluß mit der Schleppangel nach dem Jungen, von meinem Wohnwagen aus in beide Richtungen. Charlie war nicht da, das sagte ich ihnen. Ich war ja selbst einen ganzen Tag unterwegs gewesen und hatte nach ihm gesucht. Wäre er dagewesen, hätte sein Hund ihn gefunden. Da kehrten sie meinen Wohnwagen von außen nach innen um, durchsuchten jeden Winkel mit zwei Polizeischäferhunden, obwohl ich ruhig und geordnet Bericht darüber erstattet hatte, *wann* der Junge dagewesen war, *wo* exakt auf der Pritsche er gesessen hatte, *wie* er angezogen war, *was* wir geredet hatten, während er dasaß und seine Bilder zeichnete. Über die Schokolade, die ich ihm angeboten hatte, sagte ich nichts. Es klang nicht gut, das mit der Schokolade, soviel begriff ich. Sie nahmen Charlies Zeichnungen mit, obwohl ich darum bat, sie behalten zu dürfen. Sie waren ja eine Art Geschenk von ihm an mich gewesen. Ich hatte sie über dem Eßtisch aufgehängt und jedesmal, wenn ich da saß und aß, schaute ich sie an, mochte sie irgendwie. Aber ich wagte nicht, wegen der Zeichnungen Streit anzufangen, wollte nicht wirken, als wäre ich auf sie fixiert. Es waren ja nur ein paar dünne, kindliche Bilder. Vielleicht würde ich sie zurückbekommen, wenn alles vorbei war.

Sie verhörten mich, bis ich anfing, Dinge durcheinanderzubringen. Von der Schokolade sagte ich immer noch nichts. Man kann ja einfach versehentlich versäumen, gewisse Dinge im Gedächtnis abzuspeichern. Eins ums andere Mal wiederholte ich, daß ich ja schließlich zu Charlies Familie gefahren sei und den Hund dort abgeliefert hätte. Und so dumm sei wohl niemand, sagte ich, daß er freiwillig zur Familie des Jungen fahren und sich zeigen würde, wenn er ihm etwas angetan hätte. Die zwei jungen Polizisten sahen mich über die schmutzige Tischplatte hinweg an, drehten und wendeten seine Zeichnungen. »Es kommt allerdings vor«, meinte der eine von ihnen, »wenn jemand gestehen *will*, es aber nicht kann, nicht den Mut dazu hat. Statt dessen sieht er zu, daß er überführt wird, damit die Schuldgefühle ihn nicht ersticken.«

Und der andere musterte mich mit leidenschaftslosem Blick. Wie viele verschwundene Kinder und Jugendliche gingen auf einen Sommer? Solche, die nach ein paar Tagen auftauchten, in dem sicheren Bewußtsein, daß ihre Eltern vor Angst beinah um den Verstand gekommen waren? »Ich habe selbst Kinder«, sagte ich. »Ach ...« Er drehte den Kopf, um zu lesen, was ich mit Bleistift auf die Tischplatte gekritzelt hatte. »Ja. Ich bin kein Kauz, der hier sitzt und darauf wartet, daß ein einsamer Junge vorbeikommt ...« »Mhmm«, antwortete er. »Ich habe drei Kinder zu Hause ... und Ingrid, meine Frau. Ich komme ganz einfach manchmal hierher, um ein wenig in Ruhe zu angeln«, fuhr ich fort. »Ja. Das ist nicht verboten«, sagte er. Ich nahm das Foto von Ingrid aus dem Geldbeutel. Es stammte aus dem Herbst, in dem wir uns trennten, war an Jens vierzehntem Geburtstag aufgenommen und inzwischen sechzehn Jahre alt, aber ich hatte kein neueres. Er warf einen flüchtigen Blick darauf. »Jung«, sagte er nur und legte Charlies Zeichnungen in eine Mappe, bat mich um meine Adresse und meinen Ausweis. Ich gab ihm Ingrids Adresse, bereute es beinahe sofort, wagte aber nicht, meine Meinung zu ändern. Links von Ingrid auf dem Bild schaute Jens' nackte Schulter hervor. Die Schulter mit der Tätowierung, die Kristian ihm gemacht hatte, mit irgendeinem Messer, das er mal aufgetrieben hatte. »Ja, du meine Güte«, murmelte ich, »Kinder ... sobald man nicht bei ihnen ist, stellen sie was an.« Ich betrachtete Ingrids Gesicht. *Was verstehst du schon davon, Jack?* schien sie zu fragen. *Was weißt du schon?* Ich sagte zu den Polizisten, daß ich informiert werden wollte, wenn sie ihn finden würden. Bat sie, von sich hören zu lassen, damit ich mich nicht länger als nötig beunruhigte. Aber sie standen auf, ohne mich anzusehen. Schienen nichts darüber in ihre Papiere zu notieren.

Noch vor kurzem hatte dieser Charlie in meinem Bewußtsein nicht existiert. Jetzt konnte ich nicht mal mehr ein Ei kochen oder aufs Klo gehen, ohne an ihn zu denken. Ich war im Begriff, ganz empfindlich und seltsam zu werden. Mußte mit jemandem sprechen. Ingrids Stimme ... dachte ich. Sie hatte mich ja früher immer beruhigen können, und noch immer, wenn etwas schiefgegangen war, kam es vor, daß ich sie anrief. Aber als ich endlich Mut gefaßt hatte und ihre Nummer wählte, antwortete Kristian. Er begriff zuerst nicht einmal, daß ich es war, so als hätte Ingrid massenhaft Männer, die sie spät am Abend anriefen. Der beruhigende Effekt blieb völlig aus. Ingrid war auf der anderen Seite der Erdkugel, erzählte Kristian, und dann fing er sofort an, über Kaj zu sprechen. Charlie ... Kaj ... alles verschmolz miteinander, und irgendwie gelang es mir, das Gespräch zu beenden, doch danach, als ich hinausging und mir ein Bier holte, das zum Kühlen in einem Eimer mit Flußwasser lag, konnte ich mich nicht mehr daran erinnern, was ich gesagt hatte.

Zwei Tage später durchsuchten sie den Fluß wieder, nach Hinweisen eines Orientierungsläufers, der glaubte, etwas gesehen zu haben. Sie zogen Charlies Hund heraus. Der Pelz war braun vom Schlick, es war zuerst nicht möglich, ihn zu erkennen. Man sah sogar kaum, was es war, das sie da hochkurbelten. Die Familie kam und identifizierte ihn, nachdem man ihn gewaschen, seine Augen geschlossen und ihn auf eine blaue Plastikplane gelegt hatte. Er hatte keine sichtbaren Verletzungen, war an Sauerstoffmangel gestorben, die Hundelungen waren voll mit Wasser. Ich stand ein Stück weiter weg und sah zu. Es war schade um den feinen Hund, der Junge würde traurig sein, wenn er es erfahren würde.

Ich wartete auf die Nachricht, daß sie Charlie gefunden hätten, aber niemand meldete sich bei mir. Es kam auch keiner, um mir weitere Fragen zu stellen, obwohl mir mehr und mehr Antworten und Details einfielen. Schließlich begriff ich, daß ich wegmußte. Ich konnte nicht jeden Morgen an diesem Tisch sitzen und zu der Stelle hinüberstarren, wo sie seinen Hund aus dem Schlamm hochgezogen hatten. Nicht, wenn ich eine Aussicht haben wollte, die beiden jemals wieder aus meinem Schädel zu bekommen.

Bevor ich abfuhr, legte ich meine Handynummer in einer Plastiktüte unter einen Stein, wo mein Wohnwagen gestanden hatte. Wenn Charlie zurückkäme, wollte ich das wissen. Ich wollte ihm sagen, daß der Hund schmerzfrei gestorben war, daß er friedlich ausgesehen hatte, bevor sie ihn in blaues Plastik einwickelten und forttrugen. Ruf mich an, schrieb ich unter die Telefonnummer und zeichnete ein kleines stümperhaftes Selbstporträt, weil ich nicht einmal wußte, ob ich ihm meinen Namen gesagt hatte, aber das mit den Zeichnungen war jedenfalls eine Sprache, die er verstand. Vielleicht, dachte ich, war er schon wieder bei seinen Eltern. Ich müßte es mir auf jeden Fall einzureden versuchen. Daß er auf dem Campingplatz im Kreis fuhr, mit dem Fahrrad, das ich neben ihrem Wohnwagen im Gras hatte liegen sehen, nachlässig hingeworfen von jemandem, der es eilig hatte, in den Sommer hinauszukommen.

Ich fuhr einfach drauflos. Holte die Reservezigaretten aus dem Handschuhfach. Sie lagen dort und warteten auf eine Situation wie diese, in der es unmöglich war, die Gedanken zusammenzuhalten, wenn man keine rauchen konnte. Mitten auf einer trostlos langen Geradeausstrecke kam ich plötzlich auf die Idee, zu Kristian und Kaj zu fahren, auch wenn Ingrid nicht zu Hause war. Ich hatte sie zwar seit Ewigkeiten nicht gesehen, aber wenn wir von Ingrids kritischen Augen in Ruhe gelassen wurden, ging es vielleicht sogar leichter. Drei erwachsene Menschen unter sich. Es müßte gehen. Kristian war ja da, Kristian war nie kompliziert, nie schwierig gewesen. Er hatte nie irgendeinen Groll gegen mich gehegt, im Gegensatz zu Jens. Ich hielt am Straßenrand und faltete die Karte auf. Hatte keine Ahnung mehr, wo ich war.

(Der Hundejunge)

Kristian

»Der Hundejunge ist abgehauen«, sagt Kaj, als würde sie von jemandem sprechen, den wir kennen. Ich sehe ein kläffendes, geducktes Wesen vor mir, halb Mensch, halb Schäferhund, das auf einer Müllhalde nach Essensresten wühlt. Kaj sitzt auf der Toilette, die Tür halb offen, über die Zeitung gebeugt, und liest laut vor. »Der Hundejunge ... sie fanden ihn im Frühjahr in einer Hafenstadt in Chile. Er lebte mit einem Rudel von Wildhunden und ernährte sich, indem er die Milch einer trächtigen Hündin trank. Obwohl er aggressiv und scheu war, gelang es schließlich, ihn einzufangen und in ein Kinderheim zu bringen. Dort kroch er auf allen vieren, urinierte auf den Boden und knurrte. Es kam eine wahre Briefflut an von Leuten, die sich seiner annehmen wollten. Die ihn zu dem Ihren machen wollten. Zuletzt brach er aus und ist immer noch spurlos verschwunden.«

Wenn Kajs Mutter sie im Wald ausgesetzt hätte, anstatt zu uns zu kommen, wäre aus ihr vielleicht auch ein Tierkind geworden. Wir hätten in den Nachrichten von ihr hören können, das Marderjunge, das Dachskind, Berichte darüber, wie man sie in der Nähe der Siedlung hatte umherstreifen sehen. »Ich frage mich, wo er jetzt ist«, sagt Kaj und dreht das Badewasser auf. »Glaubst du, daß er zurück zu seinem Rudel gefunden hat? Sie haben ihn vielleicht totgebissen, weil er nach Mensch roch!« Es zieht mir nun im Nacken, nachdem das im Becken passiert ist. Sie hat unter Wasser etwas in mir verrenkt, die ganze Nacht habe ich schlecht geschlafen. Unsere Zeit beginnt zu verrinnen, und sie spürt, wie es an beiden Enden rinnt. Wenn Jens heimkommt, muß ich von hier weg, und Kaj glaubt immer noch, daß es mit ihr zu tun hat. Das wird sie immer glauben müssen, denn ich werde ihr niemals von Lisette und mir erzählen können.

Zuerst begriff ich nicht, daß er es war. Ich hatte seine Stimme so lang nicht mehr gehört, wußte nicht, daß Mama und er überhaupt noch miteinander sprachen. Er klang, als habe er sich gestärkt, bevor er anrief, faselte unkonzentriert, bekam die Sätze nicht richtig zusammen. Ein kurzes Gespräch, das vorbei war, bevor es überhaupt angefangen hatte. Und jetzt, eine Woche später, während eines überraschenden Wolkenbruchs, ruft er noch einmal an und sagt, daß er kommt. Es klingt, als würde er auf dem Handy von irgendeiner Autobahn aus anrufen, der Motor brummt, er versucht so zu klingen, als hätten wir es ausgemacht. Daß er hierherkommt? Ich höre meine Stimme, als würde ich neben mir stehen. Fast bittend, eine Spur unterwürfig. »Eigentlich ... Kaj und ich wollten eigentlich ... ja, klar«, sage ich. Papa ist schon auf halbem Weg. Es ist zu spät, um zu sagen, daß Kaj einen schlechten Tag hat.

Sie liegt in ihrem Kimono auf dem Bett, ein schweres Buch über Insekten auf die Oberschenkel gestützt. »Hör mal«, sagt sie und buchstabiert sich durch einen komplizierten Absatz über die Paarungsrituale der Hausfliegen, raffinierter als man glauben würde, wenn man gesehen hat, wie sie sich auf dem Küchentisch aneinander reiben. Während sie im Buch die Seiten überfliegt, laust sie gleichzeitig das Eichhörnchen. Es hat Ungeziefer, obwohl es tot ist, behauptet sie. Es hat eine Miene, wie nur ausgestopfte Tiere sie haben können. Wie mitten im Sprung überrascht. Und etwas Menschliches, die Züge des Präparators vielleicht. Kaj hat die schwarzen Glasknöpfe abgestaubt, Augen, die wie feucht aussehen und mich ruhig betrachten. Ich muß die Augen von dem hypnotisierenden Blick reißen. »Papa hat angerufen«, sage ich, und Kaj fährt fort im Pelz zu klauben, ohne aufzublicken. »Papa …« beginne ich. »Ja? Hat er nach mir gefragt? Nein? Na bitte!« schneidet sie mir das Wort ab.

Vielleicht sollte ich die beiden einfach alleine lassen und zusehen, was passiert? Sie ist seine Tochter, er muß sie wohl lieben, wie sie ist – oder gar nicht. Warum glattstreichen, zurechtrücken, so tun, als ob? Wenn er sie nicht so akzeptiert, wie sie ist, dann muß er dafür geradestehen. Es tut sicher auch in ihm weh, genauso wie in ihr. Kaj schließt das Fenster in der Küche und breitet die Fliegen auf dem Tisch aus, bis sie die ganze Platte bedecken. »Papa kommt gleich«, warne ich. Aber sie reagiert nicht. Die Fliegen rascheln, riechen nach altem trockenen Gummi. »Er kann jeden Augenblick kommen, Kaj.« Aber sie pusselt nur weiter und zählt mit langsamen Fingern, stochert in ihnen herum, als würde sie nach Leben suchen. »Zum Teufel, Kaj, nimm die Scheiße weg!« bitte ich. Sie schüttelt den Kopf. Nein. Sie hat sie für ihn gesammelt.

Papa steigt auf diese schlackernde Art aus dem Auto, die ihn Jens ähnlich sehen läßt. Als hätte keiner von den beiden sich an seine Länge gewöhnt. Als wäre ihnen unwohl damit, einen Kopf größer zu sein als alle anderen. Er bleibt neben dem Auto stehen und blickt mit zusammengekniffenen Augen hoch in Richtung Haus, wartet vielleicht darauf, daß wir ihm entgegenkommen. Aber Kaj setzt sich Kopfhörer auf und sinkt ins Sofa, starrt gegen die Wand. Janis Joplin wimmert im Lautsprecher, winselt wie eine Irre, und Papa erblickt mich über den Hof hinweg und hebt den Kopf zu einem Gruß. Er hat den Wohnwagen dabei, seinen und Mamas alten Polar. Tritt die Zigarette unterm Absatz aus und geht langsam über den verwilderten Rasen zum Haus hoch.

Das Hemd geht Ton in Ton mit dem Sofabezug. Der Kopf schwebt gewissermaßen darüber. Frei. Einsam. Das gelockte Haar graublond und zurückgestrichen. Er sieht aus, als hätte er einen Kloß im Hals, lächelt zum Fenster hin, als würde da draußen jemand stehen. »Das war nicht gestern«, sagt er. Hebt das Wasserglas, senkt es wieder. »Wie, nicht gestern?« fragt Kaj. »... ja, daß man hier war.« Kaj steht auf und geht hinüber zum Plattenspieler, wischt mit dem Zeigefinger eine dicke Staubschicht weg. Fährt fort, ihn über die Böden des Bücherregals zu ziehen, als habe sie vor, das ganze Zimmer mit einem einzigen Finger abzustauben. Papa schielt auf meinen abgeschälten Kopf, verdammt häßlich, man kann sehen, daß er das denkt, aber es ist wohl nicht Aufgabe eines Vaters, sich in das Aussehen seines Sohnes einzumischen, also beschließt er, es runterzuschlucken. »Also, Mensch, Kaj, hast du nichts anderes?« Er hebt das Leitungswasserglas in ihre Richtung, aber sie bewegt sich nicht, kreiselt einige Umdrehungen auf dem Plattenteller. Hätte sie bestimmen dürfen, dann hätten wir ihm nicht einmal ein Glas Wasser angeboten. Fliegen kann er kriegen. Einen ganzen Tisch voll. Die Fliegen sind für ihn, eine für jedes verdammte Mal, das er nicht angerufen hat.

Papa ist in die Irre gegangen. Das hat Mama erzählt. Er ist in die Irre gegangen, und dann wollte er nicht mehr nach Hause finden. Als er wegzog, brach der Kontakt langsam ab. Wir leisteten keinen Widerstand, wir hielten ihn nicht fest, und vielleicht macht uns das zu Mithelfern. Ich glaube, daß Mama ihn verlassen hatte, lange bevor er sie verließ. Als er wegging, tat er das, weil er nicht mehr hierhergehörte. Mama hatte ihn schon für Kaj im Stich gelassen. Sie war gezwungen gewesen zu wählen. Es ist immer dunkel da, wo Jack ist, sagt Mama oft. Als wäre das sein Fehler. Wenn er die Augen öffnen würde, würde es vielleicht ein wenig heller, sagt sie. Dann würde er sehen, daß er nicht einsam ist auf dieser Welt.

Kaj setzt sich und beginnt, in einer von Mamas schwarzweißen Ärztezeitschriften zu blättern. Jetzt ist der Moment gekommen, in dem Papa sagen müßte: *Wie geht es? Wie ist es mit euch? Tut mir leid, daß ich so lange nichts von mir habe hören lassen.* Statt dessen wird es still, und er sieht durchs Fenster hinaus, und dann sieht er mich an, als würde er sich fragen, wie er jemals auf die Idee kommen konnte, daß das hier gutgehen würde. Ob das hier wirklich notwendig war. Uns alle drei zu quälen. »Ach ja, Florida?« sagt er. Ich nicke. »Ja, es war eine Art Slogan-Wettbewerb. Kaj schickt so was oft ein. Zum Zeitvertreib.« »Und warum bist du dann nicht selbst gefahren?« fragt er Kaj, aber sie sitzt da, über einen Artikel mit neuen interessanten Forschungsergebnissen zum Thema Gebärmuttervorfall gebeugt, und antwortet nicht. »Sie hatte keine Lust«, erkläre ich. Papa streicht mit den Fingern über das Innere des Hemdkragens, bringt die Hose in Ordnung. »Soso«, sagt er, sieht auf die Uhr, als hätte er es eilig, obwohl er gerade erst gekommen ist. »Da hatte Jens ja verdammtes Glück. Aber warum hat er Ingrid mitgenommen? Warum nicht das Mädchen ... wie heißt sie noch mal?« »Li-set-te«, artikuliert Kaj plötzlich wie für einen Idioten. »Ja, Lisette. Warum ist er nicht mit ihr gefahren?« Kaj wirft mir einen kurzen Blick zu und blättert die Seiten mit den anatomischen Bildern durch. »Weil Lisette jetzt mit Kristian zusammen ist«, antwortet sie und tut so, als würde sie weiterlesen.

Der Wohnwagen, in dem wir campten, als wir klein waren, steht auf dem Hof. Er ist lehmig und staubig. Als ich frage, wo er gewesen ist, antwortet er *überall, hier und da.* Er bittet mich hinein und schließt die Tür hinter uns. Da ist der Geruch. Der Geruch von katastrophalen Ferien. Er wohnt jetzt darin. Vorübergehend. »Wenn es längerfristig wird, muß ich mir für hier ein besseres Bett anschaffen«, sagte er heiser und setzt sich, muß den Nacken unter dem Regal mit der Bettwäsche ein wenig beugen. »Der Rücken bricht einem auf diesen Pritschen hier ab. Ich werde ja verdammt noch mal übermorgen fünfzig, Kristian, Herrgott, kannst du das fassen? Obwohl, sie behaupten ...« Er richtet sich auf und lacht, bringt den Satz nicht zu Ende. Als hätte er vergessen, was genau die Frauen über ihn sagen.

»Also, du ...« Papa zieht die die Hose zurecht, streckt seine langen Beine unter dem angeschraubten Tisch aus. »Das war ja Mist, Kristian«, flüstert er, obwohl Jens uns kaum über den Atlantik hinweg hören kann, »weiß dein Bruder das? Ist er deshalb weggefahren?« Ich schüttle den Kopf. Was immer ich jetzt auch sage, es wird wie eine Rechtfertigung klingen. »Ein forsches Mädchen, diese Lisette, was? Jens braucht einen weicheren Typ. Sonst kommt es zum Krieg«, erklärt Papa. Es ist trostlos in dem engen Raum. Dieselben gestreiften Gardinen und Kissen wie vor zwanzig Jahren, dieselben schmalen Pritschen, der batteriebetriebene Fernseher, das Klo so eng, daß sogar Mama im Stehen pinkeln mußte. Papa kennt Lisette nicht. Er hat sie nur ein paarmal gesehen, konnte sich kaum an ihren Namen erinnern, was weiß er also schon? Der Geruch von feuchtem Schaumgummi und Propangas bereitet mir Übelkeit. Wie wir die Campingurlaube in diesem Ding hier haßten. Kaj am meisten von allen. Dieses eingeschlossene Leben. Sie war bei den Auseinandersetzungen immer der zündende Funke.

»Man soll es sich mit Jens nicht verderben, ich wäre vorsichtig an deiner Stelle«, sagt Papa. Aber dann nimmt er die Zigaretten aus der Hemdtasche hervor und bietet sie mir mit einer etwas übertriebenen Geste an, als hätten wir trotzdem, trotz allem, etwas zu feiern. Ich weiß, was er denkt. Endlich ein Mädchen für Kristian. Sicher, es ist das Mädchen des Bruders, aber was soll's ... Hauptsache, daß ... Ich kann mich nicht erinnern, daß er mich einmal so angesehen hat. Direkt. Nicht ausweichend und an mir vorbei, sondern direkt in die Augen.

Was Jens und ich auch anstellten, als wir klein waren, Papa schlug uns nie. Er wartete, bis Jens mir gegeben hatte, was ich aushalten konnte, und dann war es aus der Welt. Erledigt und vergessen. Jens' Strafe war die Angst, die ich vor ihm hatte. Und vielleicht auch eine Angst vor sich selbst, weil er seinem Bruder so leicht weh tun konnte. Als Papa wegzog, verwandelte Jens sich in einen halbwüchsigen Hund, über den Mama völlig die Kontrolle verlor. Sie konnte nicht länger über ihn bestimmen, er bestimmte über sich selbst und über alle anderen auch. Ich erinnere mich, wie sie manchmal Fotos von ihm als Kind hervornahm. Ihm zeigte, wie süß er gewesen war, als er klein war. *Haargenau wie Kristian. Siehst du? Genau wie Kristian, nur ohne Lachgrübchen.* Aber als diese Kleinkinderbilder aufgenommen wurden, war Jens ja noch das Zentrum in Mamas und Papas Universum gewesen. Und irgendwie begriff Mama sicher, wohin dieser kleine weiche Welpe verschwunden war. Daß er sich freigebissen hatte und in den Wald gerannt war, als die Familie wuchs und kaputtging.

Es sieht aus, als hätte Papa sich die Haare getönt, aber es ist vielleicht nur etwas mit dem Licht. Ich weiß nicht einmal mehr, was er für eine Arbeit hat. Zuletzt stand er auf dem Autodeck der Fähre zwischen Trelleborg und Saßnitz, aber das ist schon lange her. Vielleicht fährt er wieder

Taxi, die Nachtschichten, die kein anderer haben will. Das Haar nachlässig zurückgestrichen, ein wenig zu lang für sein Alter, eitel ist er immer gewesen. Er sieht jünger aus als Mama, obwohl er nie so gelebt hat, wie es sich gehört. Ich kann mir nicht vorstellen, daß er noch Frauen in seinem eigenen Alter anschaut, Frauen in Mamas Alter. Er reicht mir ein Bier aus dem Minikühlschrank, und ich führe es zum Mund, ohne zu trinken. Ich kann nicht schlukken. Etwas sitzt im Weg. Kann nicht plaudern. Ich will ja nicht zufällig etwas erzählen, was er schon weiß, oder Sachen als selbstverständlich voraussetzen, von denen er keine Ahnung hat. Aus einem bestimmten Winkel betrachtet ... ähnelt er jemandem, den ich schon aufgehört habe zu kennen.

Papa hat die Liebe gegen den Strich gekämmt. Immer. Um sie von Flöhen und Läusen zu reinigen. Aber bevor er fertig war, hatte sie ihn schon verlassen. Bisher hat niemand seine Prüfungen überstanden. »Laß ihn im Haus schlafen«, bitte ich Kaj, als wir uns auf der Treppe zum oberen Stockwerk begegnen. Sie steht im Halbdunkel da, als wäre sie auf halbem Weg steckengeblieben. Ich stelle mich ihr in den Weg, damit sie sich nicht vorbeidrücken kann. »Nein!« antwortet sie wieder. »Vergiß es, Kristian!« Ich fasse ihr Handgelenk mit hartem Griff. Dieses Mal soll es ihr nicht gelingen, sich loszuwinden. Wer *zum Teufel* glaubt sie eigentlich, daß sie ist? *Er* hat die Treppe gebaut, auf der sie steht. Die Seegrastapete in ihrem Zimmer, die sie mit ihren Fingern kaputtgewetzt hat, die hat *er* für sie ausgesucht. Ewiges Glück ... ewiges Glück wollte er für Mama und sich selbst in dieses Haus hineinbauen. Aber es ging nicht. So verdammt einfach durfte es nicht sein. »Mama würde ausrasten, das kapierst du doch«, faucht Kaj in mein Ohr, ich fühle ihre Zähne an meinem Ohrläppchen, »er kann in diesem Scheißwohnwagen schlafen!

Richte ihm das aus.« Ich halte ihren Arm fest, lasse nicht zu, daß sie sich an mir vorbeischlängelt. »Er bekommt *mein* Zimmer«, sage ich ruhig und blicke fest in ihre hellen Augen, »da hat Mama nichts zu sagen.« »*Dein* Zimmer?« fragt Kaj. »Du lebst hier nicht mehr, Kristian. Hier sind jetzt nur noch Mama und ich. Du und Jack, ihr könnt euch verpissen! Gemeinsam!«

Okay. Wenn sie darum bittet, dann vielleicht. Warum nicht? Vielleicht sollte ich schon heute abend den Zug zurück nehmen? Ruhe. Frieden. Stille, Zeit, die man füllen kann, womit man will, die Nachbarn, die auf der anderen Seite der Wand streiten, bis man sie nicht mehr um ihre Zweisamkeit beneidet. Liebe und Streit. Immer Liebe und Streit. Sogar zwischen Kaj und mir, warum muß es so sein? Weil das Alleinsein das furchterregendste aller schwarzen Löcher im Universum ist, in das man keinesfalls hineingesaugt werden will? Aber allein sein und trotzdem sich selbst genug, gibt es das nicht?

Kaj kann spüren, wie das Wasser durch sie hindurchfließt, sagt sie. Sie öffnet den Mund, wenn sie taucht, und läßt das Wasser direkt durch sich hindurchfließen, zwischen den Beinen hinaus in einem einzigen Atemzug. Als wäre sie hohl. Rein. Genauso macht sie es mit Menschen, die sie nicht erträgt. Läßt sie durch sich hindurchgehen, einfach geradewegs hindurch. Ohne Gegenwehr. Es ist die Gegenwehr, die weh tut.

»Dieser Ort hier erlaubt nicht, daß man sich verändert«, sagt Papa, als wir viel zu lange schweigend dagesessen haben. Als hätte sein Irrlichtern von einem Ort zum anderen ihn auch nur ansatzweise verändert. »Das weißt du, oder, Kristian? Das fühlst du, wenn du hierherkommst, oder?« Ich habe eine zusätzliche Decke für ihn hinausgetragen, und er versucht, so zu tun, als hätte er nicht erwartet, im Haus schlafen zu dürfen. Dieser Ort gehört ihm nicht länger, das Haus, das er von innen nach außen renoviert hat, in das er seine ganze unruhige Seele gelegt hat. »Erinnerst du dich an die Urlaube, die wir in diesem Wagen hier gemacht haben?« macht er einen Versuch mit weicher, sentimentaler Stimme. Ich schüttle schnell den Kopf, will nicht anfangen, über Erinnerungen zu reden. Damit kommt man nirgendwohin. »Wie zum Teufel kannst du so schnell vergessen, Kristian? Du bist doch noch so jung«, sagt er enttäuscht.

Mama muß gewußt haben, daß Papa sie betrog, noch bevor Kaj ihr wie ein fremder Vogel ins Nest getragen wurde. Vielleicht hätte sie sich von diesem Traum von einer Tochter verabschieden müssen, denn schließlich wurde ja nichts leichter, als Kaj kam. Aber nichts davon ist Kajs Fehler. Man kann nicht einfach wünschen, daß sie verschwindet. Sie hat eben zufälligerweise große struppige Flügel, die überall hängenbleiben. Nur in den kurzen Momenten, in denen sie sie frei bewegen kann, ist sie glücklich. Kaj hat es nie jemandem leichtgemacht, sie zu lieben. Als sie klein war, stellte sie unsere Liebe in jeder Sekunde auf die Probe. Sie weinte um Aufmerksamkeit. Ihre Tränen waren größer als Fischaugen und fielen, sobald jemand sie anblickte oder nicht anblickte. Am lautesten schrie sie, wenn Papa sich um sie kümmern sollte. Als würde sie ihn dafür anklagen, daß es sie überhaupt gab.

»Ich habe jemanden kennengelernt«, beginnt Papa nach erneutem Schweigen. Und er klingt so ernst, so tastend, daß ich Zeit habe zu denken – Kajs Mutter? Wird er jetzt erzählen? Ist es jetzt soweit? Aber dann wendet er den Bissen im Mund und fährt fort: »Einen Jungen ...« Er hat Knäckebrot und Kaviar hervorgeholt und kaut zwischen den Worten. »Es ist schwer zu erklären. Ich glaube, daß er ... in den Fluß gefallen ist, dort wo ich campte. Es gab niemanden, der auf ihn aufpaßte. Sie suchten mit solchen Seilen nach ihm, weißt du, was ich meine?« Papa sieht hinab zu seinen Schuhen. Sie sind lehmig wie der Boden vor der Schlafpritsche, wie der Wohnwagen, wie das Auto. Ich nicke, um ihn nicht zu unterbrechen, aber er schweigt lange. »Was zum Teufel war das jetzt, was da geschehen ist«, flüstert er und fährt sich übers Gesicht, um Leben in die Erinnerung zu reiben, »ja, dieser kleine Kerl da ...«

Mitten im Satz öffnet Kaj die Tür, ohne zu klopfen. »Habt ihr Feuer?« fragt sie und klettert ins Dunkel, eine unangezündete Zigarette in der einen Hand und eine Plastiktüte in der anderen. Sie steckt die Zigarette zwischen die Lippen und kommt näher, schiebt das Kinn in Papas Richtung und spitzt den Mund. Ihre Augen berühren ihn über dem Campingtisch leicht wie Kolibris. Dann öffnet sie die Tüte und leert sie über dem Tisch aus. Breitet die Fliegen mit der Hand aus. Papa starrt auf die Fliegen, auf mich. Das Feuerzeug brennt immer noch in seiner Hand, er starrt auf die Fliegen, als würde er noch nicht begreifen, wo sie herkommen, wie sie hierhergekommen sind. Kaj sieht aus, als versuchte sie, sich über die Augen in sein Gehirn zu bohren, aber es geht nicht, weil er ihren Blick nicht erwidert.

Die Fliegen. Sie hat sie für ihn gesammelt, weil er sie nicht liebt. Nein, er liebt sie nicht. Das hat er nie getan. Aber das hat nichts mit den Fliegen, nichts mit ihr zu tun. Es hat wohl andere Gründe. »Wo zum Kuckuck kommen die her?« fragt Papa und deutet mit dem Feuerzeug darauf. »Die Ernte dieses Sommers«, antwortet Kaj. »Pfui Teufel. Ich hasse Fliegen«, sagt er heiser. »Schade ...« lächelt Kaj und sucht seine Flamme noch einmal mit der Zigarette, obwohl die Spitze schon glüht. Paß auf, Kaj. Du hast vor, ihn wütend zu machen, ihn aus dem Gleichgewicht zu bringen, aber du hast keine Ahnung, was dann passiert. »Verbrenn sie doch«, schlägt sie vor und nickt auf das Feuerzeug und dann auf die schwarze Fliegendecke auf dem Tisch, »die brennen sicher gut.«

»Was will sie?« fragt Papa. Er fragt mich, als gäbe es keinen einzigen Gedanken in Kajs Kopf, zu dem ich keinen Zugang habe. *Was ist mit Kaj los, Kristian? Wie geht es ihr? Was will sie? Was treibt sie?* Ich zucke mit den Schultern. »Das ist ein Experiment«, versuche ich, »... ein Spaß.« »Spaß?!« fragt Kaj. »Findest du, daß das hier *Spaß* ist? Ist das *Spaß*, Kristian?« »Ich finde nichts«, antworte ich. »Nein, Kristian, du findest nichts. Willst nichts, bist nichts!« Da holt Papa mit dem Arm aus. Klatsch. Mit der Rückseite seiner Hand direkt über ihren Mund. Kaj bleibt stehen. Ohne auch nur zu schwanken, mit aufrechtem Rücken, als hätte sie sich ein Korsett umgeschnürt, bevor sie zu uns hereinkam. Er berührte sie. Berührte sie. Also ist sie?

(Zehnter Stock)

Ingrid

Es gab eine Frau irgendwo in diesem Teilstaat, ich habe es heute nacht in den Nachrichten gehört. Sie hatte das Leben satt, sprang aus dem Fenster ihrer Wohnung im zehnten Stock, fiel fünfunddreißig Meter tief und landete auf einem Auto, das unten auf der Straße geparkt war. Sie überlebte mit ein paar wenigen Brüchen in der Hand, das Auto hingegen war kaputt, und der Besitzer forderte vierzigtausend Kronen für den Blechschaden von ihr. Aber die Frau weigerte sich zu bezahlen, weil das Auto falsch geparkt gewesen war. Falsch geparkt …? Ja, sie hatte mehrere Jahre in dieser Wohnung gelebt und wußte, daß auf der Straße unter ihrem Fenster Parken verboten war. Sie hatte damit gerechnet, daß die Straße leer sein würde. Sie hatte damit gerechnet, in einen sicheren Tod zu springen. Aber dieses Auto hatte ihre Pläne zunichte gemacht.

Ich habe Heimweh. Frage mich, wie es Kaj geht, ob alles wie immer sein wird, wenn ich zurückkomme. Zähle die Tage schon rückwärts. Jens ist weg. Fort, verschwunden, hat nichts von sich hören lassen. Ich kann nichts tun als warten, auf dem Balkon sitzen und auf das Meer blicken, diese Ausflüge machen, die ich mit ihm unternehmen wollte. Und manchmal Lisette zu Hause anrufen, wie ich es ihm versprochen habe. Damit sie es nicht satt wird und das Schloß der Wohnungstür auswechselt, bevor er heimkommt. Ist es mein Fehler, daß Jens so geworden ist? Daß er sich immer mit Menschen umgeben muß, die für ihn lügen können? Daß er es nicht erträgt, allein zu sein, und trotzdem die Menschen wegstößt.

(Zurück)

Kaj

Ich komme zurück. Gerade als du glaubst, daß du endlich schlafen darfst. Du siehst mich mit diesem Blick an, den ich aus meiner Kindheit kenne. Angst? Ist es Angst? Hast du *Angst*? Ich lege das Foto auf den Campingtisch. »Wer ist das hier?« frage ich. Ein Säugling, der Kopf schief, der Nacken noch weich und ohne Festigkeit. Jemand hat genau in dem Augenblick, als der Kopf wackelte, den Auslöser gedrückt. Du berührst das Foto nicht. Ich muß es dir in die Hand legen, und da befingerst du es ein wenig unter der Bettlampe, die einen blauen Schein über dein müdes Gesicht wirft. »Bin ich das?« frage ich. Es gibt keine Fotos von mir, als ich so klein war, das weiß ich. Ingrid wollte keine haben. Bis es zu spät war. »Habe ich so ausgesehen?« frage ich. Viele, viele Male habe ich dieses Foto angeschaut und gedacht, daß ich genau so ausgesehen habe, als ich dir in die Arme gedrückt wurde, und daß du da Liebe gefühlt haben mußt. Meine ganze Erscheinung sagt: *Lieb mich, kümmere dich um mich*. Das Kinn ruht unsicher an einer Schulter, und der Blick ist direkt auf das Auge der Kamera gerichtet. Als würde ich da schon begreifen, daß man versuchen muß, süß auszusehen, wenn man in dieser Welt zurechtkommen will. »Man erkennt seine eigenen Kinder wieder«, sage ich, »auch wenn man nicht will.« Du, auf der Pritsche, stützt dich auf die Ellbogen, mit nacktem Oberkörper, obwohl es kalt im Wohnwagen ist. Du hast vermutlich hier gesessen und eine Weile mit Kristian getrunken, ich konnte es riechen, als er hochkam und sich in mein Bett legte. Als ich dann heimlich aufstand, merkte er es nicht einmal. Er schlief schon wie ein Stein, das Gesicht im Kissen verborgen. »Wo zum Teufel hast du das her?« flüsterst du. Hältst die Fotografie in derselben Hand, mit der du mich geschlagen hast. Dieselbe Hand, die einmal die auf dem Bild angefaßt hat, diese Schulter da. Deine Hand zittert ein wenig. Wessen Gesicht ist das? Wessen Schulter ist es, gegen die der Kopf schlakkert? Eine magere Schulter in einem gestreiften Pullover. Der Schimmer von langem, hellem Haar am Rand des Fotos, der Schimmer eines Ohrläppchens. Seit ich es gefunden habe, habe ich versucht, es zu verlieren. Ohne Erfolg. Ich warf es fort, aber es blieb in meiner Hand liegen. Ich zerriß es, aber es blieb heil. Versuchte es zu verlegen, aber es tauchte immer wieder auf. Dinge verschwinden normalerweise andauernd, aber mit diesem Bild hier war es umgekehrt – es tauchte überall auf, an den seltsamsten Orten. Vielleicht wollte ich, daß jemand es finden würde? Frage: *Wer ist das? Wessen Gesicht ist das? Es sieht dir ähnlich.* »Von wem hast du das bekommen?« fragst du. Und ich verstehe ja, was das heißen soll. Du hättest genausogut sagen können: *Okay, Kaj. Das bist du. Das bist du, du, du.* »Von ihr ...« sage ich. Und du lächelst, aber das Lächeln ist kein Lächeln, es ist ein Schnitt quer über dein Gesicht. »Das ist nicht wahr. Wann hättest du das bekommen sollen?« Du siehst unsicher aus. Dir deiner Sache nicht mehr sicher. »Wann? Wo?« fragst du. Deine Augen sind voller Angst. Todesangst. Ich habe das nie zuvor gesehen. Daß das, was in deinen Augen dunkelt, Angst ist. Ich habe immer geglaubt, es sei Verachtung.

(Tampa Bay)

Jens

Ich habe ihn gefunden. Den Ort der Träume. Ein Haus an der Küste, nicht weit von Tampa Bay. Du wirst es lieben. Ich weiß, daß du es lieben wirst, Lisette. Palmen die ganze Straße entlang, es ist wie im Film, nur wärmer. Und das Haus ist das weißeste im ganzen Viertel, mit blauen Fensterläden gegen die Sonne. Die Sonne scheint immer in Florida. Wußtest du das? Ich habe die Leute gefragt – sie haben noch nie Schnee gesehen. Nie Winter, nie dunkel und kalt, nie Schneesturm, Schneematsch. Komm nicht und sage, daß ich nicht verdammt gut darin bin, Dinge zu regeln. Komm nicht und sag, daß du nicht alles bekommst, worauf du deutest, Lisette. Denn wenn du hier gewesen wärst, hättest du auf dieses Haus und kein anderes gedeutet. Das ist das Haus, von dem du immer geträumt hast, über das du dir den Mund fransig geredet hast. Wir werden im ersten Stock in der Terrassenwohnung wohnen. Ich habe heute die Anzahlung gemacht, drei Monatsmieten im voraus. Große Zimmer, ein wenig abgenutzt vielleicht, aber mit neuen Teppichböden und je einem Schlafzimmer mit rosa Tapeten für Anna und Nina. Und einem Balkon für dich, wie du ihn immer haben wolltest. Ich sehne mich nach euch, hörst du das? Im Erdgeschoß gibt es eine Vermietung von Taucherausrüstungen, die wir übernehmen können. Good business, sagten sie. Beinahe ganz ohne Anstrengung. Wir müssen es gemeinsam machen. Ich regle das Praktische, und du kümmerst dich ums Reden, darin bist du ja gut. Wenn ich zurück bin, wenn du mich zum Abendessen gerufen hast, wenn die Mädchen eingeschlafen sind und wir Liebe gemacht haben, dann kann ich mich nicht länger zurückhalten, dann flüstere ich die Neuigkeit in dein Ohr ... Erst wirst du glauben, daß ich dich auf den Arm nehme, dieser Blick unter der Bettdecke, wenn ich dich bitte, deine Sachen zu packen. Ich werde das Polaroidfoto herausholen müssen, damit du mir glaubst. Warum glaubst du mir nie, Lisette? Ein wenig Vertrauen nur, findest du nicht, daß ich das verdient habe? Aber wenn du diese Bilder siehst, wirst du auf jeden Fall stumm sein vor Erstaunen, nicht einmal du wirst die Unberührte spielen können. Das Haus von allen Seiten und die Aussicht aus allen Fenstern. Ich sehne mich danach, deinen Gesichtsausdruck zu sehen, wenn ich dich darum bitte, dich von deinem alten Leben zu verabschieden. Keine tristen Tage im Zollkontor mehr, keine Ausbrüche mehr in dieser engen Wohnung, nicht ein einziger graukalter Winter mehr. Ich weiß, daß du das lieben wirst. Das ganze verdammte Ding, Liebling.

(Jet lag)

Lisette

Das Licht schneidet in die Augen, bevor die Pupillen sich zusammenziehen können. Seine Hand über mir wirft einen Schatten auf mein Gesicht. Er steht da, groß, lächelnd, braungebrannt. Zwei Tage zu früh. Jack hat es noch nicht geschafft, zu fahren, Kaj hat es noch nicht geschafft zu putzen. Und Kristian liegt neben mir auf der Decke und schläft, mein Unterhemd über das Gesicht gelegt als Schutz gegen die Sonne. Jens' Augen glitzern im Gegenlicht. Über drei Wochen quälendes Schweigen ... nicht ein Wort. »Wo sind die Mädchen?« fragt er nur, und ich nicke zum Haus hinüber. Er beugt sich über mich und küßt mich auf den Haaransatz. »Du hast mir gefehlt«, sagt er mit einem fremden Lächeln auf den Lippen und geht hinein.

Ingrid kommt mit den schweren Koffern, schmal und frisch geschminkt, aber nicht so braun wie er. Die weiße Bluse ist nach einer ganzen Nacht im Flugzeug über der Brust und unter den Armen zerknittert. »Wo ist Kaj?« fragt sie, sobald sie uns erblickt hat. Kristian erhebt sich schnell im grellen Mittagslicht, zieht sich in der Verwirrung mein Unterhemd über. Er befreit sie von den Koffern und nickt zum Strand hinunter. »Allein?« fragt Ingrid mißbilligend. Kristian streicht mit der Handfläche über seine Kopfhaut. Eine Geste aus der Zeit, als er noch Locken hatte, durch die er immer mit der Hand strich, wenn er unter Streß stand. »Wie braun du bist. Du siehst gut aus«, sagt er sanft zu ihr. »Und du? Du meine Güte, Kristian, wie siehst du denn aus?« fragt Ingrid eindringlich. »Kaj war der Meinung, daß er seine Haare ein wenig schneiden lassen sollte«, werfe ich ein, und da läßt Ingrid dieses Thema schnell fallen. Es ist ja doch zu spät, jetzt etwas dagegen zu tun, nicht einmal Ingrid kann Haare zum Wachsen zwingen. »Ihr kommt zu früh, ist etwas passiert?« sagt Kristian leise. »Jens hatte Heimweh«, antwortet Ingrid abwesend und starrt auf Kristians konkaven Magen unter dem kurzen Hemd, »hast du denn nichts gegessen, seit ich gefahren bin?« seufzt sie, und ich kann mir den Kommentar nicht verkneifen, daß Kristian immer als letzter die Schüssel zu fassen kriegt, wenn Kaj schon alles aufgegessen hat. Und da wendet sich Ingrid langsam zu mir, als würde sie erst jetzt bemerken, daß ich tatsächlich hier direkt neben ihnen stehe. »Hallo, Lisette«, lächelt sie steif und verpaßt meinen Blick um einen Millimeter. Konzentriert wühlt sie in der Taxfree-Tüte und reicht mir eine Flasche Kenzo-Parfüm. Sie hatte mir verboten, zum Haus zu kommen, solange Kristian hier wäre. Nur zu meinem Besten, natürlich. *Spielst du wieder mit dem Feuer, Lisette? Paß auf, daß Jens dich dieses Mal nicht verbrennt. Dann kannst du die Hand nicht einfach wegziehen, wenn du es willst*, lese ich in ihren Augen. Mit harten Handbewegungen sucht sie in der Tüte nach etwas für Kristian, ein Fahrenheit Aftershave.

Jack ist aufgewacht und aus seinem Unterschlupf gekrochen, aus dem Wohnwagen, der wegen der brütenden Hitze in der Garage steht, und jetzt steht er plötzlich hinter Ingrid auf dem Plattenweg und sagt: *Willkommen zu Hause.* Und Ingrid dreht den Kopf, und der bleibt dort in einem komischen Winkel über der Schulter stehen. Es hört nicht auf mit den Überraschungen. Es ist so still, daß man die Wolken hoch über uns vorübergleiten hören kann. Willkommen zu Hause? Es ist lange her, daß Jack hier willkommen war. Das weiß er. Er steht da, mit einem Handtuch über der Schulter und dem Wasserkanister in der Hand, auf dem Weg zum Wasserhahn vor dem Haus, um ihn zu füllen. Kaj weigert sich ja weiterhin, ihn über die Schwelle zu lassen. »Wo ist Kaj?« fragt Ingrid wieder und starrt Jack an, als ginge sie davon aus, daß er seine Tochter als Geisel im Wohnwagen festhielte. »Sie ist unten beim Schwimmen«, antwortet Kristian leise. »Hol sie«, kommandiert Ingrid, und Kristian setzt die Taschen wieder ab und eilt über das Grundstück hinunter. Schnelle Schritte, bevor er in tausend Stücke zerfällt.

Es vergeht eine Ewigkeit klebrigen Wartens. Eine lahme Fliege umkreist uns, über Jacks Schulter, an Ingrids Wange vorbei, um meinen Kopf. Beide stehen unbeweglich da und warten auf ein Zeichen des anderen, und schließlich öffnet Ingrid in Zeitlupe den Mund. Wie um die Fliege hineinschwirren zu lassen und sie zu schlucken. »Ich brauche eine Tasse Kaffee«, sagt sie und setzt ihren Körper langsam in Bewegung.

Sie hält die Küchentür auf, und zuerst scheint Jack überhaupt nicht zu begreifen, daß das ihm gilt. Er bleibt einfach auf dem Schotterweg stehen, wartet ab, der Kanister schaukelt in seiner Hand. Bis ich ihm bedeute, daß er ihr folgen soll. Da lösen sich seine Füße endlich vom Boden, und er nimmt die Altantreppe mit zwei großen Schritten, schüttelt die Gummistiefel ab und geht barfuß hinein in die Küche.

Ich bleibe allein zurück. Als ich mit zusammengekniffenen Augen zum Meer hinunterblicke, ist Kristian nicht mehr zu sehen. Durch Ingrids offenes Schlafzimmerfenster höre ich Jens' Stimme und das aufgedrehte Lachen der Mädchen. Sonne in den Augen, Jens' Geschmack im Mund, der sich verteilt, nach oben, nach innen wie ein ziehender Kopfschmerz. Ich versuche ihn wegzuschlucken, aber es geht nicht. Öffne statt dessen die Parfümflasche und spritze einige Tropfen auf die Finger, streiche mit ihnen über meine Lippen, bis es brennt.

(Zu Hause)

Jens

»Schleck hier«, sage ich, »schmeck.« Aber als ich auf meine Schulter deute, preßt sie die Lippen zusammen. »Hör auf, komm schon«, versuche ich, und da legt sie den Kopf schief, so wie sie es immer tut, wenn sie nein sagen will, aber nicht kann. Sie setzt die Zunge schnell an meine Haut und probiert, zieht sie rasch wieder zurück, macht Grimassen. »Eklig«, flüstert Anna, aber ich schüttle den Kopf. »Wieso eklig? Das Salz macht das Wasser ganz sauber. Es ist so salzig, daß sogar Mama schwimmen wird.« Anna starrt mich verwundert an. Lisette kann schließlich nicht schwimmen, denn sie kommt aus der Stadt, und da können die Leute nicht schwimmen, das habe ich Anna einmal erzählt, und sie vergißt nie, was man sagt. »Man schwimmt auf dem Salz«, erkläre ich, weil sie mir nicht glaubt, das sieht man auf hundert Meter Entfernung. Aber sie rümpft nur skeptisch die Nase und lehnt sich schwer an Rabbis Bauch. »Du mußt ihm die Nägel schneiden, Papa«, sagt sie und kratzt sich mit seiner schlappen Pfote den Oberschenkel. Noch ist er nicht tot, die Nägel wachsen immer noch, aber davon abgesehen ist er tatsächlich schwer angeschlagen. Er hat angefangen zu humpeln und zu lecken wie ein alter Mensch. Ich denke an Lisette im körperwarmen Wasser, mit dem Bikini, den ich für sie gekauft habe. Schwarz mit Feuerflammen auf den Brüsten, nicht ganz ihr Stil vielleicht. Ich weiß nicht, ob er ihr gefallen hat, sie stopfte ihn sofort in die Kommodenschublade. Aber sie kann ja nicht in Florida wohnen, ohne einen Bikini zu besitzen, diesen warmen, grünen Wellen dort wird nicht einmal sie widerstehen können. »Mama wird es dort drüben gefallen«, verspreche ich Anna. »Hat sie das *gesagt*? Daß ihr dieses Flurrida gefällt?« fragt Anna mißtrauisch, und ich erkläre wieder, daß ich Lisette noch nichts erzählt habe. Aber ich kenne sie gut genug, um zu wissen, was sie denkt. Sie wird dort glücklich sein, alles wird anders sein. Es ist niemals Winter in Florida, Lisette wird nicht zu frieren brauchen, sie haßt es ja, zu frieren. »Aha, und Schlitten? Wie fährt man Schlitten, wenn es keinen Schnee gibt?« fragt Anna, und ich höre ihrer Stimme an, daß sie sich vielleicht trotz allem sträuben wird. Das sieht ihr nicht ähnlich. Ich ziehe ihr das Kleid aus, aus dem sie sich selbst nicht mehr befreien kann, und nehme den Schlafanzug unter dem Kissen hervor. »Man kann auf dem Wasser Schlitten fahren«, sage ich, »und Wasserski und schnorcheln ... und Wasserschlachten machen. Es wird dir dort gefallen. Vertrau mir. Vertrau Papa, das tust du doch?«

Als ich das neue Kleid in einem zerknitterten Haufen neben das Bett fallen lasse, hebt sie es sofort auf, faltet es akurat zusammen und legt es auf den Stuhl. Sie ist die einzige in der Familie, die so etwas tut, zusammenlegen, ordnen. Schweineteuer waren diese Kleider, blauer glänzender Stoff und eine Art handgefertigte Stickerei am Halsausschnitt, aber sie waren sowohl Anna als auch Nina zu eng, zogen sich an den Schultern und in den Achselhöhlen zusammen und hörten weit über den Knien auf. »Du konntest ja nicht wissen, wie sehr wir gewachsen sind, während du weg warst, Papa«, sagt sie tröstend und streichelt mit der Hand über meine Schulter, über die Spur ihrer Zunge, die immer noch im Licht der Lampe glänzt, »Nina kann ja meines haben ... Wir können es ihr morgen anprobieren«, schlägt sie vor. »Aber wer soll denn dann Ninas Kleid haben? Das war ja auch zu klein«, klage ich, »wir müssen uns wohl noch ein Mädchen anschaffen. Ein *kleines*, das nicht aus den Kleidern herauswächst, die ich kaufe. Sag das Mama.«

Anna wächst so schnell, daß man nicht mitkommt. Sie hat lange Beine wie ich und ist außerdem gescheit. Ich habe ihr versprochen, mit ihr zu trainieren, wenn sie größer ist. Sie kann unglaublich gut werden, das habe ich im Gefühl. Und ich werde nicht zulassen, daß sie denselben Fehler begeht wie ich und zu früh aufhört. *Willst du genauso groß werden wie ich, Anna? Basketballkönigin?* Aber wenn ich das sage, verdreht Lisette für gewöhnlich die Augen und wendet ein, wenn Anna hundertsechsundneunzig Zentimeter lang wird ... wie soll sie da einen Kerl finden, zu dem sie aufsehen kann? Aber so hängt das doch nicht zusammen, nicht so einfach. Leider. Lisette sieht verdammt noch mal auch nicht auf zu mir, nur weil ich zwei Köpfe größer bin als sie. Ich nehme die Fotografien hervor und lege mich neben Anna. Rabbis dicker Bauch reicht als Kopfkissen für uns beide, er schnarcht erschöpft von all der Willkommen-zu-Hause-Aufregung. Als er mich sah, hat er auf Mamas Küchenboden gepinkelt und angefangen, mit dem Schwanz zu wedeln wie ein kleiner Welpe. Wußte nicht, wohin mit sich vor Freude. Ich darf nicht vergessen, mich zu erkundigen, ob man Hunde ohne Quarantäne nach Amerika einführen darf. So etwas wäre das Ende für Rabbi, es würde die letzte Lebensenergie aus ihm saugen.

Anna steckt die Nase in mein Haar und beklagt sich darüber, daß ich nicht so rieche wie sonst. Ich rieche nun mal so, wie es dort riecht, wo wir hingehen. Daran muß sie sich gewöhnen, auch wenn es ihr jetzt nicht gefällt. Ich blättere die Fotografien durch und deute auf eine, stell dir vor, daß das uns gehört, sage ich, oder – beinahe –, weil wir es ja mieten werden, aber der Vertrag ist unterschrieben, und den Schlüssel habe ich bei mir. Die zwei rosa Zimmer von Anna und Nina mit weiß getäfelter Decke und dicken Teppichböden, ich halte die zwei Bilder der

Mädchenzimmer nebeneinander, und sie sehen so aus, als wäre es ein und dasselbe, aber ich versichere, daß jede ihr eigenes bekommt. »Aber wir dürfen doch wohl zusammen schlafen? Wenn wir wollen?« fragt sie. Weil sie sonst Nina vermissen wird, behauptet sie. Nina, die immer kommt und in Annas Bett kriecht, wenn Lisette und ich unsere Ruhe haben wollen.

Aber ich erkläre, daß jede von ihnen ein eigenes Zimmer bekommt. Es ist jetzt an der Zeit, es ist schon seit langem an der Zeit. »Wir kaufen Möbel, wenn wir dorthin kommen. Es wird superschön«, verspreche ich. Ich verstecke die Fotos unter ihrer Matratze, erinnere sie daran, daß es ein Geheimnis ist. Lisette weiß nichts davon, es soll eine Überraschung werden. »Du kannst doch Geheimnisse für dich behalten, Anna?« Und sie nickt, weil sie gut darin ist. »Aber Nina nicht«, warnt sie. »Nein, Nina nicht«, lache ich. Nina kann Geheimnisse nicht gut für sich behalten, genau wie Lisette. »Weißt du, ich werde es Mama erzählen ... Sobald sie bessere Laune hat. Sie ist gerade ein wenig böse, und da ist es besser, ein paar Tage zu warten, stimmt's?« Ich knipse die Lampe am Bett aus und scheuche Rabbi auf den Boden, sage zu Anna, daß sie schlafen soll, es ist schon mitten in der Nacht. Wir sind gut darin zu warten, Anna und ich, zu warten, daß es vorbeigeht. Wir sind daran gewöhnt, denn Lisette und Nina können herumlaufen und eine Ewigkeit lang sauer sein. Ich schmeiße lieber etwas an die Wand, und dann, wenn ich es wieder zusammenkehre, ist die Gefahr vorüber, das wissen alle. Aber Lisettes Wut kriecht und wuchert. »Ich kann hier schlafen, oder? Mama will allein in unserem Bett liegen, bis wir uns wieder vertragen«, erkläre ich. »Du ...« flüstert Anna in mein Ohr, und man hört an der Stimme, daß sie schon beinahe schläft, »was reden die da drüben?« Ich antworte erst nicht, weil ich nicht verstehe, was sie meint. »Was reden die da, wo wir wohnen werden,

Papa?« »Amerikanisch«, antworte ich, »Mama kann es euch beibringen, sie kann es gut. Wenn man klein ist, lernt man schnell, für mich wird es schwieriger sein«, flüstere ich zurück und lege eine warme Hand über ihren Mund, »schlaf jetzt, Kleines. Morgen kann ich alles erzählen, aber jetzt schlafen wir, Papa ist müde, furchtbar, furchtbar müde …«

(Budenzauber)
Kristian

»Wenn man schon feiert, dann aber auch richtig«, lächelt Papa, »oder, Ingrid?« Mama starrt auf das Zeug auf dem Boden und dann auf ihn, was hat sie sich eigentlich gedacht, als sie ihm erlaubte zu bleiben? »Du machst Witze, Jack!« fleht sie. »Nein. Oder doch, vielleicht ... Aber ich habe es billig an der Tankstelle bekommen. Es war ein Auslaufmodell.« Das Partyzelt liegt in einem befremdlichen Haufen auf dem Küchenboden. Irgendwelche Zeichnungen hat er nicht bekommen. Nicht bei dem Preis. »Kristian und Jens, jetzt werden wir eurer Mutter zeigen, was wir draufhaben«, sagt er laut und fängt an, die losen Seile zusammenzuwickeln. Er hat ein wenig getrunken, aber betrunken ist er nicht.

»Wir hätten ein Geschenk für ihn kaufen sollen«, flüstert Mama mir am Spültisch zu. »Wieso denn?« fragt Kaj. Ja, wieso? Darauf scheint Mama keine Antwort zu haben, weil sie anfängt, Gläser herunterzuholen und auf das Tablett mit den Silbervögeln zu stellen. »Ich kann es nicht fassen, daß er fünfzig wird«, murmelt sie. »Als wir uns kennenlernten ...« Wir wissen es. Wir wissen alles darüber, wie sie sich kennenlernten. Alle Details. »Liebe ist blind«, sagt Kaj. Mama betrachtet Papa, als er die Zeltteile zusammenrafft und sie in den Garten hinausträgt. Sie streicht Kaj hastig über die Wange. »Warte ab«, sagt sie, »eines Tages wirst du auch.« »Was«, unterbricht Kaj, »jemanden lieben?« »Ja«, nickt Mama. »Das tue ich schon«, sagt Kaj. »Ja, das ist klar, Liebling. Natürlich tust du das, Kaj. Wir lieben dich auch«, antwortet Mama zerstreut und deutet auf die große Kristallschale, die ich vom obersten Regalbrett herunterholen soll. Wenn man schon feiert, dann aber richtig. Die Schale, die Papa bei sich hatte, als sie zusammenzogen, ein Erbstück oder ein Hehlerstück, darüber konnten sie sich nie einig werden. Aber wie auch immer es war, sie durfte jedenfalls nur zu speziellen Gelegenheiten benutzt werden. Und heute ist – das scheint Mama sagen zu wollen – ein solcher Tag. Ein Kristalltag.

Kaj wechselt den Kanal genausooft, wie sie die Zigarette zum Mund geführt hätte, wenn sie beschlossen hätte zu rauchen, anstatt dazustehen und auf dem Küchenfernseher zu zappen. *In Shanghai plant man den Bau des höchsten Hauses der Welt* ... Ich höre nur mit halbem Ohr zu, habe diese Nachricht schon einmal gehört. Dreihundert Stockwerke hoch mit Platz für hunderttausend Menschen. Um Erdbeben standzuhalten, muß das Haus ein zweihundert Meter tief hinabreichendes baumwurzelähnliches System haben, das es festhält. Wenn man ein Zehncentstück aus dem obersten Stockwerk wirft, erzählt der Reporter mit einem kindlichen Lächeln, schlägt die Münze ein Loch in den Asphalt.

Papa sortiert Schnüre und Stangen, es scheint ihm Probleme zu bereiten, beim Zelttuch innen und außen zu unterscheiden. Jens und ich stehen im ungemähten Gras daneben und versuchen so auszusehen, als sei dies eine völlig normale Situation. Jens ist bis zwischen die Finger braungebrannt, das Haar ist salzgebleicht, mit dunkleren Locken darunter. Als Papa ihn bittet zu helfen, redet er sich damit heraus, daß er sich eine Schulter gezerrt hat, als er surfte. »Du weißt, wie es auf Reisen ist«, sagt er, als hätte ich gefragt, wie es ihm ergangen ist, »es wird nie so, wie man es sich gedacht hat.« Ist dieses Lächeln geblufft, oder ist es echt? Nein, ich weiß nicht, wie es mit Reisen ist. Ich habe nie welche gemacht. Außer nach Paris. Und von dieser Reise erinnere ich nur eine fremde Hand an der falschen Stelle.

Was habt ihr gestern getan, als ihr nach Hause gekommen seid, Jens? Anna und Nina haben ihre Geschenke bekommen, du liebst es ja, Sachen für deine Prinzessinnen zu kaufen, und die Korallen, nach denen du im Riff für sie tauchen wolltest ... aber dann? Habt ihr miteinander geschlafen, du und Lisette? Oder habt ihr gestritten, bis die Nachbarn an die dünnen Wände hämmerten? Du und Lisette, ihr seid immer laut, was ihr auch tut. Ihr habt auf jeden Fall müde ausgesehen, als ihr heute auf den Hof gerollt seid, in einer Wolke von Schweigen, die Mädchen mit feinen Kleidern, aber ungekämmt, auf dem Rücksitz. Zu spät für das Mittagessen, zu dem Mama euch eingeladen hatte. Kaj hatte schon begonnen, die Teller zu spülen. Alle versammelt ... ausnahmsweise. Jack zuliebe. Alle sollten hier sein, und alles sollte gutgehen. Mamas Idee ...

Die Brüder, die durch das Eis brachen und versanken, waren nicht Jens und ich, aber wir hätten es sein können. Einmal im Spätwinter, als das Meer zugefroren war, so weit das Auge reichte, fuhren wir auf dem Wasser Moped. Mama hätte uns durch das Fenster der Praxis sehen müssen, aber sie war wie immer zu beschäftigt mit ihren Patienten. Die ganze Zeit wußten wir, daß das Eis sich jederzeit unter uns öffnen und uns schlucken könnte. Jens fuhr, und ich saß hinter ihm und glich mit den Füßen aus, damit wir uns aufrecht halten konnten, wenn das Moped schlingerte und die Räder auf dem glatten Eis durchdrehten. Wir fuhren, bis uns kalt war und wir keine Lust hatten, noch länger darauf zu warten, entdeckt zu werden. Denn eigentlich wußten wir, was immer wir anstellten, Mama machte sich sowieso nur Sorgen um Kaj.

»Nein, es ist gar nicht so gewesen, wie ich es mir vorgestellt hatte«, sagt Jens wieder mit einem Lächeln unter dieser coolen Fassade, »es war, ehrlich gesagt, besser, verdammt klasse, und sie haben das ganze Jahr über Sommer. Andauernd Sommer, begreifst du das?« Klingt wie ein Alptraum, wenn man mich fragt. Hitzewelle, klebriger heißer Sand, tropische Infektionen, die in der feuchten Wärme gedeihen, aber Jens fragt mich nicht, er redet drauflos, noch mehr als gewöhnlich. »Es war phantastisch. Außer daß ich Anna und Nina vermißt habe«, fügt er hinzu, »... wie verrückt vermißt habe.« Sie haben ja gewartet, daß du anrufen würdest, denke ich, während die Mädchen das Haus mit einem alten Autoreifen umrunden, auf dem sie zu balancieren versuchen. »Kristian!« ruft Nina. »Kristian, komm und schau! Komm!« ruft sie und bedeutet mir winkend, daß ich mich beeilen soll. Jens' Blick verliert seinen Glanz. »Und ihr?« fragt er. »Wie war es bei euch?« Ich versuche, mit den Schultern zu zucken, aber sie verkrampfen sich, fallen nicht so lässig herunter, wie ich mir das vorgestellt hatte. »Kristian. *Komm* jetzt!« ruft Nina wieder und wankt, als Anna den Reifen anschubst. »Geh du«, sage ich zu ihm, »sie hat sicher dich gemeint.« Jens reicht mir die Tüte mit den Metallsplinten. »Okay, hilf du unserem Vater«, murmelt er und schlendert langsam über das Gras davon, »ich kann es ja doch nicht.«

Mama mit rotem Schafwollpullover, die Hände voll mit Pfefferkuchenteig, Karamelfarbe, Weihnachtsvorbereitungen. Lächelt in die Kamera, steif, abwehrend, obwohl sie es war, die beschlossen hat, daß wir die Videokamera leihen sollten, um just an diesem Weihnachten ein paar Szenen als Gruß an Jack aufzunehmen. *Hier sind wir und kommen gut zurecht* ... Jens und Lisette auf dem Küchensofa, jung, frisch verliebt. Nur an sich interessiert. Sie fummeln hinter Mamas Rücken, stecken sich gegenseitig die Zunge in den Mund und dann in die Eisschokoladenschmiere. Kaj sitzt auf dem hohen Hocker beim Fenster und baumelt mit den Beinen, weißer Nacken, dünne Zöpfe, weigert sich, das Gesicht zur Kamera zu drehen. Sie kandiert Schneeflocken und Augenblicke, überzieht alles mit Zuckerglasur. Ich selbst bin nicht zu sehen. Jemand mußte schließlich die Kamera halten. Kaj hat ihren Namen in den Schnee auf dem Rasen geschrieben, sitzt am Fenster und wartet darauf, zu sehen, wie er ausgelöscht wird.

»Jack!« ruft Lisette vom Altan, sie steht mit einem meergrünen T-Shirt da und blinzelt kritisch zum Himmel, obwohl nicht eine Wolke zu sehen ist. Sein Name klingt anders, wenn sie ihn ausspricht, wie aus einem amerikanischen Fernsehfilm. *Andersherum,* bedeutet sie ihm mit den Händen und versucht in der Luft zu zeigen, wie er das Zelttuch halten soll. Als wir hingehen und ihm die Sachen aus den Händen nehmen und sie richtig herum drehen, flucht er. »Verfluchte Tankstellenscheiße!« Er tritt ein wenig zurück und steht mit hängenden Armen da und schaut zu, wie Lisette Teil um Teil an den richtigen Platz bringt. »Es ist leicht«, sagt sie, »man muß nur sehen, wie es zusammenhängt.« Papa streicht aufgebracht mit der Hand durch sein graublondes Haar. »Ich habe geglaubt, daß du praktisch veranlagt bist. Das sagt Jens immer«, fügt sie hinzu. »Solltest du nicht in der Küche mithelfen? Hat Ingrid dich hinausgeworfen, oder was?« fragt Papa und brummt dann etwas wie, daß sie gehen soll und nachsehen, wo Jens abgeblieben ist, nickt ihr zu, daß sie verschwinden soll. Jetzt hat sie genug geglänzt. Sollte sich ihrem Mann widmen, der gerade nach Hause gekommen ist, anstatt hier zu stehen und vor uns zu brillieren ... Lisette wirft uns einen tödlichen Blick zu und geht.

»Das hält nicht mehr lange. Die zwei da. Unmöglich«, sagt Papa und starrt ihr nach, als sie den Abhang hinuntergeht und verschwindet. »Du kennst Lisette nicht«, antworte ich. »Nein, aber ich kenne Jens. Gut genug, um zu wissen, daß du dich von diesem Honigtopf fernhalten solltest«, meint er und nickt ihr nach. »Sie haben eine offene Beziehung«, sage ich, als hätte Papa etwas damit zu tun. »Offen? Offen für wen? Herrgott. So was funktioniert nicht. Das kann ich ihnen gleich sagen.« Er schüttelt den Kopf. »Und auch *wenn* es so ist«, fügt er hinzu, »dann bist du nicht im Preis inbegriffen, Kristian. Bilde dir das nicht ein. Du mußt dir wohl eine eigene Freundin zulegen. Kriegst du das nicht fertig?«

Bis lange nach Mitternacht hörte man gestern Papas und Mams flüsternde Stimmen aus dem Erdgeschoß. Ich weiß nicht, wo er heute nacht geschlafen hat. Ich vermute, daß er auf ein Angebot wartete, im Haus schlafen zu dürfen, aber daß es damit endete, daß er hinaus zu seinem Wohnwagen ging, als Mama sich schlafen legte. Kaj lag in meinem Bett und las in einem von Mäusen zerfressenen Buch vom Flohmarkt, das sie schon seit ein paar Tagen mit sich herumträgt. Über all die kuriosen Lebewesen eines zoologischen Gartens. Kolorierte Bilder von Kolibris, die in einem künstlich erzeugten tropischen Winter in der Luft stillstehen und Kondensmilch aus Glasblumen saugen. Im Vorwort eine lange Darlegung darüber, wie sehr der Zoodirektor alle seine Tiere liebte, sogar den kleinen zahmen Laubfrosch, der auf seinem Schreibtisch in einem Schraubglas lebte. Wie dieser eifrig an dem glatten Glas hochkletterte, wenn Direktor Reventlow ihn ins Licht hielt. Auf dem Weg in den Traum hinein redete Kaj wirres Zeug über den Hundejungen und darüber, wie die Menschen ihn jagten. Ich lag im Dunkel und hörte das Gewitter auf die Küste zurollen. In Kajs Haar der schwache Geruch von Talg und Tang, sie rollte sich unter der Decke zusammen wie eine liebeskranke Katze. »Du, Mama ...«

murmelte sie in einem Augenblick der Verwechslung, »wo war ich, als es mich nicht gab?« Das Zimmer leuchtete einen Moment lang weiß auf, und Kaj zuckte zusammen, als der Schlag kam. »Ich weiß nicht«, flüsterte ich hinaus in die dunkle Leere, »ich weiß es nicht, Kaj.«

Das Partyzelt steht wie eine optische Täuschung mitten auf dem Rasen – jetzt fehlt nur noch der Regen, damit es auch einen Nutzen hat. Kaj hat die Sauerstoffflaschen auf den Altan getragen. Sie sitzt in der brennenden Sonne, in das Handbuch versunken, aber Taucherenglisch ist eine fremde Sprache. Mundstück, Filter, Manometer, Sicherheitsschloß ... Papa hat sich angeboten, ihr zu helfen, die losen Teile zu montieren, aber sie will seine Hilfe nicht. »Tut Mama uns das alles hier nur aus reiner Gemeinheit an? Fest und Peinlichkeiten!« zischt sie. »Er wird *fünfzig, Kaj.*« »Ach ja? Wie gut, daß dir das was bedeutet«, antwortet sie und zieht vorsichtig an einem der Schläuche, um zu sehen, ob er festsitzt, aber er geht sofort ab. »Meinst du, daß er an seinem Fünfzigsten allein im Wohnwagen sitzen und mit sich selbst anstoßen soll?« »Egal wo, solange es nicht hier ist«, sagt sie kalt.

Lisette drückt sich kurz nach mir vor den Vorbereitungen, steckt den Kopf durch den Türspalt in mein Zimmer, ohne anzuklopfen. »Na, willst du nicht helfen, den langen Tisch zu tragen?« fragt sie und setzt sich zu mir aufs Bett, mit einem Teller mit kaltem Bratenaufschnitt, den sie aus dem Kühlschrank mitgenommen hat. Aber bevor ich antworten kann, beginnt sie laut zu lachen. »Männerarbeit, Kristian. Bist du etwa kein Mann, oder was?« »Und du? Wie geht es mit den Schnittchen?« kontere ich. Sie rollt eine dünne Fleischscheibe mit den Fingern zusammen und drückt sie mir in den Mund. »Ach was, keiner tut hier etwas. Ingrid und Jack sitzen mit einer Flasche Wein in Ingrids Zimmer und quatschen«, antwortet Lisette. »Streiten?« frage ich. »Nein, reden. Noch, jedenfalls. Ich hoffe nur, daß sie nicht vorhaben, sich zu betrinken.« »Sie haben es vielleicht nötig«, meine ich. Lisette streichelt mir über das Bein. »Alles ist so komisch geworden gestern, als Jens nach Hause kam«, sagt sie zögernd. »Hat er etwas erzählt? Wo zum Teufel er sich herumgetrieben hat?« Aber Lisette schüttelt den Kopf. »Ich wollte keinen Streit anfangen. Wir müssen später darüber sprechen. Ich will Jack nicht seinen Geburtstag kaputtmachen, es ist wahrscheinlich seit Ewigkeiten der erste, den er feiert«, antwortet sie und nickt in den Garten hinaus. »Weißt du ... Jens hatte Kleider für die Mädchen gekauft. Aber sie waren um einige Größen zu klein. Als wäre er mehrere Jahre weggewesen und hätte vergessen, daß sie gewachsen sind.«

Lisette. Ein verbotenes Gebiet ohne Grenzen. Ohne Zaun, obwohl man tausend Volt bräuchte, um sich auf Abstand zu halten. Sie hat sich den Nacken und die Waden in der Sonne verbrannt. Ihr Mund riecht nach geräuchertem Fleisch, wenn sie ihr Gesicht zu mir dreht, um durch das geöffnete Fenster nach den Mädchen zu lauschen, nach ihrem Geheul, wenn sie durch die Bäume fliegen. Der verwilderte Zug an ihnen ist im Sommer deutlicher zu sehen als im Winter. Nina nicht ganz so wild, wie die schwarzen Pferde in der Camargue, aber Anna muß man mit dem Lasso fangen, wenn man sie am Abend ins Haus kriegen will. Sie sind hier zu Hause. Bewegen sich hier auf eine andere Weise als in der engen Wohnung, in größeren Kreisen, natürlicher.

»Ich nehme Kaj morgen mit mir, wenn ich fahre«, erzähle ich, und Lisette hält mitten im Kauen inne und starrt mich an, als würde sie sich fragen, woher die Stimme kommt. »Ich nehme Kaj mit«, wiederhole ich. »Wie meinst du das? Meinst du, daß sie bei dir *wohnen* soll?« »Ja.« »Du bist verrückt!« sagt Lisette schroff und hält sich die Hand vor den Mund. »Wem zuliebe? Dir zuliebe oder ihr zuliebe?« Die Stimme angestrengt, zweifelnd. »Fühlst du dich einsam in der Stadt, oder was? Brauchst du Kaj, damit sie dir Gesellschaft leistet?« fährt sie fort, aber ich unterbreche sie. »Kannst du nicht auch mitkommen? Willst du?« flüstere ich. Nachdem alles ohnehin so ist, wie es ist. Jens mußte heute nacht auf dem Sofa schlafen, es war ihm anzusehen, als sie hier ankamen. Nicht die geringste Spur von Pokerface. Im Gegensatz zu mir. »Ich? Mit dir kommen?« lächelt Lisette, als würde sie denken, daß ich einen Witz mache. »Kristian, bitte ... Nein. Was heißt denn *wollen*? Ich habe doch die Mädchen. Und Jens. Ich kann nicht einfach ... das begreifst du doch wohl?« Ich starre auf die leere, von Nägeln zerstochene Wand. »Es ist klar, daß ich Jens satt hatte und wütend auf ihn war«, sagt sie und zieht ihr Bein ein wenig zurück, so daß mein Oberschenkel nicht länger den ihren berührt, »aber wir gehören doch zusammen. Das weißt du. Nach allem, was er und ich durchgemacht haben.«

Die Löcher von den Nägeln sehen aus wie Fliegen auf der sonnengebleichten Tapete. Ich hatte Medaillen von Schwimmwettkämpfen an dieser Wand, und ich tat so, als wären es die meinen. Papa ließ sie zurück, als er ging, und dann, als ich auszog, nahm Kaj sie herunter und hängte sie statt dessen bei sich auf. Tat vielleicht so, als wären es die ihren. Lisette gleitet vom Bett herunter, vorsichtig, als glaubte sie, daß ich sie packen und zurückhalten würde. »Du. Ich muß jetzt gehen. Bevor er nach mir sucht ...« sagt sie, geht hinaus und schließt leise die Tür hinter sich.

Der Himmel hinter den Bäumen ist immer noch völlig klar, nur einige leichte Wolkenschlieren am Horizont. Es wird ein warmer Abend werden. Kein Tropfen Regen wird auf das Zelt im Garten fallen. Kaj geht allein zum Strand. Rabbi folgt ihr wie ein Schatten, aber sie scheucht ihn weg, stampft auf den Boden und spritzt Sand auf ihn, bis er zurückweicht und davonhinkt. Sie trägt die Sauerstoffflaschen in den Armen. Sie sehen klobig aus, und das Gewicht verlangsamt ihren Gang. Lisette kommt heraus auf die Altantreppe. Ich sehe durch das Fenster, wie sie in den Garten hinuntergeht, mit der Kristallschale, die sie mit Chips gefüllt hat, hinüber zu Jens, der im Schatten eines Baumes steht. Ich weiß, daß sie weiß. Daß ich sie sehe. Jens hat sein weißes Hemd ausgezogen und es an einen Ast gehängt, damit es keine Grasflecken bekommt. Sein Oberkörper ist genauso braun wie der Baumstamm. Sie gibt ihm die Schale, und er nimmt ihre Hand und bedeutet ihr mit einer Geste, sich zu ihm zu setzen. Sie zögert einen Augenblick, bevor sie sich neben ihn setzt und ihn den Arm um ihre Schultern legen läßt. Aber als er versucht, ihr noch näher zu kommen, entzieht sie sich und nickt zum Haus hin, hin zu etwas, das sie erledigen muß, und windet sich aus seiner Umarmung.

III

(Nebelstraße)

Kaj

Jack bläst in die Hände, um seine Finger zu beleben, wirft den Zigarettenstummel durch den Spalt im Autofenster hinaus, reibt sich den Nacken, blinzelt hinaus in den dichten Nebel vor uns, reibt sich wieder den Nacken, zündet eine weitere Zigarette an, ohne mir eine anzubieten. Weiß, weiß, weiß, das ist alles, was man sieht, aber Jack findet den Weg dennoch, er kann diesen Weg jetzt auswendig. »Ich will nicht mitkommen.« Ich sage es laut. Nicht ein einziges Mal soll er so tun können, als würde er mich nicht hören. Aber er antwortet nicht, schubst meinen Fuß herunter, den ich gegen das Handschuhfach gestützt habe. Streicht mit der Handfläche unsichtbaren Schmutz vom schwarzen Plastik. »Ich will heim ...« »Ja-ja«, fällt er mir ins Wort und fährt weiter. Er denkt nicht daran, jetzt zu wenden, drückt das Gaspedal noch ein Stück weiter durch, bis zum Boden. »Mir ist kalt«, sage ich. Er fährt schnell. Wenn ein Mensch im Nebel hier entlangläuft, jemand, dessen Motor unterwegs den Geist aufgegeben hat, werden wir ihn überfahren. »Dann zieh dich doch ordentlich an. Jacke, zum Teufel, Kaj. Du wirst doch wohl kapieren, daß man eine Jacke braucht!« zischt er, weil Jack es nicht erträgt, wenn man sich beklagt. »Wird er heute aufwachen?« frage ich und stecke die Hände in die feuchte Wärme der Achselhöhlen. Er nickt. »Ja, heute«, murmelt er. Jeden Morgen. *Ja, heute. Heute wird Kristian die Augen öffnen.* Wie schnell wächst das Haar, wenn man schläft? Wie schnell wächst das Haar, wenn man bewußtlos ist? Ich frage Jack, aber er weiß es nicht. *Ist Kristians Haar schon gewachsen?* frage ich, aber das weiß er auch nicht, weil der Kopf verbunden ist, so daß man sein Haar nicht sehen kann. Dein Haar wächst, Kristian, das weiß ich. Unter dem Weißen, das sie fest um deinen Kopf gewickelt haben, um zusammenzuhalten und zu schützen. Jetzt mußt du nur die Augen öffnen. Öffne die Augen, Kristian. Sonst kannst du mich nie wieder sehen. Wenn ich zu dir hineinkommen könnte, wenn Jack mich nur eine ganz kurze Weile an deinem Bett stehen ließe, würde ich das in dein Ohr flüstern. Öffne die Augen jetzt, du mußt ... Denn die Ärzte können dich zwar beliebig lange am Leben halten, aber deine Augen öffnen, das kannst nur du selbst. Es sieht gut aus, sagen sie. Sie haben dich zusammengenäht, und die Lage ist stabil. Warum du also die Augen noch nicht geöffnet hast, darauf wissen sie keine Antwort. Die Proben zeigen gute Resultate. Alle Werte sind gut. Unter Berücksichtigung der Tatsache ... Die Werte deuten auf einen Progreß hin. Progreß nennen sie es, sagt Jack. Das klingt wie eine Krankheit. Wie ein tödlicher Zustand, aber offensichtlich bedeutet es, daß du jetzt mit deinen eigenen Lungen atmest, ich weiß nicht ... öffne einfach die Augen, Kristian. Warum willst du nicht?

»Er ist ein störrischer Teufel, stimmt's? Gibt nicht sofort auf, unser Kristian«, sagt Jack zu Mama. Aber sie schiebt beim Frühstück nur das Brot im Mund herum, *vielleicht, weiß nicht, vielleicht, weiß nicht, vielleicht, weiß nicht,* ist das einzige, was sie neuerdings sagt. Das, was Kristian geschehen ist ... Keiner trägt die Schuld an etwas, das hat Mama beschlossen. Weil man nicht sehen kann, wann es begonnen hat. Alles verheddert sich nur ineinander, alle Ereignisse und Irrtümer. Wenn man zurückdenkt. Dann denk doch nicht zurück, meint Jack. Denn das, was geschehen ist, ist nun mal geschehen. »Es ist nicht deine Schuld, Kaj«, versucht Mama und ist kurz davor, mir über die Wange zu streicheln, hält sich aber im letzten Augenblick zurück. Und ich weiß, daß sie es auch so meinen möchte. Sie bringt es nur nicht fertig, daß es so klingt, denn sie findet es völlig natürlich, wenn wir uns dennoch Vorwürfe machen, jeder für sich. Völlig natürlich, sagt sie. »Wie schnell wachsen Haare, Mama?« frage ich, aber sie sieht nicht von ihren Akten hoch. »Geh jetzt, Kaj. Laß Jack nicht warten.« Er hat das Auto schon angelassen und steht unten am Zaun, und man darf Jack nie warten lassen. Mamas Finger blättern im Patientenordner vor und zurück, so schnell, daß ihre Augen unmöglich mithalten können. »Grüße Kristian von mir, küsse seine Hand von mir«, bittet sie. Wie damals, als wir klein waren. Mamas Kuß in der Handfläche, so daß man ihn den ganzen Tag in der Schule festhalten konnte. »Aber Jack läßt mich ja nicht zu Kristian hineingehen, ich muß im Auto sitzen und warten!« protestiere ich. Ich kann eine Kußhand vom Krankenhausparkplatz zu ihm hochwerfen, aber er kann ja nicht einmal aus dem Bett aufstehen und den Kuß in seinem Fenster auffangen. Mama hört nicht zu, nickt nur zur Tür hin. »Geh jetzt, Kaj. Geh jetzt. Geh.« Sie erträgt es nicht, mich in ihrer Nähe zu haben, erträgt es nicht, mich zu sehen. Und dich auch nicht, Kristian, deshalb kommt sie nie mit ins Krankenhaus – sie fürchtet, daß du aussiehst, als hättest du Schmerzen, obwohl du bewußtlos bist. Daß du tief im Innern deines Schlafs leidest, ohne daß dir jemand helfen kann. Arbeiten und schlafen, das ist das einzige, was die Unruhe vertreiben kann, sagt sie. Also ist Jack jetzt dazu da, mich ihr vom Leib zu halten und das Essen zu machen, in dem sie stochert und von dem sie kaum etwas ißt. Ist dazu da, hin und wieder eine Maschine mit Wäsche in Gang zu setzen, das Gras vor dem Haus zu mähen. Keiner hat gemerkt, daß dieses Gras schon vor langer Zeit aufgehört hat zu wachsen. Der einzige, den Mama jetzt in ihrer Nähe erträgt, ist Jack. Nahe – aber nicht zu nahe. Nicht im selben Zimmer. Er ist von seinem alten Wohnwagen ins Haus gezogen und schläft in Jens' altem Zimmer. Unter den Modellflugzeugen, dic wie Geistervögel an der Decke schweben.

Jack stellt sich auf dem Krankenhausparkplatz immer auf denselben Stellplatz, ganz weit hinten an der Böschung. Er will, daß dieser Stellplatz Glück bringt. Er muß Glück bringen, weil Kristian jetzt einen Haufen Glück braucht, wenn er jemals aufwachen und so wie vorher werden soll. Wenn der Platz belegt ist, ist das ein schlechtes Zeichen, und Jack muß mehrere Runden im Kreis fahren, bevor er sich endlich für einen anderen Platz entscheidet. Akutaufnahme, Operation, Intensivstation, Entbindung steht auf den blauen Schildern, die an der Einfahrt zum Parkplatz in unterschiedliche Richtungen zeigen. Jens wurde hier geboren, und Kristian kam in einem Lastwagen auf dem Weg hierher zur Welt. Irgend etwas war mit einem Aufzug ... etwas damit, daß Jack, als er Jens das erstemal sehen wollte, auf dem Weg nach oben im Aufzug steckenblieb.

»Bin ich auch hier geboren worden?« frage ich, als Jack den Ritmo stoßweise auf dem falschen Rechteck parkt und den Motor abstellt. »Bin ich?« frage ich erneut. Er zieht an der Handbremse, bis sie keinen Millimeter mehr Spiel hat. »Aber wie soll ich das wissen, Kaj?« fragt er und streicht sich das Haar glatt, blickt sich selbst im Rückspiegel an. »Vermutlich, ich weiß es nicht ...« sagt er, »spielt es eine Rolle?« Bevor es ihnen gelungen war, diesen Aufzug in Gang zu bringen, hatten Jacks Blumen es fertiggebracht zu welken. Nelken? Ich glaube, das war, was er gekauft hatte. Weiße Nelken. Begräbnisblumen, sagte Mama. »Ich will mit hineinkommen«, versuche ich, aber Jack schüttelt wie gewöhnlich den Kopf und zieht die Schlüssel aus dem Schloß. Er läßt mich immer im Auto zurück, sagt mir, daß ich warten solle, und dann läßt er mich allein da sitzen, bis ich zu glauben beginne, daß er niemals zurückkommen wird. Bis es in den Händen und den Beinen kribbelt, bis ich hungrig und durstig und müde bin und pinkeln muß und es geschafft habe, alles, was geschehen ist, weitere tausendmal zu durchdenken. Jack geht allein hinein und sitzt während der ganzen Besuchszeit auf der Bettkante und wartet auf ein Lebenszeichen von Kristian; eine Augenbewegung, eine Fingerbewegung, eine plötzliche Grimasse, irgend etwas. »Ich will ihn *sehen*«, flehe ich, obwohl ich weiß, daß Jack nie nachgibt. »Das glaube ich nicht.« »Wie? Will er mich nicht treffen?« »Nein.« »Wie kannst du das wissen?« »Ich weiß es, Kaj«, sagt er, und ein Schatten zieht über sein Gesicht. Er zieht seine Jacke aus und reicht sie mir. »Hier. Zieh die an, damit du nicht krank wirst.« Aber ich will seine Kleider nicht haben. Dieser Parka hat im Keller gehangen, seit er weggezogen ist, ich habe nie begriffen, warum Mama ihn nicht weggeworfen hat. Er trug ihn früher immer, wenn wir im Wald unterwegs waren, und Kristian und ich hatten immer Sterbensangst, ihn aus dem Blick zu verlieren, weil Jack niemals stehenblieb und nachsah, ob wir mitkamen. »Aber woher weißt du, daß Kristian nicht will? Er ist doch bewußtlos ...« sage ich. »Genau«, antwortet Jack, reißt das Zigarettenpäckchen an sich und steigt aus dem Auto, verschwindet mit seinem dünnen schwarzen Hemd durch den Nieselregen Richtung Haupteingang.

In den Fenstern der Geburtenabteilung hängen gestreifte Gardinen. Kristian und Jens wurden hier geboren. Mama hat in einem dieser Zimmer gelegen, mit verwelkten Nelken von Jack neben dem Bett. Ich habe keine andere Wahl, als mir die Jacke anzuziehen gegen die Eiseskälte im Auto, ziehe die Kapuze über den Kopf und kurble das Fenster herunter, obwohl es sofort hereinbläst. Mir ist, als würde ich sonst keine Luft bekommen. Wie schnell wachsen Haare? Hat man Schmerzen, wenn man bewußtlos ist? Sickert die Erinnerung mit dem Blut heraus, wenn einem der Schädel auf dem Wohnzimmerboden unter Jens' Knie beinahe gespalten wurde, unter seinen Schreien und seinen Schlägen? Wenn du die Augen heute nicht öffnest, Kristian ... Dann mache ich es, dann gehe ich dort hinein und frage. Denn es muß noch eine Spur von mir irgendwo geben. Es muß ein paar Papiere in einem Ordner über mich geben, darüber, daß ich hier geboren wurde, genau wie Kristian und Jens. Wenn du die Augen heute nicht öffnest, Kristian, dann gehe ich hinein, fahre mit diesem Aufzug nach oben und hoffe, daß er nicht steckenbleibt, und versuche etwas herauszufinden, was auch immer. Ich weiß ja, in welchem Jahr ich geboren bin, und ich weiß ungefähr, in welchem Monat, und ich weiß, daß ich zu früh geboren bin, denn so sah ich aus, als ich zurückgelassen wurde. Alt und neugeboren zugleich. Mama hebt die Akten ihrer Patienten zu Hause Ewigkeiten auf, das weiß ich, das ist Vorschrift. Ich habe ihr selbst geholfen, sie in perfekte alphabetische Ordnung zu bringen, denn sie hat es immer eilig und schludert beim Archivieren. Genauso sollte es also mit meinen Papieren sein. In irgendeinem Ordner dort drinnen müssten sie zu finden sein. Ich mache das Autofenster so fest zu, daß es in der Kurbel knackt, aber es kommt mir so vor, als würde es nicht aufhören hereinzublasen, obwohl alle Fenster geschlossen sind. Wenn du heute nicht aufwachst, Kristian, dann tue ich es. Ich tue es. Ich muß.

Er muß sich in einer Art totem Winkel genähert haben, als würde es ihm gefallen, Leute zu Tode zu erschrecken. Als er ans Autofenster klopft, bin ich gerade am Einschlafen, zuerst öffne ich es nicht, aber schließlich muß ich es einen kleinen Spalt herunterkurbeln, weil er dasteht und glotzt und mich nicht in Frieden lassen will. »Hallo, Süße«, sagt er, die Lippen im Fensterspalt, »kannst du die Tür vielleicht aufmachen?« Ich antworte nicht, setze mir Jacks Sonnenbrille auf, und da fragt er, warum wir kein Geld in den Automaten gesteckt haben. »Das ist nicht mein Auto«, antworte ich. »Ach so, okay, du sitzt aber jetzt hier schon seit ein paar Stunden«, betont er und zieht die

Schultern in der Arbeitsuniform hoch. »Mein Bruder ist krank. Er liegt im Koma«, flüstere ich zum Fenster hin. »Klar«, sagt er und versucht meinen Blick hinter den dunklen Sonnengläsern einzufangen, »hier kommen die ganze Zeit Menschen auf die Welt und sterben. Aber weißt du was – das ist ehrlich gesagt nicht mein Problem«, klärt er mich auf, mit dem Mund in der Fensteröffnung, und ich kurble die Scheibe so schnell hoch, daß er sich beinahe die Lippen einklemmt. »Selbst schuld«, bedeutet er mir und stellt einen Strafzettel aus, den er hinter dem Scheibenwischer festklemmt. Ich verriegle die Tür rasch, damit er nicht auf die Idee kommt, sie zu öffnen und mich herauszuziehen. Die Uhr im Auto geht langsamer und langsamer.

Es ist schon fast dunkel geworden, als Jack im Rückspiegel auftaucht. Es ist von weitem zu sehen, daß Kristian nicht einmal die Pupillen unter den Augenlidern bewegt hat, denn Jacks Gang ist langsam, er wirkt zusammengesunken. In der Cafeteria des Krankenhauses hat er zwei Keksschokoladen für mich gekauft. »Hier«, sagt er und reicht sie mir, und ich öffne die eine sofort, weil mein Magen vor Hunger weh tut. Dann entdeckt er den Zettel am Fenster und flucht. »Aber was zum Teufel, Kaj ... Hast du nicht gesagt, daß ich gleich komme?« Ich nicke, und da zerreißt er den Strafzettel und wirft ihn neben dem Auto auf den Boden. Ich hole tief Atem und sage, daß ich auf die Toilette gehen muß. »Nicht jetzt, du mußt dich zusammenreißen, bis wir nach Hause kommen«, antwortet Jack kurz angebunden. »Aber ich muß, ich muß schon die ganze Zeit.« »Aber *Herrgott*, Kaj, du bist doch kein kleines Kind! Du kannst dich doch wohl zusammenreißen!« »Nein«, antworte ich. »Dann lern es. Wenn man nicht zu Hause ist, muß man sich zusammenreißen können«, hält er mir vor, als wäre ich ein Vollidiot. Ich öffne die Tür und setze die Holzschuhe in eine Wasserpfütze, daß es spritzt. »Okay, okay, okay«, seufzt er und öffnet seine Tür wieder, bereit, mit mir zu kommen. »Nein«, sage ich schnell, »ich kann selbst gehen.« Jack sieht mich mißbilligend an. »Da drinnen gibt es einen Haufen Korridore. Du findest dich nicht zurecht«, behauptet er. »Hast du Angst, daß ich weglaufe, oder wie?« frage ich und sehe ihm direkt in die Augen. Das Gesicht öffnet sich und er lacht, ein kurzes hartes Lachen, das am Ende weicher wird und beinahe wie das von Kristian klingt. »Weglaufen? Wohin? Wohin solltest du laufen?« »Nein. Genau«, sage ich. »Genau«, wiederholt er. Aber als ich weggehe, ruft er mir trotzdem über den leeren Parkplatz hinterher: »Versuch nicht, zu ihm hineinzugehen. Ich warne dich. Wenn du in fünf Minuten nicht zurück bist, komme ich und suche nach dir!«

(Rückweg)
Jens

Ich will sie dazu bringen, daß sie mich anschaut. Ein einziges Mal, um mich im Dunkeln an ihr Gesicht erinnern zu können. Es gibt keinen, der ihr nachpfeift, wenn sie durch den Korridor kommt. Sie geht ihren Zickzack-Gang von Zelle zu Zelle. Zweimal Klopfen an der Tür, und dann die Plastikröhre, die hineingereicht wird. Wenn man einen flüchtigen Blick auf sie werfen will, muß man schnell durch die Luke schauen, bevor sie einem ihren weißen Rücken zuwendet und weitergeht. Sich dann vor die Kloschüssel stellen und an nichts denken, sich einfach entspannen und die Pisse kommen lassen. Am Ende einen kleinen Rest für sie aufheben. Drei Minuten hat man Zeit, die Röhre zu füllen und sie auf dem Rückweg abzugeben. Der Duft ihrer Hand ist jetzt schwächer, hat sich vermischt mit allen Gerüchen des Korridors. Ihr halb abgewandtes Gesicht. Als würde sie sich schämen, obwohl wir es sind, die auf Kommando pissen müssen wie die Hunde. Ich will sie dazu bringen, mich anzusehen. »Wie heißt du?« flüstere ich. Aber ich bekomme nie eine Antwort.

Es gibt einen Jungen hier, der einen Ring verschluckt hat, um von hier wegzukommen. Majid. Eine rosa Narbe über dem Kehlkopf, wo sie aufgeschnitten und ihn herausgeholt haben. Von hier weg kam er nicht; eine Woche auf der Krankenstation, und dann wieder zurück. Jetzt sitzt er auf der anderen Seite der Wand und singt nachts wimmernd in seiner Sprache, bis es anfängt, hell zu werden. Keiner bringt ihn dazu, still zu sein, obwohl alle sich beschweren. Die Wände werden in der Dunkelheit so dünn. Er hält mich wach. Bewegt sich, macht Geräusche. Er hat sein Mädchen geschlagen und zwei Jahre dafür bekommen. Er sagt, daß das Mädchen ihn auslachte, als er sich auszog. Er sagt, daß er sich überhaupt nicht daran erinnert, sie geschlagen zu haben. Aber er erinnert sich daran, daß sie ihn auslachte.

Jemand muß das Zickzack-Mädchen vor uns gewarnt haben, weil sie uns nie anschaut. Sie tut nur, was sie muß. »Wie heißt du?« flüstere ich durch die Luke. Ich behalte die Röhre in der Hand und störe ihre schnelle Routine. Sie bedeutet mir mit einer Geste, loszulassen. Der hautfarbene Gummihandschuh ist etwas zu groß, die Hand, mit der sie Notizen macht, ist ungeschützt. »Wie heißt du? Kannst du nicht einfach nur deinen Namen sagen?« bitte ich. Aber sie starrt nur auf einen Punkt neben der Türluke, wendet dabei die linke Seite des Gesichts ab, als wäre sie entstellt.

Majid mußte schon längere Zeit gesammelt haben. So verflucht viel angesammelt haben, wenn ein Lachen ihn dazu bringen konnte, auszuflippen. Man muß in kleinen Dosierungen wütend werden, sage ich zu ihm. Aber es ist schwierig, ihm das zu erklären, weil sein Schwedisch genauso mies ist wie seine Gesangsstimme. Er kommt von irgendwoher, Algerien, Marokko, irgendwo da. *In kleinen Dosierungen. Nicht schlucken und dann explodieren. Kapierst du, Majid?* Aber das tut er nicht. Er kapiert nichts, man sieht es in seinen Augen. Nur das Allerselbstverständlichste – daß man nie auf jemanden hören soll, der in derselben Scheiße sitzt wie man selbst.

Klick – Kristians Kopf gegen die Wand. Klick – der Kopf gegen die Wand. Klick, klick, die geballte Faust, wieder und wieder. Ich merkte, wie Lisette sich von hinten auf mich warf, während ich Kristian mit den Knöcheln auf die Schläfen schlug. Eins, zwei, drei Mal, dann zählte ich nicht mehr mit. Und die Mädchen. Sie standen dicht an die Wand gedrängt. Die Gesichter mir zugewandt und die Augen weit offen. Sahen alles. Lisettes Arme, die um meinen Hals geschlungen waren und an mir zogen. Ich bekam keine Luft mehr, aber das machte nichts, denn ich hatte sowieso aufgehört zu atmen.

Sie holten den Ring aus Majids Hals, aber sie gaben ihn nicht an ihn zurück, obwohl er ein Erbstück von seinem Vater war. Majid will, daß sie den Ring an sein Mädchen schicken, mit einem Foto von der Wunde am Hals, und berichten, was er getan hat. Wegen ihr. Ihr sagen, daß sie herkommen soll, damit er ihr die Narbe zeigen kann. Ihr zeigen kann, wie sehr er sie liebt. Aber die denken nicht daran, einen Ring zu verschicken. Majid hat nicht den blassesten Schimmer davon, wie die Dinge funktionieren. Das Mädchen würde ja sowieso niemals kommen ... Wenn sie sich überhaupt an etwas erinnert, dann ist Majid keine schöne Erinnerung. Das müßte er begreifen.

Alles begann beim Mittagessen. Mama und Jack waren losgefahren, um Jacks Geburtstagstorte zu holen. Wir anderen blieben sitzen und warteten darauf, daß Kaj fertig wurde. Wir zählten schon lange nicht mehr, wie viele Portionen sie verdrückte. Lisette und Kristian hatten ihr Essen kaum angerührt, und ich dachte, daß sie wegen der Hitze keinen Hunger hatten. Doch als Kaj sich noch eine Ladung auf den Teller schaufelte, sagte ich zu Lisette, daß wir kurz hinausgehen sollten. Eine Runde zum Strand. Die anderen könnten wohl ein wenig Torte für uns übriglassen, wenn wir nicht rechtzeitig zurückkämen. Aber Lisette stand nicht auf, blieb einfach am Tisch sitzen und führte das Glas zum Mund, obwohl es leer war. Seit ich nach Hause gekommen war, führte sie sich so auf. Vermied es möglichst, mit mir allein zu sein, obwohl ich ihr zugeflüstert hatte, daß ich etwas zu erzählen hatte. Etwas Wichtiges. »Komm jetzt, Lisette, ich will mit dir reden«, sagte ich wieder. »Darf ich vielleicht erst aufessen?« hielt sie mir entgegen und lud noch zwei Löffel Kartoffelbrei auf ihren Teller, obwohl sie kaum einen Bissen von dem angerührt hatte, was da schon lag. »Nein«, antwortete ich und stieß den Stuhl mit einem Knall zurück, weil es mit meiner Geduld einfach vom einen Augenblick zum anderen vorbei war. Ich hatte nicht vor, noch länger zu warten. Kristian atmete tief ein. Als würde er sich einmischen wollen, es aber nicht wagen. In diesem Moment wurde Kaj wach. »So sag es schon, Kristian«, forderte sie ihn auf, den Kopf immer noch über den Teller gebeugt, »sag es ... erzähl es ihm ...« Sie wischte mit dem Finger um den Tellerrand, um den letzten Tropfen Soße aufzunehmen. Und es war dieser Finger, der das Kartenhaus anstieß. Kajs klebriger kleiner Finger. Das Haus mit den blauen Fensterläden und den rosa Teppichböden. Mein und Lisettes Haus in Tampa Bay. Es stürzte zusammen. Der Traum. Aber ich sah erst mit Verzögerung, wie die oberste Karte anfing, langsam durch die Luft zu segeln. »Was erzählen?« fragte ich. Der Finger im Mund, Kajs Zunge wand sich um ihn. Vielleicht war sie plötzlich unschlüssig, aber der Finger hatte das Seine schon getan. Er hatte das Kartenhaus schon in Bewegung gesetzt. Es war schon zu spät.

Majid. Ich mag ihn. Man muß sich nur hüten, in seiner Nähe zu lachen, denn manchmal begreift er überhaupt nicht, was man meint, und dann wird alles plötzlich falsch, und seine Augen ziehen sich zusammen und sehen lebensgefährlich aus. Wenn ich die Geschichte in der Version seines Mädchens gehört hätte, dann hätte ich sicher gedacht, daß dieser Majid ein Unmensch ist. Aber sie hat für mich kein Gesicht, während Majid Züge hat, die ich mögen kann. Ihn habe ich kennengelernt, Tag und Nacht ist er anwesend auf der anderen Seite der Wand, und er ist nicht immer so unberechenbar. Er besitzt einen zerschlissenen Briefumschlag, den er immer mit sich herumträgt. Mit Fotos aus seiner Kindheit, auf einer staubigen Straße irgendwo, mit starker Sonne und schwarzen Schatten. Er ähnelt sich auf den Bildern, wirkt da nur ein bißchen weniger traurig um die Augen.

Dieses Wort ... es klang so falsch aus Kajs Mund. Ihre Art, es auszusprechen, beinahe witzig. Vielleicht war es auch die Kombination Lisette, Kristian und *vögeln*, die so lächerlich klang. Ich fing an zu lachen. Nein. Ich fing an zu wiehern. Und die Mädchen lachten auch, obwohl sie wahrscheinlich nichts verstanden. Sie wurden einfach in mein Lachen hineingezogen. Kaj ist ja verrückt, so verrückt, daß sie sogar manchmal lustig wird, ohne es selbst zu begreifen. »Einmal«, murmelte Kristian, »nur ein einziges Mal.« Und da stürzte es zusammen. Das Kartenhaus. Alles fiel in sich zusammen. Ich legte das Besteck auf dem Tisch ab. Die Gabel links, das Messer rechts, strich die Serviette glatt. »Was? Was sagst du?« fragte ich völlig ruhig und nahm den letzten Schluck Bier, und dann – als Lisette zu Kristian schielte – warf ich den Teller mit ihrem Essen an die Wand, so daß die Soße und die Scherben spritzten. »Nur *ein* Mal«, hauchte Kristian, und da erhob sich Kaj und ging zur Altantür. Ich sah es ganz deutlich. Bevor ich mich auf Kristian warf. Und zuschlug. Schlug, bis Blut kam. Schlug, bis es in mir still wurde.

Weit weg schrie Lisette meinen Namen, wieder und wieder. Ich hörte ihre Stimme, aber sie ging direkt durch mich hindurch. Und obwohl Kristian sich nicht mehr bewegte, drückte ich ihn nieder, während ich Lisette von mir losriß und sie gegen den Tisch schleuderte. Nichts wog sie, und dennoch fiel der Tisch und Lisette direkt über ihn. Und wurde still. Völlig still. Und Kaj? Kaj stand einfach da vor der Altantür. Führte die Zigarette zum Mund. Rauchte und sah zu. Als wäre diese Katastrophe genau das, womit sie gerechnet hatte.

»Wie heißt du?« flüstere ich und versuche einen flüchtigen Blick auf das Gesicht der Krankenschwester über dem Tablett mit den Röhren zu werfen. »Wie heißt du selbst?« murmelt sie, und das ist das erstemal, daß sie den Mund öffnet. Aber dann wartet sie die Antwort nicht ab, sie will nur die Pißröhre und geht weiter. Zu Micke, Pierre, Majid. Unzählige Male muß sie meinen Namen auf der Röhre und auf der Liste gelesen haben. Geprüft. Noch mal geprüft. Abgehakt. Ohne ihn sich zu merken. »Jens!« sage ich hinter ihr her, aber sie reagiert nicht. Sie hat mir schon den Rücken zugewandt und ist gegangen. Sie will keine Probleme, das kapiere ich, hat schon eine Niete gezogen, als sie diesen Job bekam.

Ich verpaßte den Augenblick, in dem Kristian aufhörte, sich zu verteidigen. In dem sein Körper schlaff und bewegungslos wurde. Ich habe versucht, mich daran zu erinnern, weil ich davon ausgehen will, daß er sich bis zum Schluß verteidigte und nicht einfach ohne Widerstand zuließ, daß ich ihm die Seele aus dem Leib prügelte. Wenn ich nur diesen Augenblick bemerkt hätte, in dem er nachgab. Da hätte ich ihn vielleicht nicht so verdammt schlimm zugerichtet. Da hätte ich aufgehört, bevor es beinahe zu spät war.

Wenn ich nur wütend genug bin, fühle ich keinen Schmerz. Der Körper verschwindet und existiert nicht mehr. Wie ein Hund. Du schlägst ihn mit der Leine, aber er fühlt nichts. So ist es auch mit mir. Kein äußerer Schmerz kann das beseitigen, was im Innern weh tut. Nicht einmal, wenn ich mit der Hand eine Glasscheibe durchstoße und mich schneide. Ich habe es versucht. Nichts hilft. Einem anderen weh zu tun ist das einzige, was mich von meinem eigenen Schmerz ablenken kann.

Kristian ist der absolut Letzte, von dem ich mir vorstellen kann, daß Lisette sich für ihn flachlegt. Sie muß damals vollständig verwirrt gewesen sein. Der Gedanke ekelt mich an. Schwanger war sie außerdem, es wird einem schlecht beim bloßen Gedanken, Anna da drinnen im Bauch von Lisette, während sie und Kristian … Aber selbst wenn Lisette völlig durcheinander war, Kristian weiß ja immer, was er tut, er verliert nie die Kontrolle. Worauf kann er sich also hinausreden? Und diese drei Wochen ... Wie oft haben sie es getrieben, während ich weg war? Einmal am Tag? Zweimal am Tag?

Ich liege da und zähle die Zahnpastaflecken auf dem Spiegel, aber ich verzähle mich bei den Stunden, Tagen, Wochen. Meine Zelle ist kleiner als die Toilette in Tampa Bay. Ich weiß, daß Lisette unser Haus geliebt hätte, aber jetzt wird sie es nie sehen. Und drei Monatsmieten zum Teufel. Unser ganzes Startkapital, jetzt haben wir keinen Nickel mehr. Ich sehne mich nach den Mädchen. So verdammt wahnsinnig sehne ich mich nach Anna und Nina. Nichts wird jemals so wie früher sein. Vielleicht haben sie nicht einmal mehr den Mut, mich zu treffen. Mama bringt es nicht fertig, mit mir zu reden. Lisette will nicht mit mir reden. Und Jack, er ist ja nie da, wenn man ihn braucht. Mir tut Kristian nicht leid, ich werde ihm nie verzeihen. Aber ich würde trotzdem gern wissen, ob alles mit ihm in Ordnung ist.

Ich flüsterte, flehte, bezichtigte ... erklärte, log, bereute. Alles tat ich am Telefon außer weinen, denn darauf wäre Lisette nicht hereingefallen. Alle Telefongespräche, die ich in dieser ersten Woche führen durfte, verschwendete ich mit dem vergeblichen Versuch, Lisette zum Zuhören zu bringen. Während ein Wächter danebenstand und feixte. *Du mußt mit den Mädchen kommen. Ich werde verrückt* ... Wieder und wieder flüsterte ich es. *Mußt mich sie treffen lassen.* Ich murmelte, bat, nötigte. Aber jedesmal sagte Lisette nein, und das letztemal legte sie mitten im Gespräch den Hörer auf. Klick.

Da schlug ich das Telefon kaputt. Es waren nur ein paar Schläge gegen die Betonwand nötig. Manchmal ist so verdammt wenig nötig. Ich schlug, bis ich nur noch ein paar Plastiksplitter in der Hand hatte. Und der feige Teufel mit seinem Grinsen traute sich nicht, mir näher zu kommen und eine Hand auf meine Schulter zu legen und zu sagen, *beruhig dich, Jens, es wird sich schon regeln.* Er ließ Verstärkung kommen, und dann bekam ich einen Haufen Scheiße. Aber wenn ich dieses Telefon nicht kaputtgeschlagen hätte, dann hätte ich etwas viel Schlimmeres getan. Lisette angerufen und ihr gedroht. Und ich will schließlich nicht werden wie Majid. Nie im Leben.

Ich warte, lausche, lasse Minuten und Stunden vergehen. Das kalte Türblech am Bauch. Schließlich das Geräusch der langsamen Schritte der Krankenschwester weit hinten im Korridor. Auf dem Rückweg schicke ich die Röhre zusammen mit dem Brief hinaus, den ich geschrieben habe. »Du mußt den hier aufgeben«, sage ich zu ihr, und endlich wendet sie mir das Gesicht zu. Erstaunt. Als hätte sie nicht geglaubt, daß ich schreiben kann. Profil und Gesicht passen nicht richtig zusammen. Kein Porzellanauge oder Feuermal auf der abgewandten Seite, keine flammende Narbe, nichts zu verbergen, aber sie sieht älter aus, als sie ihr ganzes Gesicht zeigt. Helle Augen, die zum erstenmal den meinen begegnen, als sie langsam den Mund öffnet und sagt: »Das kann ich nicht.« »Du mußt«, sage ich wieder, denn wenn man keine Wahl hat, ist alles leichter. Sie zögert. Aber plötzlich nimmt sie einfach den Brief. Hastig. Reißt ihn mir aus der Hand und steckt ihn in die Tasche ihres weißen Kittels. Es ist etwas an dieser schnellen Bewegung, das mich auf den Gedanken bringt, daß ich ihr nicht trauen kann. »Für wen ist der?« fragt sie, aber ich antworte nur, daß das keine Rolle spielt. »Gib ihn einfach auf. Er ist wichtig«, bitte ich. Sie hebt die Röhre aus dem Plastikständer auf dem Tablett hoch und sagt zu mir, daß ich sie nächstes Mal besser füllen muß. Dann dreht sie sich um und geht weiter.

Tinte auf Papier, um Lisette zum Zuhören zu zwingen. *Es gibt hier einen jungen Kerl, der hat seinen Ring verschluckt, um hinauszukommen. Jetzt hat er keine Erinne-*

rung mehr an seinen Vater und keine Freundin, nur eine Narbe am Hals. Kann nur fauchen wie ein Verrückter, wenn er spricht. Keiner versteht mehr, was er sagt, und keinen interessiert es. Manchmal weint er nachts.

Ich habe geglaubt, daß Lisette den Brief wenigstens lesen würde. Daß sie mir auf halbem Weg entgegenkommen würde, mir eine Chance geben würde, aber nach einigen Tagen kam der Briefumschlag ungeöffnet und zerschnitten zurück. Wenn sie einen Versöhnungsversuch gewollt hätte, hätte sie ihn zuerst gelesen – und dann zerschnitten. Man zerreißt keine Briefe ungelesen, das ist, als würde man jemandem die Zunge abschneiden. Man kann den Menschen nicht das Sprechen verbieten, aber Lisette meint, daß sie das kann. Ratsch.

Wenn ich nur hier drinnen gesessen und geschwiegen hätte, wenn ich einfach nur gewartet hätte, wäre ich vielleicht der Stärkere gewesen. Aber jetzt ist es zu spät, ich habe mich schon schwach gezeigt, und Lisette kann kalt sein wie ein gleichgültiger Fick, wenn sie es will. »Ich muß telefonieren«, sage ich zur Krankenschwester. Sie gibt mir die Plastikröhre und schielt über die Schulter zum Wächter, der immer am Ende des Korridors steht, wenn sie ihre Runde macht. »Das geht nicht«, antwortet sie. Sie sieht an dem Tag anders aus, hat die Locken hochgesteckt und die Ohrringe gewechselt, kleine Goldkugeln, die gegen den Hals baumeln. »Ich muß«, sage ich. Kontaktverbot ist eine grausame Strafe. Nur wegen eines kaputtgeschlagenen Telefons. Nehmt mir statt dessen den Fernseher oder das Licht in der Zelle ... aber laßt mich telefonieren. »Ich bestimme hier nicht«, erklärt sie, und das weiß ich ja, sie ist nur eine Schwesternschülerin, die einen ungewöhnlich pissigen Job bekommen hat. Es gibt welche auf der Abteilung, die sie aufziehen, versuchen, die Röhre mit etwas anderem zu füllen als dem, worum sie gebeten hat. »Du mußt dich beruhigen, kannst nicht einfach Sachen kaputtschlagen und so weiter. Du machst dich selbst kaputt«, weist sie mich zurecht. »Ich will meine Töchter sehen, ich muß ihnen erklären …« »Dann *reiß* dich *zusammen*!« sagt sie. »Sonst kannst du das vergessen, das kapierst du doch.« »Hast du Kinder, das hast du, oder? Hilfst du mir? Nur ein einziges Gespräch«, bitte ich. Ihre weißen Finger dicht an den meinen versuchen, die Röhre an sich zu ziehen. »Nur, wenn du mir nicht erzählst, was du getan hast«, murmelt sie, »ich ertrage es nicht, alle Geschichten zu hören.«

Anna und Nina. Ich erforsche ihre Gesichter in der Nacht, Millimeter um Millimeter, versuche zu verstehen, was sich in ihrem Inneren bewegt. Es gibt kein einziges Detail in ihren Gesichtern, an das ich mich nicht erinnere. Keinen Schatten, den ich nicht rekonstruieren kann. Aber das Ganze – das, was ihre Gesichter wirklich ausmacht –, das kann ich nicht sehen. Ihre Gesichter in Bewegung, lebend … kann ich nicht hervorholen, sie entgleiten mir einfach.

Ich muß mir was antun. Mir was antun, sagt sie in die Luke. Was? Zuerst verstehe ich überhaupt nicht, was sie meint. *Fingiere eine Verletzung,* wispert sie ungeduldig. *Bei uns oben kannst du das Telefon leihen.* Sie nagelt mich mit dem Blick fest, will sehen, daß ich verstanden habe, und bevor sie Zeit hat, mit den Wimpern zu zucken, habe ich mich herabgebeugt und den Kopf so fest ich kann gegen den metallbeschlagenen Türrahmen geschlagen. Ich zerbeiße mir beinahe die Zähne vor Schmerz, und dann hieve ich mich hoch und begegne ihrem hellen, aufgerissenen Blick in der Luke. »Um Gottes willen … nicht *so* …« stößt sie hervor, aber es ist ja schon zu spät. Aus einer Wunde irgendwo strömt Blut in mein Auge. Sie ruft dem Wächter zu, daß er kommen soll, und bedeutet mir, daß ich mein T-Shirt ausziehen soll, um es auf die blutende Wunde zu drücken. Sie hält meine Hand durch die Luke, ich sehe ihre Augen nicht mehr, sehe nur rot, das Blut, die Decke, das Licht ... Und als die Wächter die Tür öffnen, falle ich um.

Eine weiße Lampe brennt durch die Pupillen. Ich wache auf, als sie anfängt, die Augenbraue zu nähen. Wir sind allein im Behandlungszimmer, und sie nimmt die Gummihandschuhe ab und holt ihr Handy. Das dritte Mal drükke ich die Ziffern richtig. Jacks Stimme sehr gedämpft am anderen Ende, als könnte er nicht ungestört sprechen. Sie muß mir etwas gegen den Schmerz gegeben haben, das bewirkt, daß ich plötzlich zu weinen anfange, als ich seine Stimme höre. »Du mußt mir helfen, Papa«, stottere ich. »Jens ... niemand kann dir jetzt helfen«, antwortet er tonlos, »Kristian hat nur knapp überlebt, begreifst du? Er ist noch nicht aufgewacht. Ich sitze gerade hier bei ihm und ...« »Du mußt mir helfen«, bitte ich wieder. »Ich glaube nicht, daß ich das kann.« »Du mußt!« »Dann sag schon, was ich tun soll«, sagt er widerstrebend. Und ich erkläre, daß ich mit Anna und Nina reden will. Das ist alles. Ich will mit meinen Töchtern reden. Aber Lisette läßt mich nicht. Sie läßt dich nicht, antwortet er sofort, da kannst du Gift drauf nehmen. Lisette vertraut mir nicht mehr – warum sollte sie? »Du mußt sie überreden«, flehe ich. »Das geht nicht«, behauptet er, als hätte er es schon versucht. »Dann mußt du Mama überreden, daß sie sie überredet!« stoße ich hervor, Eisengeschmack im Mund, ich friere, die Hand zittert am Ohr. »Lisette muß Mama mit den Mädchen hierherkommen lassen.«

Die Schwester zieht die Nadel über dem Auge ein letztes Mal durch und schneidet den Faden ab. Und als das Handy aus meiner Hand auf die Pritsche gleitet, nimmt sie es wieder auf und hält es an mein Ohr, während sie mir gleichzeitig den Puls mißt. Der Schmerz pocht und explodiert in meinem Kopf. Wenn ich nicht schnell spreche und ihr Gesicht zu fixieren versuche, werde ich gleich ohnmächtig. Ich erkenne dieses Gefühl wieder, wie alles unter einem nachgibt und gleichzeitig in einen hineinrast, wie es beginnt, in den Ohren zu schwirren. »Ich habe einen Schlüssel«, sage ich mit einer Stimme, die nicht mehr der meinen gleicht. »Ja? Und?« antwortet er. Er begreift nichts. Das hört man. Die Gedanken fahren eine Weile hinter seinem Stirnbein herum, ohne an ihren Platz fallen zu können. »Und eine Adresse zu einem Haus, das ich organisiert habe, Lisettes und mein Haus. Sie kriegt den Schlüssel. Wenn …« bekomme ich mühsam heraus. »Wenn was?« fragt er. Die Schwester greift nach meinem Kinn und schüttelt es, gerade in dem Moment, als es sich so anfühlt, als würde ich direkt durch die Pritsche fallen, durch den Boden, durch die Dunkelheit. »Jens?« höre ich seine Stimme. »Bist du noch dran?« Sie bittet ihn zu warten und hilft mir, mich auf der Pritsche aufzusetzen, gibt mir etwas zu trinken, etwas Süßes, das mich wieder zu Bewußtsein bringen soll, aber mir wird nur schlecht davon. »Lisette bekommt den Schlüssel – wenn was?« fragt er wieder. Ich drücke das Telefon fest und nehme Anlauf. »Wenn sie mich die Mädchen sehen läßt.«

(180°)

Kristian

Weißer Himmel. Draußen ist es Herbst. Die großen Blätter an den Bäumen haben begonnen, sich gelb zu verfärben. Ich weiß nicht, wie es Herbst geworden ist, es muß geschehen sein, während ich schlief. Es hat noch nie Bäume vor meinem Fenster gegeben, woher kommen die Bäume? Die Zweige, die gegen die Scheibe tanzen? Ich sehe sie an. Bis sie eins mit der Dunkelheit werden und verschwinden.

Ich wache wieder auf. Papa sitzt neben dem Bett. Nimmt meine Hand. Ich kann mich nicht erinnern, daß er jemals meine Hand gehalten hat. »Erkennst du mich wieder?« fragt er. »Hast du Schmerzen?« »Woher kommen die Bäume?« frage ich, und er folgt meinem Blick hinaus durch das Fenster. »Die Bäume? Ich weiß nicht. Wie geht es dir?« sagt er. Ich will, daß er meine Hand losläßt, weil er sie zu fest hält, viel zu fest. Ich erkenne die Bäume nicht wieder. Ich erkenne auch die weißen Wände nicht wieder und nicht die Lampe an der Decke. Und ein Geruch im Zimmer, der fremd ist. Vielleicht ist er es, der riecht? Papa? Sein Haar ist graumeliert geworden, man sieht es im Licht, das zwischen den Zweigen der Bäume durchflimmert. Wie lange? Wie lange habe ich geschlafen?

»Erinnerst du dich?« fragt Papa und streicht etwas mit den Fingern von meiner Stirn, eine Falte, einige Tropfen Schweiß. »Ich erinnere mich ... daß es Sommer war«, antworte ich, aber dann bricht die Erinnerung ab. Ich erinnere mich an Wärme. Und Insekten. Fliegen? »Hast du Schmerzen?« fragt er. »Ich weiß nicht«, antworte ich. Weil ich nichts fühle, keinen Schmerz, kein Wohlbefinden.

Fühle nur die Hand, die meine Hand hält, und wie ich will, daß er sie losläßt. »Erinnerst du dich ... wie ich heiße?« fragt er. Der Mund trocken, so als hätte ich eine Tüte weiße bröselige Baisers gegessen, ohne etwas zu trinken. »Erinnerst du dich an deinen eigenen Namen?« fährt er fort. Er sitzt weit hinten auf der Zunge. Ich kann ihn nur nicht richtig nach vorne kriegen. Kann ihn nicht richtig ... finden. »Willst du etwas haben?« fragt er. »Baisers«, antworte ich, weil es das einzige ist, worauf ich kommen kann. Da lächelt er. Gelb, breit, Vater, er sieht mich an, weniger vorsichtig als vorher. »Und Wasser«, füge ich hinzu.

Er drückt auf einen Knopf neben dem Bett, die Tür wird mit einem schwach saugenden Laut geöffnet, und eine Krankenschwester kommt herein. »Er lebt«, sagt Papa, »Kristian lebt und wünscht sich Baisers. Können Sie das hinkriegen?« Die Krankenschwester kommt näher und schaut mich an. Sie hat zwei dünne Silberringe in der Lippe, bringt einige Schläuche in Ordnung und überprüft die Kurve auf dem Apparat neben meinem Kopf. »Er weiß nicht, wie er heißt – aber er wünscht sich Baisers«, flüstert Papa, und die Schwester nickt und lächelt, berührt seine Schulter, als sie aus dem Zimmer geht.

»Verdammt ...« murmelt Papa. Er sieht klein aus. Seine Körperlänge ist zwischen den breiten Schultern nach unten gesunken. »Alle außer mir ... alle glaubten, daß du dich aus dem Staub machen würdest.« Er versucht sich aufzurichten, aber die Schultern sinken zurück. »Alle außer mir glaubten, daß du sterben würdest, Kristian«, flüstert er, als müßte er die Stimme auf Sparflamme halten, damit sie noch eine Weile hält, »es hat hier in dir geblutet, ich habe nie soviel Angst gehabt«, sagt er und berührt mit dem Finger vorsichtig meine Schläfe, »aber ich werde dich bald wieder auf die Beine bringen. Alles wird wieder normal, das verspreche ich. Du bist ja ein zäher Teufel, stimmt's, Kristian?« sagt er und wischt schnell mit der Hand über seine Augen, »wenn sie dich hier rauslassen, werden wir uns eine Weile aus dem Staub machen. Nur du und ich. Bis alles sich beruhigt.« Seine Augen registrieren die Tropfen, die vom Beutel in den Schlauch und dann in mich gepumpt werden. »Ich habe ein Haus für uns geliehen. Das wird schön, richtig schön. Ein langer Urlaub«, erzählt er. Ich nicke. Sand im Mund, die ganze Spucke ist eingetrocknet, ich kann die Lippen nicht schließen. Ich will meine freie Hand heben, um zu … ich weiß nicht, aber die Hand liegt schlaff auf der Decke, die Nägel sind gewachsen. Ich sehe, wie sie gewachsen sind, wie sie sich über die Fingerspitzen krümmen.

»Ich bin jeden Tag hiergewesen. Hast du das gemerkt, obwohl du bewußtlos warst? Hast du gefühlt, daß ich hier gesessen habe?« fragt Papa und gräbt in seiner Innentasche nach etwas. Ich nicke. Ich habe es gefühlt. Eine Art Präsenz. Ich habe gefühlt, daß ich nicht allein war. Habe Stimmen gehört, fremde und bekannte. »Ich werde zusehen, daß du Ruhe bekommst. Damit du wieder gesund werden kannst«, sagt er heiser und zieht die Hand aus der Tasche, hält einen Schlüssel hoch, einen glänzenden Hausschlüssel, der an einem Ring mit einigen kleineren Schlüsseln baumelt. Er hält ihn in Augenhöhe, ein wenig stolz, als könnte schon der Schlüssel mir eine Vorstellung von dem Haus geben, von dem er spricht. »Genug Platz für uns beide. Und Meeresblick, der Atlantik, 180 Grad«, flüstert er. Er hat endlich meine Hand losgelassen, um diese Aussicht mit einer nachlässigen Geste in die Luft zu zeichnen. »Du brauchst dir wegen Jens keine Sorgen zu machen«, verspricht er. »Jens …« frage ich, »wieso?« »Du brauchst dir wegen nichts Sorgen zu machen. Ich kümmere mich um dich, Kristian«, sagt Papa und legt den Schlüssel auf den Nachttisch.

Er bringt den Schlauch in Ordnung, durch den der Tropf zu meiner Hand läuft. Die Leuchtröhre über dem Bett schwingt, als würde jemand durch das Zimmer gehen, aber als ich den Kopf drehe, sehe ich niemanden. »Wünschst du dir etwas?« fragt er wieder. Der Hals ist trocken wie eine Kiesgrube an einem heißen Sommertag. Ein leichter Geruch von Schwimmbeckenwasser, chloriert, steril. *Wasser,* will ich sagen. *Kaltes, reines Wasser*. Aber ich überlege es mir anders. »Kaj«, antworte ich. »Wo ist Kaj? Warum ist sie nicht hier?«

Marie Hermanson

Muschelstrand

Roman
Aus dem Schwedischen Regine Elsässer
suhrkamp taschenbuch 3390
304 Seiten

»Eine sehr kluge, elegante und tiefe Geschichte von einer geheimnisvollen Familie.« *Brigitte*

Nach vielen Jahren kehrt Ulrika an den Ort zurück, der sie als Kind jeden Sommer aus ihrer kleinbürgerlichen Enge befreite. Sie erinnert sich an die gemeinsamen Sommer mit den Gattmans und die Geschehnisse um die kleine, adoptierte Maja. Das Kind sprach kein Wort, war seltsam unnahbar. Daher erfuhr auch niemand, was passiert war, damals, als sie nach sechs Wochen genau so plötzlich und unversehrt wieder auftauchte wie sie zuvor verschwunden war.
Ulrika begibt sich nun als erwachsene Frau erneut an jenen Muschelstrand und versucht das Rätsel um Maja zu lösen und macht einen äußerst merkwürdigen Fund.

»Marie Hermansons Roman hat alles; die Spannung eines Krimis, die Genauigkeit einer Zeitstudie und die verträumte Melancholie, die über der Erinnerung an die Sommer der Kindheit liegt.« *Hannoversche Allgemeine Zeitung*

NF 495/1/11.03

Sabine Neumann

Das Mädchen Franz

Erzählung
suhrkamp taschenbuch 3456
176 Seiten

»Sind Männer und Frauen eine Erfindung, oder gibt es sie wirklich? Mußte man Junge oder Mädchen sein, gab es nicht etwas Drittes, ganz anderes?« fragt Franz, die nicht Franziska sein will, die singen kann wie Heintje und sich in der Rolle des kleinen Jungen überhaupt viel wohler fühlt. In einer längst vergangenen Zeit, als im Fernsehen die erste Mondlandung übertragen wurde und im Radio Johnny Cash »A boy named Sue« zu hören war, kam das Mädchen Franz zur Welt, das sich schon in der ersten Sekunde seines Lebens fragte, ob nicht alles ganz anders sein könnte. Aber Franz wächst und wird älter. Franz wird (wieder) Franziska.
Sabine Neumann beschreibt in ihrem Entwicklungsroman en miniature ein Mädchen namens Franz auf der Suche nach etwas anderem, bis es sich schließlich selbst findet.

NF 468/1/4.03

Sabine Neumann

Streit

Drei Erzählungen
suhrkamp taschenbuch 3119
172 Seiten

Angefangen hat der Streit mit der leidigen Putzfrage. Als sie den hartnäckig vor sich hin putzenden Freund fragt, ob er auch einem Kaffee will, ist für ihn schon alles zu spät. Am späten Abend, nach einem gemeinsamen Konzertbesuch, kommt es zum Eklat. Unausweichlich, wie eine Naturkatastrophe, nimmt der Streit seinen Lauf. Und wieder einmal gelangen die beiden an einen Punkt der Auseinandersetzung, wo sie nur noch gewalttätig reagieren können. Wo sich nur noch die Frage stellt: Opfer oder Täter?
»Ich möchte weggehen, dahin, wo mich niemand kennt, ich möchte mich völlig neu erfinden«, sagt eine junge Frau und rettet sich aus einer Beziehung, die aus dem Lot geraten ist. Verliebt in eine Schülerin hat sich eine andere Erzählerin. Sie wählt das Reisen, um ihre »harmlose erotische Verwirrung leichten Herzens hinter sich« zu lassen.
In ihrem Debüt treibt Sabine Neumann ein raffiniertes Spiel mit den Geschlechterrollen, erzählt vom Verliebtsein, von der Liebe, die zum Haß wird, von Ausbruchsversuchen und Versöhnungen.

Sabine Neumann, geboren 1961 in Regensburg, lebt zur Zeit in Malmö, Schweden.

NF 260/1/9.00